Félix Oje

# EL LIBRO DE LOS HÉROES
# 1959
## BORICUAS CONTRA TRUJILLO

*El libro de los héroes: 1959, Boricuas contra Trujillo*
© Félix Ojeda Reyes, 2020
© ZOOMideal, 2020


ISBN-13: 978-1793870780

Editor: Félix Ojeda Reyes
Diseño y Producción: ZOOMideal
Director de Arte y Diseñador: Juan Carlos Torres Cartagena
Director de Producción: Arturo Morales Ramos

Diseñado en San Juan, Puerto Rico
Impreso en Estados Unidos


info@ZOOMideal.com
www.ZOOMideal.com

# ÍNDICE

Bahía de Nipe, Cuba. Revolucionarios de distintas nacionalidades se aprestan a abordar las embarcaciones que desembarcarían por Maimón y Estero Hondo, República Dominicana, el 20 de junio de 1959. (Cortesía comandante Delio Gómez Ochoa).

# AGRADECIMIENTOS

Este trabajo no habría sido posible sin el valioso asesoramiento del historiador dominicano, recientemente fallecido, Dr. Emilio Cordero Michel. Del querido hermano antillano siempre agradeceré sus correcciones precisas, sus sabias sugerencias. El Apóstol de la Independencia de Cuba, José Martí, tiene palabras apropiadas para recordar a Emilio: "La muerte no es verdad cuando se ha cumplido bien la obra de la vida".

Aprovecho la oportunidad para extender mi saludo fraternal al profesor Héctor Meléndez por su asistencia en múltiples detalles concretos, particularmente en lo referente a enmiendas o rectificaciones del manuscrito. El profesor Meléndez es también autor del estudio introductorio titulado *Morir por la patria*.

Estoy en deuda, además, con Humberto García Muñiz, quien compartió fuentes valiosas, libros y textos permitiendo que nuestro trabajo llegara a feliz término. De Ricardo Fraga recibí documentos importantes, de difícil acceso, depositados en archivos y bibliotecas de Estados Unidos. En la hermana República Dominicana conocí y entrevisté a los sobrevivientes de las expediciones contrarias a la dictadura de Trujillo: el comandante cubano Delio Gómez Ochoa y los combatientes dominicanos Poncio Pou Saleta y Mayobanex Vargas, protagonistas de la historia que aquí narramos.

Lamentablemente, durante la madrugada del 21 de agosto de 2010, en la tranquilidad de su hogar, murió Pou Saleta. Tenía

88 años de edad. Mientras, el sábado 17 de diciembre de 2016, en una clínica de Bonao, a tempranas horas de la mañana, fallecía Mayobanex Vargas, ejemplo de patriotismo y decoro, el último de los expedicionarios dominicanos de aquella gesta. De ellos guardo recuerdos inolvidables. Ellos compartieron conmigo sus historias heroicas.

Aquí y ahora agradezco la ayuda y la solidaridad recibida de los familiares del mártir dominicano, Miguel Ángel Menéndez Vallejo, combatiente de las expediciones marítimas en el Frente de Estero Hondo. "Mickey", como cariñosamente le llamábamos, fue mi amigo. Asistimos a las mismas escuelas. Caminamos por los mismos senderos. Y poco antes de irse a Cuba, en breve visita que hizo al barrio de nuestra niñez, nos vimos por última vez. A Mariluz, Marisol y José Andrés Menéndez Vallejo mil gracias por el buen vino y las pláticas amenas y penetrantes.

A decir verdad, he tenido el privilegio de trabajar con dos personas excepcionales: Alicia Pousada, mi esposa, profesora de inglés en la Facultad de Humanidades de la Universidad de Puerto Rico, y el puertorriqueño Hugo Rodríguez, amigo también del comandante cubano Delio Gómez Ochoa. Ellos tradujeron al español múltiples textos, en su mayoría inéditos, depositados en los archivos de Estados Unidos. En esa labor también colabora, con sobrada meticulosidad, Clemente Armando Díaz.

No puedo dejar de mencionar a Nelson y Erenia Chervony, Clenis Tavárez María, Julio Quirós, Eduardo Rodríguez Vázquez, Ángel Collado Schwarz, Raúl Álzaga, Ovidio Torres, Jorge Matos Valldejuli, Amalia Alsina, Mercedes Alonso, Roberto Cassá, Ángela Peña, Vetilio Alfau, Pedro Pablo Rodríguez, José Enrique Ayoroa Santaliz, Dixie Bayó, Juan Carlos Torres y Arturo Morales.

Finalmente, doy gracias a los directivos de las siguientes instituciones: Archivo General de la Nación Dominicana, Academia Dominicana de la Historia, Misión de Puerto Rico en Cuba, *Claridad*, Instituto de Estudios del Caribe, Archivo Central de la Universidad de Puerto Rico, Fundación Luis Muñoz

Marín, Colección Puertorriqueña de la Biblioteca General de la Universidad de Puerto Rico, ZOOMideal, Centro de Estudios Puertorriqueños (Hunter College, estado de Nueva York) y la National Archives and Records Administration (en College Park, estado de Maryland).

A todos y a todas, ¡gracias por tanta generosidad!

Félix Ojeda Reyes

Piloteado por el venezolano Julio César Rodríguez, el C-46 comprado en Estados Unidos llegó a Constanza el domingo 14 de junio de 1959.

Ángel de la libertad. Artista Domingo Liz. Escultura ubicada en el mausoleo donde descansan más de un centenar de patriotas que lucharon contra la dictadura trujillista.

# PRÓLOGO

## Morir por la patria
*Héctor Meléndez*

En junio de 1959 se puso en marcha una movilización clandestina de cerca de doscientos jóvenes para llevar, desde Cuba –donde había triunfado la Revolución en enero–, un levantamiento armado a la República Dominicana dirigido a derrocar al dictador Rafael Leónidas Trujillo, uno de los sátrapas más primitivos del mundo moderno, apoyado desde 1930 por el gobierno de Estados Unidos. Este episodio se ha mantenido en general desconocido hasta ahora, cuando por primera vez, en Puerto Rico, lo da a conocer en sus detalles y contexto la presente investigación del historiador Félix Ojeda Reyes.

El gobierno norteamericano había instalado y respaldado numerosos regímenes ilegítimos, represivos y antidemocráticos en el Caribe y Centro y Suramérica desde principios del siglo XX. Se correspondía con el fenómeno moderno del imperialismo, que consiste en exportar capital –maquinaria, tecnología, dinero– a países subordinados, donde entonces el país interventor debe tener control de la política y el gobierno. Los países caribeños y latinoamericanos ofrecían y ofrecen al capital estadounidense costos bajísimos en salarios, materias primas, suelo, financiamiento, impuestos y operaciones.

El capital así crece y se concentra a costa del atraso de los pueblos sometidos. La presente globalización es una evolución del fenómeno del imperialismo; es una concentración capitalista, esta vez a nivel mundial, respecto a la cual viven en inestable dependencia no sólo los países pobres, semicoloniales o de reciente formación, sino todos.

Los nuevos países que vienen apareciendo desde el último par de siglos, cuyo número ha dado un salto en décadas recientes, deben lanzarse a la competencia e incertidumbre del mercado mundial. Dos tendencias opuestas entre sí intentan impartir dirección al "desarrollo" nacional: clases capitalistas locales articuladas a capitales imperialistas o transnacionales y, por otro lado, clases populares y subordinadas. En el primer caso la tendencia es a acomodarse a la hegemonía capitalista transnacional, y en el segundo a usar el crecimiento capitalista en función de alguna nueva organización de la sociedad fundada en la cooperación, mayor poder popular en la economía y la política, y una redistribución de la riqueza.

Esta segunda línea triunfó en Cuba a partir de 1959 bajo una corriente socialista que ha impartido dirección al movimiento nacional y popular cubano. Representó a su vez una tendencia bastante común en el Caribe y América Latina: la unidad de sectores radicales de la pequeña burguesía con agricultores, trabajadores de la ciudad y el campo, profesionales, estudiantes, empresarios, militares patrióticos y otros grupos inclinados al progreso social o a la idea de que la sociedad debe buscar la manera de mandar sobre el capital, en lugar de éste sobre ella. Fidel Castro resumió esta corriente en las legendarias Declaraciones de La Habana de 1961 y 1962, textos indispensables sobre el proceso social en las Américas.

I

En 1959 el recién nacido estado revolucionario cubano, bajo liderato del sector radical, estaba ansioso de ayudar al derrocamiento de las oprobiosas dictaduras semicoloniales en el Caribe y Centroamérica. La más emblemática era la de Trujillo en Santo Domingo, por su alto nivel de crueldad y su patología psicológica articulada a relaciones raciales y sociales de oscuro primitivismo, que deben ser motivo de una continuada investigación sociológica. A los extremos grotescos del trujillato se había acercado la dictadura de Fulgencio Batista en Cuba, que la Revolución Cubana derrocó –ante el asombro esperanzado de millones de mujeres y hombres a través del mundo– para rápidamente pasar a aspiraciones sociales más ambiciosas, que han dejado muy atrás el mundo enano de los dictadores *psycho* que regenteaban la nación como su finca privada o su cuartel, protegidos por los Coolidge, Roosevelt, Truman y otros.

La movilización subversiva de junio de 1959 contra Trujillo fue ideada y protagonizada por un grupo dominicano –cuyos continuadores organizaron años después el Movimiento 14 de Junio– que buscaba un régimen de derecho y afirmación nacional que procurase progreso social y político a las clases populares. Como se verá en el recuento minucioso de Ojeda Reyes, algunos de estos dominicanos habían participado en la lucha armada contra el régimen de Batista, o sea en la Revolución Cubana. A su vez, Fidel Castro y demás dirigentes radicales de la Revolución veían el proceso cubano inseparable de las otras luchas antillanas y latinoamericanas.

De manera que en los primeros meses de 1959 Cuba brindó al esfuerzo dominicano entrenamiento militar, equipo, armas, dinero, apoyo logístico y al menos un oficial militar (de alto rango) entrenado en la lucha revolucionaria. Las expediciones, también, dejaron de estar compuestas exclusivamente por dominicanos e incluyó numerosos jóvenes de Cuba, Venezuela, Nicaragua, Estados Unidos y las comunidades dominicana y boricua de Nueva York.

Resulta claro que el gobierno de Estados Unidos se enteró de los preparativos subversivos y alertó a Trujillo, de forma que cuando llegaron las expediciones, dos marítimas y una aérea, el ejército dominicano las estaba esperando y las masacró. Mató a la casi totalidad de los jóvenes combatientes, en muchos casos después de horrendas torturas –que eran una especialidad del régimen– pero dejó con vida entre otros al comandante cubano Delio Gómez Ochoa, cuyo testimonio podrá apreciarse en el presente texto.

Las debilidades organizativas de la conspiración de junio de 1959 dejan ver la primacía del elemento emocional y moral sobre elementos materiales, militares y logísticos. La expedición careció de un elemento vital, la organización política de masas en suelo dominicano. Tuvo una característica de otros movimientos armados nacionalistas, democratizantes y revolucionarios, desde los albizuistas puertorriqueños en los años 30, 40 y 50 hasta la guerrilla del comandante Ernesto "Che" Guevara en Bolivia de 1966 a 67: la disposición al sacrificio –o martirologio, si se prefiere– de unos pocos, en la suposición de que su ejemplo y llamado moral provocarían un alzamiento del pueblo oprimido.

Esta disposición al sacrificio sugiere la alta intensidad de la lucha por crear una identidad y un desarrollo económico. Los países jóvenes deben buscar su progreso social independizándose psicológica y moralmente de un sistema mundial duro y violento. No es fácil, y la voluntad y la entrega cumplen una función principal, sobre todo en los luchadores de primera fila o de una primera fase "heroica" que, por así decir, abre la brecha.

Trujillo y otros dictadores latinoamericanos, así como en Puerto Rico el administrador colonial Luis Muñoz Marín –quien había participado en la brutal represión norteamericana contra Pedro Albizu Campos y el nacionalismo–, reproducían la alarma, que sonaba Washington, de que los comunistas conspiraban para traer la revolución a la región. Después de la Revolución Cubana la alarma aumentó al máximo, desde luego. Este anticomunismo tendía a ver los procesos sociales como conspiraciones secretas entre dos polos, la Unión Soviética y Estados Unidos. La "guerra fría" ha venido a ser frase muy manoseada con que se evade la pobreza, el atraso y las historias concretas de las sociedades caribeñas y latinoamericanas.

No era infundada la alarma anticomunista, sin embargo.

En efecto los comunistas –de tendencias diversas, no sólo los Partidos Comunistas cercanos a la URSS– ejercían el liderato en muchos movimientos democráticos, populares y nacionales contra regímenes primitivos en el Caribe y Centroamérica. Las expediciones contra Trujillo de junio de 1959 fueron fraguadas con el apoyo del recién formado gobierno revolucionario cubano, en cuyo núcleo dirigente dominaban conceptos marxistas; en ellas también jugaron un rol principal miembros del Partido Comunista de Venezuela.

Los aparatos de inteligencia estadounidenses sabían que la teoría comunista es una ciencia de la revolución; la marxista es la única teoría elaborada y radical sobre el sistema capitalista y sus lacras, y sobre cómo derrotarlo y superarlo. Por tanto, en muchos casos los comunistas –o los entrenados en las ideas del socialismo científico, el marxismo o como se prefiera decir– configuraban el núcleo más capacitado organizativamente y más claro conceptualmente del confuso conjunto de los movimientos modernizantes contra las tiranías y la dominación de Estados Unidos.

La conspiración contra Trujillo tuvo financiamiento de variados sectores sociales, incluido el recién electo presidente venezolano Rómulo Betancourt. Este político coincidía en su repudio y temor a Trujillo con el costarricense José Figueres, Muñoz Marín y otros políticos de la región que creían en una modernización atada al capital y la política de Estados Unidos. Esta última, por cierto, en la práctica generalmente se traducía en las gestiones de la notoria Agencia Central de Inteligencia (CIA), con cuyos operativos dichos políticos colaboraban con frecuencia. La CIA ha sido desde la década de 1940 un brazo oculto del estado norteamericano que, además de simplemente recopilar información, realiza actividades secretas e ilegales fuera del territorio estadounidense oficialmente inadmisibles, notablemente de conspiración y eliminación de personas y grupos opuestos a los intereses de Estados Unidos.

El gobierno de Washington se debatía entre la línea, representada por la CIA, de respaldar los regímenes de represión – aunque se acompañaran de miseria y atraso– en el entendido de que eran la única alternativa real que contenía el auge de movimientos populares de inclinación socialista y antiimperialista; y por otro lado, la política representada por el Departamento de Estado, a la cual se inclinaban Betancourt, Figueres y Muñoz Marín, de buscar el cambio social dentro de una estrategia panamericana encabezada por Estados Unidos, que aliviara o modernizara las formas de la pobreza y el atraso y estimulara el lado progresista del capitalismo.

Las expediciones de 1959 contra Trujillo terminaron en un lastimoso y veloz fracaso militar, dramático pero generalmente desconocido. Sin embargo, alentó después otra conspiración armada, eventualmente exitosa, políticamente moderada y correspondiente a clases altas dominicanas, que logró dar muerte a Trujillo en una emboscada en mayo de 1961. La misma fue tolerada por el gobierno de Estados Unidos; sus partícipes estaban en comunicación con la CIA y el FBI. Ejecutado el tirano, sobrevino un reto para todas las fuerzas sociales contendientes. El trujillista reformista Balaguer sucedió al dictador y, bajo monitoreo norteamericano, organizó elecciones, las que ganó por amplio margen el patriota socialdemócrata y escritor Juan Bosch en 1963.

Pero Bosch era demasiado radical para las clases altas reaccionarias dominicanas y para la CIA, y –tras adoptar legislación progresista en favor de los agricultores y campesinos, las mujeres y las clases asalariadas– fue depuesto siete meses después de asumir la presidencia con un golpe militar de retórica anticomunista. Los intentos de las fuerzas reaccionarias por anular el orden constitucional dio pie, en 1965, a un gran levantamiento popular exigiendo respeto a la Constitución nacional: la Revolución de Abril. Aviones militares bombardearon la capital. La guerra civil terminó con un tenso acuerdo después de meses de combates entre los dominicanos y una invasión de cerca de 40 mil efectivos militares norteamericanos a República Dominicana. No han olvidado los dominicanos todavía su enfrentamiento popular armado con la potencia más grande, donde se foguearon colectivamente como pueblo.

La Revolución Cubana había golpeado decisivamente el orden que el imperialismo norteamericano reproducía en el Caribe desde principios del siglo XX, y lo había desencajado, algo que sigue ocurriendo en el presente. La actividad represiva de los aparatos de inteligencia estadounidenses en el Caribe y Centro y Suramérica era intensa y casi ilimitada. Buena cantidad de información fundamenta la sospecha, ya bastante generalizada, de que en 1963 el propio estado norteamericano fue momentánea y secretamente asaltado por un coctel de terroristas, compuesto por elementos de la CIA y la rama militar, contrarrevolucionarios cubanos y grupos de la Mafia y del racismo sureño, que llevó a cabo el asesinato del presidente John F. Kennedy, en un auténtico golpe de estado. En 1968 fue asesinado también su hermano Robert, quien, como el fallecido presidente, había despreciado los pueblos caribeños pero resultaba demasiado moderado para los departamentos más oscuros y brutales del imperialismo norteamericano.

## II

La formación moderna de naciones es una característica principal del hemisferio americano, nacido en la modernidad y propulsor de ella. En este hemisferio "nuevo", integrado al mercado mundial a partir del siglo XVI, las sociedades que se han creado tienen la identidad nacional como punto de referencia para organizar la vida colectiva e individual. El estado moderno se impuso, con gran violencia y represión, sobre las sociedades indígenas de las Américas; muchas fueron exterminadas y otras debieron adaptarse a los preceptos occidentales, primero en los sistemas coloniales instalados por las potencias europeas, y después en los estados-naciones que encabezaron las nuevas clases altas terratenientes, comerciales, bancarias e industriales del hemisferio. Multiétnica y contradictoria, la identidad nacional ha adquirido en América un rol central en la formación de la subjetividad.

En regiones del mundo más "viejas", la identidad y la visión de mundo de grupos oprimidos se han configurado de otras formas, por ejemplo en la institucionalidad religiosa. Véase el fenómeno contemporáneo de los grupos musulmanes armados que, con gran ira contra occidente y el imperialismo, persiguen formar un califato, es decir un orden islamista regional teocrático como los de hace mil años.

En América Latina, en cambio, la urgencia del estado nacional moderno ha sido emblema movilizador de grandes masas encabezadas ya por la burguesía local, ya por grupos populares radicalizados, y ha asumido formas ideológicas intensas. En el Caribe este proceso ha tenido diferentes ritmos. En diversos casos está en etapas primarias que, curiosamente, se confunden con la crisis actual de la nación moderna y del estado capitalista. Pues el discurso de orden y normalidad que preside la nación-estado es derrotado una y otra vez por el mercado, con su pugilato entre fuerzas externas y "nacionales". Dificultades recurrentes bloquean las estrategias que idealmente se trazan los gobiernos.

La nación moderna es atravesada por la contradicción entre la solidaridad cultural que persigue la promesa de un progreso poli clasista, y los conflictos de clase, raza, etnia, género y otros que la atraviesan. Su tejido social sufre sin cesar destrucciones severas por las oscilaciones del mercado y la agresividad de intereses poderosos, y vuelve a rehacerse de otras maneras. La deuda con la gran banca y con los mercados financieros globales es una de sus muchas dificultades, que refleja los extremos antisociales de la hegemonía del capital-dinero sobre el sistema capitalista.

Región de trasiego y trabajo de esclavos en principio traídos de África durante tres siglos de sufrimiento indescriptible, el Caribe ha producido comunidades nacionales y étnicas modernas marcadas por la subordinación –determinada también por limitaciones geográficas y demográficas– ante el mercado global y las potencias. El Caribe moderno se ha constituido mediante la dominación colonial, a la vez que ésta impide su desarrollo social y nacional. El mercado mundial le asignó al Caribe actividades primeramente exportadoras que reprodujeron su pobreza y subordinación: minería, agricultura de plantación y producción de bienes de limitado valor para vender a los lugares poderosos del globo.

Hoy diversos países caribeños se dedican a la exportación de frutos que seleccionan los países poderosos, en términos desventajosos de intercambio. La tendencia a reducir las naciones caribeñas al turismo, una actividad improductiva orientada al extranjero que domina la limitada geografía y los recursos naturales del país "anfitrión", mantiene bajo el valor de la fuerza de trabajo y comercializa y banaliza las culturas locales. Las economías caribeñas, en fin, son presa del vaivén de los capitales extranjeros, la emigración, los monopolios y la dificultad en formar instituciones propias.

En las Antillas y regiones caribeñas más especializadas en el sistema de plantación que organizaron los capitalismos avanzados de Inglaterra, Francia y Holanda, los movimientos de creación nacional a menudo han sido antecedidos por una conciencia étnica y racial del pasado esclavo.

La inclinación hispánica a la retórica, al discurso patrimonial y la elaboración literaria alimentó la ideología nacional e independentista en Cuba y Puerto Rico, de forma similar a otras partes de Hispanoamérica. En el Caribe hispano el discurso nacional fue recurso movilizador de clases sociales diversas, algo que se vio en las impresionantes guerras de independencia de Cuba en el siglo XIX, comparables en la región sólo a la gesta revolucionaria de Haití, que culminó en 1804 en la primera república latinoamericana. En Puerto Rico la formación de la economía se mantuvo a un nivel muy bajo de desarrollo, ya que España dedicó la Isla a actividad militar durante casi 400 años. En consecuencia apenas se formaron clases sociales capaces de sostener una oposición al imperio; este atraso deja ver su huella en el presente.

En la actual República Dominicana –la parte oriental de La Española o Saint Domingue– el hispanismo sirvió para llamar a la rebelión en 1844 contra Haití, que la había ocupado en 1820, en la visión de que los dominicanos pertenecían a una grande y rica cultura europea y latina, y era inaceptable su sometimiento a negros haitianos supuestamente incultos y salvajes. Esta ideología todavía es común en República Dominicana, y fue alentada especialmente por Trujillo. Se confirma en el Caribe la necesidad de formar una cultura original y revolucionaria que deje atrás el occidentalismo, convulsione las tradiciones de autoridad y transforme las relaciones étnicas, raciales, sexuales, de clase e internacionales.

La Revolución de Haití y la Revolución Mexicana de 1910-19 habían fusionado la propuesta nacional con el levantamiento clasista, étnico y cultural. Estas insurrecciones, y otras que siguieron, crearon la imagen del revolucionario armado como símbolo de verticalidad, prestigio y protagonismo histórico, sobre todo masculino, de una nueva identidad nacional-popular.

## III

Con el siglo XX aumentó el impulso patriótico y anticolonial una vez se unió a los reclamos de libertad y autovalía de las culturas populares y los grupos oprimidos. La recurrente ocupación militar de República Dominicana, Cuba, Haití, Panamá, Nicaragua y otros países dramatizaba que el "señor feudal" del Norte trataba a estas jóvenes naciones como parcelas de un gran terreno privado.

En Nicaragua entre 1927 y 1934 Augusto César Sandino dirigió la primera lucha armada sostenida y persistente contra el imperialismo norteamericano en el hemisferio, reclamando un orden nacional constitucional y rechazando una verdadera guerra que Estados Unidos lanzó en su contra por tierra y aire. Su referente y trasfondo había sido la Revolución Mexicana.

La lucha de Sandino inspiró a Albizu Campos en su denuncia vertical del colonialismo estadounidense en Puerto Rico, por la cual él y muchos otros nacionalistas debieron pagar con prisión, tortura y muerte. La abrumadora violencia estadounidense que cayó sobre ellos, así como la propaganda armada que los nacionalistas desplegaron en la ciudad de Washington en los años 50 reclamando la independencia de Puerto Rico, atrajeron la admiración de muchos jóvenes latinoamericanos que en aquellos años se curtían en quehaceres revolucionarios, como Fidel Castro y el Che Guevara, así como en sitios distantes, por ejemplo en Argelia el Frente de Liberación Nacional, en lucha contra el colonialismo francés.

Los movimientos de clases populares e ideologías radicales que crecieron en el Caribe y América Latina tras la segunda guerra mundial y experimentaron un empuje extraordinario gracias a la Revolución Cubana, poseían la pasión y el espíritu de sacerdocio correspondientes a lo importante que era –y es– la soberanía nacional para las clases mayoritarias, y a lo oprobioso que resultaban los regímenes opresivos que intentaban castrar el potencial nacional y reducir la cultura popular.

En un primer momento de la formación nacional, clases medias ilustradas radicalizadas se unen a las clases trabajadoras y populares; así había sido también en la Revolución Francesa, en luchas independentistas latinoamericanas y otros casos. Al radicalizarse, la pequeña burguesía se hace núcleo de movimientos que integran corrientes de la clase obrera urbana, universitarios, clases medias educadas, empresarios, campesinos opuestos a la concentración de la tierra en pocas manos, masas desempleadas y etnias oprimidas. Un terreno principal es el urbano, con sus espacios y medios de comunicación que difunden las ideas alternativas.

El bloque de alianzas de clases populares daba sentido al proyecto nacional, y éste daba sentido al bloque de alianzas. El ideal de unidad nacional alentaba las clases medias que aspiraban a un espacio para expandir la educación, la ciencia y el derecho; hacer negocios; crear mercados; promover la agricultura y la industria; expandir lo autóctono y reconocer la geografía del país: en fin, entrar en la historia mundial y hacer historia propia mediante un estado nacional. Es la gran esperanza moderna que articula la reproducción personal a la colectiva.

En la Revolución Cubana la pequeña burguesía radical fue más allá, al crear un espacio socialista. El proyecto cubano ha integrado asalariados urbanos, campesinos, clases medias, administradores, grupos ilustrados, el sector femenino y masas afrocubanas, y formado capas nuevas de gerenciales, científicos, profesionales y agricultores. En esta fase histórica difícilmente ha perseguido una sociedad sin clases ni estado ni jerarquías, como propone la filosofía comunista, sino por el contrario organizar la nación y el estado y salir del colonialismo.

Los movimientos políticos integran reclamos de clases sociales diferentes. No cae del cielo sin embargo el espacio político, hay que organizarlo. El proceso en que las clases populares van haciéndose la parte influyente de la sociedad requiere persistencia a través de fases diversas de formación educativa, cultural y de poder político. Parte de esta "educación" es la valentía de llamar las cosas por su nombre y la audacia de actuar de acuerdo a la magnitud del problema.

Dadas las limitaciones de las formaciones sociales caribeñas, en este drama los individuos y su arrojo personal en cierto modo han sustituido las clases sociales, en una "estructura sentimental" informada por motivos morales e ideologías de izquierda que permeaban un ambiente a la vez nacional e internacional.

El estudiantado sobresalió en el deseo nacional y latinoamericanista, como se ve en la trayectoria del joven Fidel Castro. En 1947 éste participó en la expedición frustrada de Cayo Confite a República Dominicana para derrocar a Trujillo, que contó con participantes de diversos países caribeños y que

Félix Ojeda Reyes menciona en el presente texto; y el Bogotazo, un levantamiento popular en Colombia en 1948 en respuesta al asesinato del político reformista Jorge Eliécer Gaitán.

El impulso nacional-popular se ha investido de formas que pueden llamarse en cierto modo religiosas, por la dación y el sacrificio de sus voluntarios, dispuestos al entrenamiento militar con escasos recursos materiales, y a la muerte. Según relata Ojeda Reyes, los combatientes de junio de 1959 muestran a veces una disposición mística al sacrificio. Los mitos que emocional y moralmente los alientan –y el mito es parte de toda cultura– se refieren a una América nueva, la cual habría que construir. La valentía de que fueron capaces los héroes de 1959 y muchos otros hace recordar la frase de Albizu Campos de que "el supremo valor del hombre es el valor", expresada en dicho sentido místico y mítico.

El lector podrá preguntarse en qué se diferencian los jóvenes combatientes dominicanos, cubanos, venezolanos y puertorriqueños de 1959 –algunos de ellos adolescentes– de los musulmanes terroristas que hoy desafían a las potencias occidentales, con matanzas acompañadas del suicidio o de verdaderas bestialidades, en el Medio Oriente, Asia Central y Europa, o en Nueva York en septiembre de 2001. La comparación vale la pena, pues ilustra ideologías muy distintas ante la colonialidad del capital transnacional.

La ideología de los grupos terroristas musulmanes tiene un carácter retrógrado, es decir, persigue ir hacia atrás, por ejemplo a los califatos medievales, al orden teocrático y a una mayor represión de la mujer, del individuo y de la sexualidad. En cambio, en general el nacionalismo de los países oprimidos –distinto al nacionalismo de los países opresores, advirtió Lenin– persigue, no el retroceso, sino el progreso de las clases populares. Se ha fundado en ideales modernos predominantes en América: discusión ilustrada y pública de las instituciones y la autoridad, confianza en la razón y el desarrollo científico, democracia, republicanismo, separación de estado e iglesia y expansión de las culturas populares.

Además, la tradición de acción armada revolucionaria en el Caribe y América Latina está en general exenta de terrorismo; se ha dirigido a objetivos militares, aparatos represivos y al poder político, en tanto constituyen violación a los derechos humanos o civiles, por ejemplo en el colonialismo y el despotismo.

Sería en los años 80 que la prensa internacional, bajo hegemonía estadounidense, empezó a calificar de "terrorista" cualquier acción violenta que desafiara el orden oficial, sin distinguir entre una actividad clandestina digamos contra una base militar o una dictadura sanguinaria, y un atentado indiscriminado contra la población civil que persigue sembrar terror para que los civiles presionen al gobierno y éste cambie su política.

La actual alarma sobre el "terrorismo" provoca pavor hacia cualquier insinuación de violencia política contra el orden oficial. A la vez se verifica una vasta producción de tecnología militar, armas y equipos que nutren en todos lados los servicios de represión policiaca y militar. El miedo a desafiar el orden –aunque se sepa falso e injusto–, es parte del miedo al orden, dada su acumulación de armamentos, leyes y máquinas de vigilancia y persecución, y expansión de los sistemas carcelarios.

No están ya Trujillo ni Batista, pero está el aparato transnacional de militarismo, control y represión encabezado por Estados Unidos. Desde los años 80 Washington cesó su política de casi un siglo de respaldar regímenes sanguinarios y despóticos en América Latina. Algunas dictaduras militares habían sido tan despiadadas que en ciertos extremos fueron más horrendas que el nazismo de Hitler. Ahora Washington persigue un régimen transnacional de derecho, acompañado de militarismo y vigilancia, al servicio de las nuevas evoluciones del capital.

# IV

Las juventudes antillanas del multicultural y transnacional siglo XXI se perciben hoy diferentes a los patriotas de las expediciones dominicanas de 1959. Aquellas viejas visiones revolucionarias se disipan, o más bien reclaman un cambio de forma. El protagonismo del pueblo y sus imágenes –según construidas– se han debilitado, y deben verse los modos nuevos en que podrían reconstituirse.

Mucho ha cambiado, aunque en cierto modo todo ha permanecido igual. ¿Qué ha ocurrido? Una sociedad de abundancia de mercancías y dinero coexiste con la tendencia del capital a concentrarse en pocas manos y la marginación de grandes masas, que son invisibilizadas. La tendencia es mundial y ha conllevado una disminución de la institución del estado nacional, más aún en los países más pobres y dependientes o donde por razones históricas no ha cuajado la nación moderna.

Como las clases sociales se forman en espacios nacionales, la desarticulación de éstos hoy implica una pulverización de las clases, o de las formas que habían adquirido, al menos relativamente. Aumenta la emigración y la incertidumbre en cuanto a puestos de trabajo; disminuye el empleo a tiempo completo y permanente. Los salarios son bajos e inciertos. Es más fácil la eliminación de derechos laborales y ambientales, y más difícil la reproducción familiar y la formación de hogar.

El valor de la fuerza de trabajo se reduce al reducirse el valor de las mercancías que necesitan los trabajadores para reproducirse, a causa de desarrollos industriales y tecnológicos que han provocado un gran salto global en la producción y circulación de mercancías desde el último tramo del siglo XX. Así, la individualidad y la sexualidad se expanden con el consumo popular. Pero los desarrollos tecnológicos desplazan trabajadores y alteran las formas del trabajo en función de una mayor acumulación de capital. Una mayor explotación de los asalariados irónicamente va junto a una expansión de diversos consumos, una re-modernización.

Dominados por el capital monetario, los sistemas de salud se empobrecen y encarecen, pero la vida personal se alarga. El destartalamiento y encarecimiento de los sistemas de educación – otro medio de reproducción de la fuerza de trabajo– se traduce en desorientación, desorden mental, y pobreza de criterios que provean herramientas intelectuales al trabajador y lo induzcan a unirse a los otros. Se limita la disposición popular a crear organizaciones y espacios de intercambio de ideas. A la vez crecen los mercados educativos de forma transnacional.

La globalización capitalista parece una máquina que hace redundante el liderato intelectual político nacional. El capital domina el plano mediático y controla estrictamente noticias, espectáculos e imágenes. El narcisismo estadounidense impone representaciones banales de la humanidad como si ésta se redujera a la vida norteamericana. Lo privado opaca lo público. Entre jóvenes y escolarizados los aparatos electrónicos personales activados con internet se hacen medios de información y educación, aunque están plagados de superficialidad y controlados por megaempresas globales. Un individualismo inseguro se corresponde con escasez de medios que promuevan pensamiento colectivo alternativo.

Luce que, a nivel global, una masa de trabajadores de distintas escalas salariales y destrezas intelectuales constituye la fuerza de trabajo necesaria para que las empresas capitalistas, incluidos los consorcios transnacionales, obtengan jugosas ganancias. Esta masa productiva en muchos casos tiene salarios permanentes, nutre el sistema crediticio, compra viviendas y automóviles, visita centros comerciales, accede a los nuevos entretenimientos en internet, hace turismo, participa de la educación superior y goza de pensión de retiro. Brinda estabilidad y apoyo al orden oficial, al menos de forma pasiva, y modera los impulsos contra éste. No es mayoría, pero contribuye al balance que conserva el estado, versus la masa sumida en mayor pobreza e incertidumbre y proclive a la violencia social y a maltratos del estado.

No pueden las empresas capitalistas absorber la totalidad

de la masa laboral de los países o del mundo. Por tanto los sectores marginados crecen peligrosamente, también por el desplazamiento de campesinos y agricultores a causa de la concentración de la propiedad de la tierra, la destrucción de recursos naturales y las manipulaciones del suelo, el ambiente y las semillas por capitales privados y gobiernos ineptos o corruptos. Masas marginadas recurren al trabajo informal e ilegal; se debaten en déficits de escolaridad y elaboración cultural.

Pues el "tercer mundo" fue disuelto a partir de fines del siglo XX, si el tal mundo era conformado por países que buscaban racionalizar su agricultura e industria nacionales y desarrollarse a partir de su soberanía formal. Su destrucción ha sido financiera, por medio de empréstitos y deudas; militar, por medio de guerras, agresiones y golpes; mediática, por medio de información global centralizada y un bombardeo de imágenes de lo que es legítimo y lo que no; y comercial, por medio de la competencia en que los más poderosos imponen términos de intercambio deplorables al país desventajado. Estados débiles o recién salidos del colonialismo, como muchos en el Caribe, sufren más el fenómeno de que los grandes ricos, por tener tanto poder sobre la sociedad, aportan menos al erario.

Que la nación institucionalice una repartición de la riqueza es concepto en principio socialista, al cual, irónicamente, se acercan regiones ricas como la Unión Europea, Estados Unidos y Japón, de forma capitalista claro está, en tanto distribuyen entre los pobres parte de su riqueza mediante servicios, ayudas, préstamos y otros modos de salario social. Para ello deben cercarse, aislarse del resto del mundo, que es pobre. Parecen grandes shopping malls o urbanizaciones cerradas a una masa circundante pero pretendidamente invisible, una parte del proletariado contemporáneo que pueblan múltiples lenguas y fenotipos y proviene de lugares coloniales, semicoloniales, poscoloniales.

El capitalismo genera enormes niveles de riqueza privada – también en los países pobres– y a la vez inmensas áreas de pobreza

–también en los países ricos–, y este hecho innegable debilita el discurso usual de que el orden oficial traerá la liberación de mujeres, pobres, gay, razas subordinadas, asalariados, migrantes y culturas oprimidas, como si fuese el final feliz de la historia mundial. Crea progreso y modernidad y a la vez atraso y retroceso. No puede deshacerse de las contradicciones que constituyen su naturaleza.

Lo salva, por ahora, la libertad de mercado que le es inherente, la movilidad social. Los pobres saben que la riqueza abunda –en forma de mercancías, dinero, valores, poder, salarios– y está presente a través del globo. Cada cual tiene libertad de moverse para tener contacto con ella, aunque sea accidentada o temporeramente. Esta búsqueda multitudinaria, móvil e individualizada aplaca tensiones, alivia la opresión, promueve el olvido y atenúa la baja autoestima mediante esperanzas fugaces de que el futuro será bueno. A la vez se configura una suerte de estado global que conecta los sistemas legales, burocráticos, militares y de policía de muchos gobiernos.

Con la pobreza en el siglo XXI aumentaron el crimen organizado y el fundamentalismo musulmán. Este último desafía a Occidente de manera iracunda, como una venganza visceral por el colonialismo y el sistema capitalista, calamidades que, sin embargo, la religión de por sí es incapaz de derrotar.

El narcotráfico se ha disparado desde fines del siglo XX, o sea desde esta expansión de la miseria global, notablemente en las Américas. Brinda trabajo a masas de pobres y, por otro lado, se corresponde con masas de los países ricos –en distintos estratos sociales, que consumen la droga. La pobreza, pues, genera un mercado ilegal que a su vez se nutre de la disminución psicológica y la alienación en países industrialmente avanzados. La desmoralización entre los trabajadores de los países ricos reduce la productividad y contribuye a la crisis de identidad de Estados Unidos y otras naciones poderosas. Entonces crecen corrientes derechistas hostiles a la inmigración y a las ayudas del gobierno a los pobres, ya que supuestamente fomentan la dejadez de los nacionales respecto al trabajo.

Muy distinto era el ambiente en que se produjo la visión nacional y de poder popular que tenían los combatientes contra Trujillo de 1959. No han desaparecido, sin embargo, la nación ni la necesidad de la construcción nacional –como algunos se han aligerado a sugerir–; más bien se reiteran como espacio de las culturas populares.

Pero el proyecto nacional no depende ya del ajusticiamiento de un tirano, de la soberanía formal o de una modernización del gobierno: exige bastante más. Se confirma la necesidad de lo que Antonio Gramsci llamó "guerra de posición", en vez de "guerra de maniobra". Son metáforas para significar que, en lugar de pretender derrumbar al estado mediante una mera maniobra contra la persona o grupo que lo represente, los movimientos revolucionarios deben avanzar construyendo gradualmente sus posiciones en la sociedad, ya que el estado se ha hecho más complejo y contiene numerosas instancias culturales, intelectuales y transnacionales.

Este proceso tendría sentido en tanto el pueblo trabajador se proponga encabezar la sociedad. Digamos que este pueblo es el conjunto de los pobres y masas cuya elaboración de la ciencia, la tecnología y el pensamiento puede organizar un orden radicalmente superior.

Concentrado el capital en monopolios transnacionales bancarios, industriales, agrícolas y comerciales, y globalizada la coerción estatal, la revolución parece una imposibilidad; luce que una represión aplastante se aplicaría al instante a cualquier desafío en cualquier país. Pero la "revolución" puede tener incontables formas por medio del progreso popular y de relaciones de cooperación más que de competencia.

El nuevo clima de derecho y elecciones ha permitido gobiernos de izquierda en algunos países y alentado esfuerzos de soberanía y solidaridad intercaribeña e interamericana como el ALBA, el proyecto de cooperación regional que nació de una iniciativa cubano-venezolana en 2004.

Los viejos modos del imperialismo ceden a nuevas formas capitalistas de sometimiento de pueblos y recursos naturales, pero además a conquistas de las clases populares y de las naciones jóvenes. El cambio de política de Estados Unidos y los actuales espacios democráticos en América Latina han sido un logro de las luchas revolucionarias de los años 50, 60 y 70, incluidas las expediciones contra Trujillo de junio de 1959.

Es universal el respeto que merece y se confiere a quien cae por sus ideales, más aún si éstos buscan el enaltecimiento de los otros, de las generaciones futuras, de eso que suele llamarse la sociedad. Los combatientes que murieron en la intentona dominicana de junio de 1959 representan una fase histórica de las luchas de clases en el Caribe hispano, que incluyó regímenes cuyo primitivismo y crueldad resultan hoy inconcebibles e increíbles a los jóvenes. Representan también la cuestión de la lucha caribeña por la liberación social y nacional en el pasado y en el futuro, las formas que ha de adquirir, y la necesidad de una memoria histórica de las derrotas. Esta memoria informa la imaginación moral para las variadas estrategias que haya en el futuro y que seguramente incluirán, en una u otra medida, la lucha armada.

# El filón de la historia

Recuerdos

✝

Misa
a la memoria del
Dr. Pedro Albizu Campos
celebrada en la
Iglesia de Ntra. Señora del Pilar
Río Piedras, P.R.
el Viernes 18 de Junio de 1965.

Secretaría Acción Femenina
Movimiento Pro Independencia

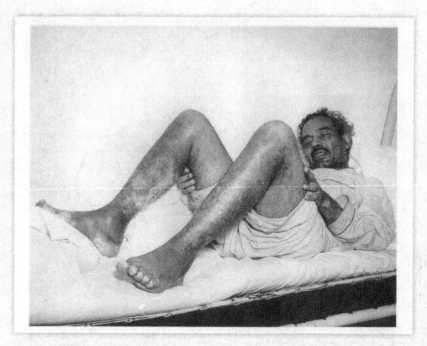

¿Será verdad que don Pedro Albizu Campos fue víctima de experimentos de radiación llevados a cabo por agencias del gobierno de Estados Unidos mientras se hallaba encerrado en la Cárcel de la Princesa del Viejo San Juan?

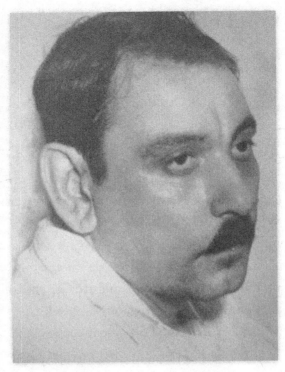

Luis Muñoz Marín, gobernador colonial del "estado libre asociado" de Puerto Rico, carcelero de don Pedro Albizu Campos.

Rafael Leónidas Trujillo, dictador dominicano, asesinado el martes 30 de mayo de 1961.

# El filón de la historia

Estamos en la llamada Isla del Encanto. Estamos en el Puerto Rico de principios de la década de 1950. De aquellos años que corresponden a los de mi niñez, conservo recuerdos agradables. Jamás olvidaré la mecedora en el balcón de mi casa, un mueble que se hallaba por todas partes; pero el nuestro, de metal, en blanco brillante, tenía algunos ribetes repujados en verde. Y mientras nos mecíamos se podía leer el periódico, platicar con vecinos o compartir con otros miembros de la familia. Aquel era, sin lugar a dudas, el decenio de la mecedora…

La vida entonces parecía lenta. Y para darle más quietud al entorno, en marzo de 1954, irrumpe la televisión por algunos parajes de nuestra ciudad capital. El blanco y el negro predominan en la fotografía, el cine, los periódicos y en la pantalla chica. Es posible que todo se halle perfectamente ordenado. No se presencian mayores conflictos sociales. Los precios de los alimentos se mantienen bajos. Los índices de la inflación registran estabilidad. Supuestamente la conformidad y el asentimiento figuran como categorías predominantes. No obstante, aquella década del siglo pasado surge más compleja y conflictiva de lo que suele parecer.

Podríamos decir que dos hombre llenan buena parte de la historia de aquel momento. Uno es blanco, el otro es del color del Dr. Betances, el padre de la nación puertorriqueña. El primero, el blanco, será el carcelero del segundo; pero este último, don Pedro Albizu Campos, pronto se transformaría en un símbolo continental, personificación del valor y del sufrimiento en la escabrosa batalla por la libertad y la independencia.

A don Pedro nadie le podía negar genialidad o brillantez. La admitían "con un suspiro hondo" –asegura Ana Lydia Vega– "como quien advierte lo peligrosa que puede resultar para la paz social la demasiada inteligencia".[1]

El 30 de octubre de 1950 marca la fecha de la insurrección nacionalista. Días más tarde, en el distrito federal de Washington, dos puertorriqueños, Griselio Torresola y Oscar Collazo, atentan contra la vida del presidente Truman. Ahora las noticias de la lucha anticolonial se cuelan por los resquicios de la prensa internacional. Poco tiempo después, en 1954, luego de ser indultado, don Pedro vuelve a la cárcel. Tres hombres y una mujer de su Partido irrumpen en la sede del Congreso americano y atacan a los allí presentes. De repente, el encierro de don Pedro presenta unas variantes indescriptibles.

¿Será cierto que el Maestro nacionalista fue víctima de experimentos de radiación llevados a cabo por agencias del gobierno de Estados Unidos mientras se hallaba encerrado en la Cárcel de la Princesa del Viejo San Juan? De ello se quejaba él que tenía un grado en ingeniería química de la Universidad de Vermont; pero su carcelero decía que el patriota de Ponce estaba loco. En lo tocante a este asunto, nos empeñamos en decir que la verdad se conocerá más temprano que tarde. Lo interesante del asunto es que el Departamento de Energía de Estados Unidos admite que durante los años del 1950 llevó a cabo experimentos de radioactividad en seres humanos sin el consentimiento de las víctimas.[2] Y yo, que he pasado buena parte de mis años de adulto husmeando documentos, libros y papeles viejos en bibliotecas y archivos de la patria de Lincoln, puedo decir que los americanos, para bien o para mal, lo guardan todo. Definitivamente la verdad se sabrá más temprano que tarde.

---

1  *El Nuevo Día*. San Juan, 2 de junio de 2013.
2  El presidente Bill Clinton solicitó en 1994 se investigaran las acusaciones relacionadas a los experimentos de radiación sin el consentimiento de los afectados. El informe se puede consultar en la siguiente dirección electrónica: http://www.eh.doe.gov/ohre/roadmap/achre/report.html.

En 1956 médicos estadounidenses experimentaron por primera vez, en una barriada pobre de Puerto Rico, el contraceptivo oral llamado Enovid. Hubo algunos efectos secundarios en las más de 200 mujeres medicadas, particularmente náuseas, que inmediatamente corrigen añadiendo determinados antiácidos al brebaje. Poco después, los experimentos de La Píldora se extienden a la república negra de Haití.

Mientras tanto, en Guatemala, profesionales de la salud de Estados Unidos inoculaban enfermedades de transmisión sexual a gente pobre sin su consentimiento. La jefa de la diplomacia estadounidense, Hillary Clinton, junto a la secretaria de la Salud, Kathleen Sebelius, pidieron disculpas al pueblo de Guatemala por tan abominables experimentos.[3]

Da la casualidad que he formado parte de una generación que creció con el sonsonete que decía y reiteraba que don Pedro Albizu Campos estaba loco. ¿Tenía razón aquel hombre blanco que poco antes del deceso de don Pedro lo indulta para que no muriera en prisión? Paradójicamente y como distanciamiento de lo que advertía el morador de La Fortaleza, Puerto Rico presenció uno de los entierros más concurridos de su historia. Miles y miles de personas se mantenían en fila religiosa, por horas y horas en la Ponce de León, de Santurce, para rendirle sus respetos al patriarca del valor y del sacrificio.

Durante aquellos años las dictaduras se multiplican por los países de nuestra región: Trujillo en la República Dominicana, Batista en Cuba y el doctor Duvalier en Haití. La Tierra Firme no se queda atrás: Rojas Pinilla en Colombia y Pérez Jiménez en Venezuela. Además, se puede mencionar a Castillo Armas en Guatemala y el clan nicaragüense de los Somoza, cortados todos por las mismas

---

3    Hillary Clinton y Kathleen Sebelius suscribieron la siguiente declaración: "Although these events occurred more than 64 years ago, we are outraged that such reprehensible research could have ocurred under the guise of public health. We deeply regret that it happened, and we apologize to all individuals who were affected by such abhorrent research practice". *The Washington Post*, 1 de octubre de 2010.

tijeras. Lamentablemente, esos regímenes represivos y neoliberales de entonces fueron bendecidos por los gobiernos de turno en los Estados Unidos, desde Truman hasta Kennedy.

Las protestas populares y las acciones violentas en Cuba, Venezuela, República Dominicana y Puerto Rico desmienten la conformidad y la aquiescencia como alegadas categorías de aquella década.

Resultaría interesante hacer un paréntesis y reflexionar sobre los evidentes parecidos y diferencias que existen entre el filón de la literatura y el de la historia. No es difícil encontrar una aclaración. En 1605 don Miguel de Cervantes desataba el nudo de forma magistral, porque uno es escribir como poeta y otro es escribir como historiador. El primero, el poeta, "puede contar o cantar las cosas, no como fueron, sino como debían ser; y el historiador las ha de escribir, no como debían ser, sino como fueron, sin añadir ni quitar a la verdad cosa alguna".[4]

El ferviente deseo de contar los hechos tal y como suceden debería servir de norte a todo aquel que practique el oficio de historiar lo que tiene sentido, lo que tiene valor práctico, en contraposición con lo irreal e ilusorio. Entonces, el compromiso tiene que ser con la verdad. Y sin quitarle a la verdad "cosa alguna", como aconseja la inmortal novela de Cervantes, invitamos a nuestros lectores, sin perder el sentido del misterio, a examinar una historia maravillosa, al parecer tomada del mundo mágico de la literatura.

En resumidas cuentas, la que vamos a narrar sucede a fines de la década de las mecedoras. Perseguimos el propósito de hacer justicia y tenemos la intención de rendirle homenaje de admiración y respeto a los jóvenes puertorriqueños que durante los meses de junio y julio de 1959 sacrificaron sus vidas luchando por la libertad del pueblo dominicano. Nadie en Puerto Rico sabe cómo o cuándo cayeron. A pesar de ello, podemos reiterar que eran internacionalistas

---

4    Miguel de Cervantes. *Don Quijote de la Mancha*. España: Alfaguara. Edición del IV Centenario, p. 569.

de nueva factura. Ellos supieron encontrar un trágico final para sus vidas batallando contra una de las dictaduras más odiadas del entorno antillano.

Resulta lastimoso entender que a falta de información se hace extremadamente difícil redactar los perfiles biográficos de los combatientes puertorriqueños. El problema se agrava cuando descubrimos que todos nuestros expedicionarios residían en Estados Unidos y conseguir a familiares o amigos de los caídos en tan extenso territorio resulta complicado en extremo.

Creíamos que en la ciudad de La Habana se hallaban los documentos que contestarían nuestras interrogantes, pues desde la hermana república salieron las expediciones que marcaron el final de la dictadura trujillista. Lamentablemente no ha sido así, pero Cuba siempre nos tiende sus manos. Y cuando solicitamos a los compañeros del Partido Comunista de Cuba que compartieran sus fuentes y respaldaran nuestro proyecto, dirigido a rescatar una historia donde se hermanan internacionalistas puertorriqueños, cubanos, dominicanos, venezolanos, españoles, estadounidenses y guatemaltecos, hicieron todo lo posible por apoyarnos. A tales efectos, desde la mayor de nuestras islas recibí el siguiente mensaje:

Querido Félix. Ayer me telefonearon del Departamento de América del Comité Central del Partido y me explicó el compañero Mario Medina que ellos habían recibido una solicitud de (Ricardo) Alarcón en relación con tu investigación acerca de los boricuas en el plan revolucionario contra Trujillo.

Me dijo que te comunicara que la solicitud fue atendida directamente por el jefe del Departamento, Guillermo Arbezú, y que ellos confirmaron que no disponen de documentación alguna al respecto, pues de esa época no se guarda nada en los archivos de ellos ni en los que pertenecieron a Manuel Piñeiro, Barbarroja.

Pensando en el tema se me ocurre que quizás en Dominicana pueda existir algo. ¿Has visto en los archivos de allá? De todos modos, veré cómo me empato con Alarcón y le paso la idea de que os ayude a averiguar directamente con Fidel y Raúl, a ver si ellos tienen alguna documentación al respecto.[5]

Quiso la casualidad que nuestro trabajo se hallara lleno de obstáculos. No obstante, muy buenos amigos en Cuba lograron coordinar una importante reunión con el comandante Delio Gómez Ochoa. El enlace se haría en la capital dominicana. Y con la ayuda de la periodista Ángela Peña pude conocer a Mayobanex Vargas. Luego, a la llegada de Delio, acordamos trasladarnos a la residencia de Poncio Pou Saleta, donde conversé con los tres sobrevivientes de aquella heroica gesta.[6]

Todos los combatientes puertorriqueños provenían de la diáspora. David Chervony nace en *El Polvorín* de Hormigueros e igual que aquellos que le acompañan sobresale por su valentía. David entregó su pecho a los tiros y su voluntad y coraje a la República Dominicana. El comandante cubano Delio Gómez Ochoa me decía que David había dado la talla en grado extremo. David Chervony muere heroicamente, en Constanza, el 7 de julio de 1959. Tenía 17 años de edad.

De Rubén Agosto es muy poca la información acopiada hasta el momento. Había llegado por Maimón en las expediciones marítimas y los esbirros de la dictadura lo conducen a la muerte frente al negocio del igualmente puertorriqueño Arsenio García. Allí lo matan, a tiros, durante la mañana del 28 de junio de 1959. A más de 50 años de la gesta, el aguerrido compatriota es recordado con afecto y con mucha querencia por los naturales de aquel pequeño

---

5    Archivos de Félix Ojeda Reyes. *Boricuas en Santo Domingo*. Correo electrónico recibido el 11 de diciembre de 2009.
6    La plática se llevó a cabo el 7 de julio de 2005 en la residencia de Pou Saleta.

lugar. Rubén Agosto tenía 23 años de edad.

Miguel Ángel Menéndez Vallejo nace en Santo Domingo. Hijo de padre puertorriqueño en madre dominicana, cuando apenas cumple cuatro años de edad su familia se traslada al área metropolitana de San Juan. En el Barrio San Antón, de Carolina, estrecha lazos de amistad con un muchacho llamado Roberto Clemente. Esto sucede cuando nadie sospecha que Clemente lograría celebridad internacional al convertirse en un astro del béisbol de las Grandes Ligas. En 1955, Miguel Ángel emigra a la ciudad de Nueva York. Su respetada progenitora, doña Consuelo Angélica Vallejo, le advierte: si quieres hacer algo productivo con tu vida tienes que irte a batir contra la dictadura de Trujillo. Así lo hizo, rindiendo su existencia en el poblado de Estero Hondo. Miguel Ángel tenía 21 años de edad.

Hay otros boricuas de la diáspora que debemos recordar: Luis Ramos Reyes, Juan Reyes Reyes, Luis Álvarez y Gaspar Antonio Rodríguez Bou. A éste último lo creemos sobrino del ex-Rector del Recinto de Río Piedras de la Universidad de Puerto Rico, don Ismael Rodríguez Bou.

Con tales precauciones podemos asegurar que aquellos jóvenes que ofrendaron sus vidas en las expediciones del 14 y 20 de Junio de 1959 nunca fueron vencidos. Al caer atizaron la chispa que incendiaría toda la pradera dominicana. El 30 de mayo de 1961 el déspota apuró la poción de la muerte. Pero creo que esta historia debe comenzar por el principio…

# Un lobo con piel de cordero

Encuentro de dictadores: Rafael Leónidas Trujillo y
Francisco Franco.

Entrada a los Archivos Nacionales de Estados Unidos (College Park,
Maryland), donde rastreamos documentos de importancia para
terminar nuestro libro. (Foto en Colección Félix Ojeda Reyes).

Joseph S. Farland (1914-2007), ex funcionario del FBI, con un doctorado en derecho de la Universidad de Stanford, fue embajador de Estados Unidos en la República Dominicana.

El joven Fidel Castro practicando baloncesto. Colegio Belén, 1943. (Oficina de Asuntos Históricos del Consejo de Estado de Cuba).

Jesús de Galíndez, escritor y jurista español, fue secuestrado en Nueva York y asesinado en la República Dominicana por órdenes de Trujillo.

Ramfis Trujillo, hijo del dictador dominicano, murió en 1969, en Madrid, luego de sufrir lesiones graves en un accidente de tránsito.

Gerald Lester Murphy, piloto estadounidense oriundo de
Oregon, muy indiscreto, se jactaba de haber trasladado
clandestinamente a Galíndez hasta la República Dominicana.
Es otro de los desaparecidos de la dictadura de Trujillo.

Vista aérea de Santo Domingo, 1959.

# Un lobo con piel de cordero

*General Rafael, Trujillo General,*
*que tu nombre sea un eco eterno de cadáveres,*
*rodando entre ti mismo, sin piedad, persiguiéndote,*
*que los lirios se tapen sus ojos de tus ojos,*
*vivo y muerto, para siempre;*
*que las flores no quieran germinar de tus huesos,*
*ni la tierra te albergue:*
*que nada te sostenga, General, que tus muertos*
*te despueblen la vida y tú mismo te entierres.*

*Himno de sangre a Trujillo*
**Julia de Burgos**

Sus allegados, atónitos, le observan maquillándose continuamente. Hay una suposición general: empujado por la barbarie del racismo el déspota pretende ocultar sus facciones negras, facciones que debía agradecer por siempre a su abuela materna Luisa Erciná Chevalier. De origen haitiano, Luisa era una destacada e ilustre educadora a quien Hostos enaltece en sus escritos: tuvo San Cristóbal maestras consagradas apostólicamente a su alto magisterio, entre ellas dos mujeres distinguidas "por la obra y el afán", Luisa Erciná Chevalier y Ana Josefa de Luna.

Y más temprano que tarde aquel nieto de facciones negras convierte a la República en una gigantesca empresa de su exclusiva propiedad. Empecinado por reunir riquezas, consigue controlar la mayor parte de los sectores productivos de la nación. Entre sus negocios sobresalen "hoteles, plantas de cemento, de grasas, fábricas de tejidos, de zapatos, de materiales de construcción, de alimento para ganado, de cacao elaborado; de cigarrillos, bancos, líneas de navegación marítima y aérea, monopolio de la sal, de los fósforos, de la carne, ingenios de azúcar, fábrica de armas y además se había convertido en el latifundista más grande del país".[7] A través de décadas de dictadura Rafael Leónidas Trujillo amasó una inmensa fortuna que el Departamento de Estado de Estados Unidos ha estimado en 500 millones de dólares, una cantidad sorprendente para aquellos días.

El mandamás de la República Dominicana llegó al mundo el 24 de octubre de 1891. A los dieciséis años trabaja de telegrafista. Poco después se desempeña como criminal de segunda clase. A Trujillo lo llevarían a los tribunales por distintas fechorías. En 1914 se ve en aprietos cuando es acusado por robo de ganado. No prospera la imputación, pues se resuelve tras bastidores. En otras ocasiones será acusado por falsificación y estafa. También lo procesan por violar a una niña en hechos ocurridos al interior de una iglesia. Esta última indecencia amerita un comentario.

La ocupación de la República Dominicana por parte de Estados Unidos, de 1916 a 1924, una de las muchas intervenciones militares y políticas de la potencia imperial en el Caribe y América Latina desde el Siglo XIX hasta el presente, trae como consecuencia un levantamiento rural de corte nacionalista en 1917. Los patriotas dominicanos que luchaban en las cordilleras y en los llanos de la República serían llamados, con desprecio, "gavilleros". Y para combatir aquella gavilla de patriotas Estados Unidos establece la Guardia Nacional Dominicana.[8]

El 11 de enero de 1919 Trujillo es aceptado en el nuevo organismo militar con el grado de segundo teniente. Activado en el cuerpo castrense interviene en la persecución de los patriotas nacionalistas. En enero de 1920 lo sientan en el banquillo de los inculpados. Se le acusa de violar a Isabel Guzmán, de diecisiete años de edad.

---

7   Juan Bosch. *Antología personal*. Río Piedras: Editorial de la Universidad de Puerto Rico, 1998, p. 390.

8   No es un episodio novedoso. Guardias nacionales parecidas fueron establecidas por Estados Unidos en Haití y Nicaragua durante las ocupaciones de 1915 y 1927 respectivamente.

Buscando a un patriota opuesto a la ocupación, Trujillo penetra en una residencia, varias mujeres son arrestadas y encerradas en la iglesia de la localidad. El acusado hizo subir al campanario de la iglesia a Isabel Guzmán, donde la ultraja, amenazándola con matar a su familia si se resistía. El Tribunal le imputó cargos graves: asalto con la intención de ultrajar y conducta escandalosa con el motivo de destruir buenas costumbres. Sin embargo, a Trujillo no lo hallan culpable, resulta libre de toda culpa. Lo perdona un tribunal militar estadounidense reunido en San Pedro de Macorís, presidido por el teniente coronel James E. McE.Huey. Los estudiosos del episodio, Richard Millett y Marvin Soloman, concluyen que el veredicto de no culpabilidad resulta injustificado. La transcripción del juicio se halla depositada en los Archivos Nacionales de Estados Unidos.[9]

El columnista del diario cubano *Juventud Rebelde*, Ciro Bianchi Ross, dice que Trujillo es un engendro macabro de Estados Unidos, pues durante aquellos años el ejército estadounidense lo acomoda en la Policía Nacional. Luego pasa a ser el jefe de las fuerzas militares dominicanas. En febrero de 1930 se las ingenia para dar un golpe de estado y el 16 de mayo de ese mismo año, por medio de unas elecciones de embuste, resulta "electo" presidente de la República.

Desde 1936 la ciudad capital deja de llamarse Santo Domingo de Guzmán y pasa a llamarse "Ciudad Trujillo". Para ese tiempo el tirano ordena, de forma tajante, impedir el movimiento de cortadores de caña de Haití hacia el suelo dominicano. En torno a esta prohibición se produce ese año una de las masacres más atroces de la historia antillana: 20 mil haitianos brutalmente asesinados.

Trujillo cuenta con una fuerza temible, el Ejército Nacional, que lo mantiene en el poder mediante la utilización del terror. Los medios de comunicación, la prensa hablada y escrita, se rinden a su voluntad. A ello habría que añadir, como acertadamente sugiere Juan Bosch, que Trujillo es la encarnación de todos los males históricos

---

9    Richard Millett and Marvin Soloman. "The Court Martial of Lieutenant Rafael L. Trujillo". *Revista Interamericana (Inter American Review)*. Fall 1972. Vol. 2 (3). (NARA. Record Group 80. File 16,870-47: 477).

acumulados de la historia dominicana.

En junio de 2011 estuve trabajando en los Archivos Nacionales de Estados Unidos, en el área de College Park, estado de Maryland. Documentos del Departamento de Estado, desclasificados durante aquellos días, revelan cómo altos oficiales del gobierno de Washington se preocupan y protegen la salud de Trujillo y de otros déspotas del Caribe. Veamos el siguiente telegrama, confidencial, de la Embajada de Estados Unidos en la República Dominicana, fechado en agosto de 1956:

> El urólogo Gershom J. Thompson, de la Universidad de Minnesota, llegará próximamente para participar en el Simposio de Cirugía pautado para este mes. Probablemente será consultado en el caso de Trujillo antes de que se tome una decisión sobre la operación. Un informe de confiabilidad desconocida revela que hay invasión de bacterias desde el colon, la próstata y otras glándulas. No hay indicación de cáncer, pero la condición dificulta la cirugía inmediata.[10]

A fines de 1959 el embajador Joseph S. Farland le escribe al licenciado Ernest B. Gutiérrez, encargado de los asuntos dominicanos en el Departamento de Estado:

> El Generalísimo definitivamente no tiene cáncer de la próstata. Con respecto a este asunto, deseo recordarle a usted la información que le di verbalmente del hecho de que el Dr. Oswald

---

10  The National Archives and Records Administration. College Park, Maryland. Record Group 84. Records of Foreign Service Posts of the Department of State. Dominican Republic United States Embassy and United States Consulate, Santo Domingo. Classified General Records, 1944-1961. Telegrama, clasificado confidencial, de Pheiffer al Secretario de Estado en Washington, 9 de agosto de 1956. En lo adelante, para evitar repeticiones, nos referiremos a este conjunto de documentos: NARA. College Park, Maryland, seguido de una descripción del documento y la fecha de su emisión.

Jones, de Nueva York, examinó a Trujillo a principios de este año y lo encontró bastante saludable para un hombre de casi 70 años.[11]

Pero, además de Trujillo, Estados Unidos se preocupa por la salud del Dr. Duvalier, el temible dictador de la hermana República de Haití:

> Como consecuencia de un pedido del GOH, EEUU envió un cardiólogo de Guantánamo el 29 de mayo para examinar a Duvalier. Tan pronto se divulgue la naturaleza verdadera de su enfermedad, la oposición haitiana podría utilizar la violencia en un esfuerzo por explotar la situación para su ventaja política, lo cual puede revertir el país a las condiciones caóticas del período después del régimen de Magloire.[12]

La dictadura dominicana persistió por más de treinta años. Pero nadie se llame a engaños, el pueblo de Quisqueya es un pueblo heroico y sacrificado y, a pesar del férreo control del régimen, no fueron pocos los hijos de la primada de América que emprendieron la lucha contra Trujillo. El historiador Emilio Cordero Michel ofrece valiosa información referente al movimiento de oposición a la dictadura. Entre 1930 y 1944 se produjeron, por lo menos, once proyectos dirigidos a liquidar el desgraciado régimen. Resulta lastimoso que todos fracasan y los conjurados que no mueren en

---

11    NARA. College Park, Maryland. Mensaje confidencial del embajador Joseph S. Farland a Ernest B. Gutiérrez, Departamento de Estado, Washington, 9 de diciembre de 1959. (Las traducciones en este apartado son de la Dra. Alicia Pousada).

12    NARA. College Park, Maryland. Telegrama confidencial del Departamento de Estado, sucrito por Murphy, y enviado a Ciudad Trujillo, La Habana y Puerto Príncipe, 2 de junio de 1959. Unos días antes, el 29 de mayo, Farland escribía a Washington informando que Duvalier estaba grave: "and this development is of critical concern to Dom Rep because of possible effect stability Haitian Government".

combate son cruelmente torturados y asesinados.[13]

En 1947, con la ayuda del gobierno de Ramón Grau de San Martín en Cuba, se organiza una expedición que saldría del islote llamado Cayo Confites, situado en la costa norte de la mayor de las Antillas. Cuenta con el compromiso de más de mil combatientes dominicanos. Líderes opositores que estaban en el exilio, entre los que figuran Juan Isidro Jiménez Grullón y Juan Bosch, apadrinan aquel acto de resistencia.[14] Enrolado en la expedición se halla un joven universitario cubano llamado Fidel Castro:

> Sí, en 1947, con veintiún años, me fui a la expedición de Cayo Confites, en pro del derrocamiento de Trujillo, ya que me habían designado en los primeros tiempos presidente del Comité Pro Democracia Dominicana de la FEU (Federación de Estudiantes Universitarios de Cuba). También me nombraron presidente del Comité Pro Independencia de Puerto Rico, en el primer año de universidad o en el segundo. Había tomado muy en serio esas responsabilidades. Estamos hablando del año 1947, y ya desde entonces albergaba la idea de la lucha irregular. Tenía la convicción, a partir de las experiencias cubanas, de las guerras de independencia y del pensamiento de Martí, que se podía luchar contra un ejército. Yo pensaba en la posibilidad de una lucha guerrillera en las montañas de la República

---

13    Véase el trabajo de Cordero Michel en José Abreu Cardet. *Cuba y las expediciones de junio de 1959*. Santo Domingo: Editorial Manatí, 2002, p. 16.

14    Otros dominicanos que formaron parte de la malograda expedición de Cayo Confites y que luego se incorporan al proyecto tevolucionario de Constanza Maimón y Estero Hondo fueron: Rinaldo Sintjago Pou, Enrique Jiménez Moya y Francisco Medardo Guzmán. (Véase a Francis Pou García. "Movimientos conspirativos y el papel del exilio en la lucha antitrujillista". *Clío*. Órgano de la Academia Dominicana de la Historia. Año 78. Enero-junio de 2009. No. 177, pp. 13-72).

Dominicana. Pero aquella invasión de la República Dominicana se frustra.[15]

Dos años más tarde, en junio de 1949, como parte de otro intento, un hidroavión del movimiento antitrujillista amariza por la Bahía de Luperón, en la provincia dominicana de Puerto Plata. Navíos de guerra de la dictadura abren fuego contra la nave que había despegado de las costas de Guatemala. Se pierden muchas y valiosas vidas de combatientes dominicanos y de jóvenes internacionalistas procedentes de Nicaragua, Costa Rica, Cuba, Honduras y Estados Unidos.

## Trasnacional de mano dura

En 1946 una protesta obrera llegó a ser huelga general azucarera en dos provincias dominicanas. Mauricio Báez de los Santos, dirigente sindical de San Pedro de Macorís, acreditado como un hombre valiente, fue uno de los principales organizadores de la huelga. El conflicto se hizo general en todo el costado oriental de la República. Los trabajadores exigían aumentos de salarios y cumplimiento de la jornada laboral de las ocho horas. Báez negociaba representando a los trabajadores. Dando la cara por la dictadura figuraban el español Jesús de Galíndez y el periodista dominicano Ramón Marrero Aristy.[16]

A Galíndez le había impresionado la huelga azucarera por su organización y espontaneidad. "Nadie sopechaba" –escribe– "que los sindicatos dominicanos pudieran responder con tal intensidad a una orden de huelga. Se demostró que el obrero tenía conciencia de

---

15    Ignacio Ramonet. *Fidel Castro. Biografía a dos voces*. España: Random House Mondadori, S. A., 2006, pp. 110 – 111.
16    Marrero Aristy fue asesinado por la dictadura el 17 de julio de 1959. Su cuerpo fue hallado carbonizado en el interior de su automóvil. Luego de iniciadas las expediciones del mes de junio de 1959, aparecieron en *The New York Times* diversos reportajes contra Trujillo escritos por Tad Szulc, periodista de origen polaco, amigo de Marrero Aristy. Se acusó a éste de haberle suministrado la información a Szulc.

sus necesidades y aspiraciones, que la propia dictadura política no se atrevía a aplastar un movimiento tan extenso y unánime..."[17]

El régimen tuvo que transar. Terminada la huelga, sin embargo, Báez se vio obligado a solicitar asilo en la Embajada de México e inmediatamente pasó a refugiarse en Cuba. De su vivienda en La Habana desapareció sin dejar rastros. El 14 de diciembre de 1950 el Partido Revolucionario Dominicano denunció su secuestro y posible asesinato: "Mauricio Báez conocido dirigente obrero, exilado en Cuba debido a que su vida corrió numerosas veces peligro en la República Dominicana, fue secuestrado en la noche del domingo, sin que se haya vuelto a saber de él ni de las personas que fueron a sacarlo de la casa en que vivía. Esto indica que, además de secuestrado, Mauricio Báez ha sido asesinado".

El PRD informó que aunque Báez no era miembro del partido se le apreciaba "como un connotado y honesto luchador por las libertades de nuestro pueblo". El llamamiento denuncia la misteriosa desaparición como un crimen político perpetrado por agentes de la dictadura trujillista que operaban en Cuba. "Ningún otro móvil explica los hechos. Por lo demás, no es el primer asesinato cometido por las tenebrosas fuerzas de Trujillo fuera del territorio dominicano".[18]

En los archivos de la Agencia Central de Inteligencia (CIA) de Estados Unidos aparece un informe que amerita citarse:

Mauricio Báez, negro, exilado dominicano, líder sindical, fue secuestrado de su residencia en Cervantes 8, Reparto El Sevillano, La Habana, por tres individuos desconocidos durante la mañana del domingo 10 de diciembre de 1950...
Aun cuando falta prueba, en círculos bien

---

17  Las palabras de Galíndez están citadas en: Miguel A. Vázquez. *Jesús de Galíndez, "El Vasco" que inició la decadencia de Trujillo*. República Dominicana: Biblioteca Taller 63, 1975, p. 63.
18  Mu-Kien Adriana Sang. *La política exterior dominicana, 1844-1961*. Tomo II. Santo Domingo: Secretaría de Estado de Relaciones Exteriores, 2000, p. 244.

informados se cree que Trujillo, a través de ciertos emisarios, pagó una suma cuantiosa de dinero al grupo… de pandilleros… para disponer de Báez. Se cree que tanto Jesús González Cartas como Eufemio Fernández… saben quién es el responsable de la muerte de Báez.[19]

Se asegura, con mucha razón, que la mano criminal de Trujillo era muy larga. Con el déspota comienza, en la región del Caribe, lo que el historiador cubano Eliades Acosta Matos llama "la trasnacional de la mano dura". Y esa mano se halla en acecho constante: "Entre los años 1932 y 1933, una vez consolidado en lo fundamental su control interno del país, Trujillo dio los primeros pasos para el despliegue de sus redes de inteligencia y terror en países vecinos, especialmente aquellos en que se habían refugiado sus enemigos. Donde existían gobiernos dictatoriales aliados, como es el caso de Cuba y Venezuela, y sin dejar de tener a su servicio fuentes alternativas y privadas de espionaje y *lobby*, las relaciones de esta naturaleza se establecieron de manera oficial, aunque eludiendo, en lo posible, que salieran a la luz pública".[20]

Sergio Bencosme y Andrés Francisco Requena, dominicanos residentes en Nueva York, así como el español José Almoina Mateos, domiciliado en Ciudad de México, fueron asesinados por matarifes trujillistas. No fueron los únicos. Veamos ahora el caso del nacionalista vasco Jesús de Galíndez Suárez, secuestrado en Nueva York y trasladado clandestinamente a la República Dominicana.

Hijo de oftalmólogo alavés, Jesús de Galíndez nació en Madrid en 1915. Su infancia y juventud transcurren entre Madrid y Almurrio. Estudia Derecho en la Universidad Complutense. En 1932 se afilia al Partido Nacionalista Vasco. Durante la Guerra Civil viste

---

19   Agencia Central de Inteligencia (CIA). Informe fechado en 20 de diciembre de 1950. MORI. DocID.
20   Eliades Acosta Matos. *La telaraña cubana de Trujillo*. Santo Domingo: Archivo General de la Nación Dominicana. Tomo I, 2012, p. 71.

el uniforme de la República y al final del conflicto, igual que miles de españoles, huye cruzando la frontera con Francia, donde le internan en un campo de concentración en el que permanece por siete meses. Luego de escapar de aquel infierno llega a Burdeos. El consulado de la República Dominicana le extiende visa de entrada a la nación caribeña. Y desde los últimos meses de 1939, hasta 1946, reside en Santo Domingo.

A su llegada a la Primada de América vive en la casa de Alfredo Matilla, de grata recordación en la Universidad de Puerto Rico, quien había sido su profesor en Madrid. En Santo Domingo, Galíndez se desempeñó como taquígrafo. Luego pasó a la Escuela Diplomática del Departamento de Relaciones Exteriores, en donde ejerció como profesor. Uno de sus estudiantes fue Ramfis Trujillo, hijo del dictador. Finalmente, laboró en el Ministerio de Trabajo y Economía de la República.

Galíndez recorrió la tierra dominicana de un extremo al otro: desde la Bahía de Samaná hasta el lago Enriquillo, como él mismo recordaría en sus escritos.[21] Y, poco a poco, aquel hombre inteligente y de profunda expresividad verbal, comenzó a entender la dictadura. Pero daría un paso imperdonable: rompe con el "Benefactor de la Patria" y se va a Nueva York donde la emprende contra el tirano.

A su llegada a la Gran Manzana, Galíndez se instala en el apartamento que tenía desocupado la delegación del gobierno vasco, en el número 30 de la Quinta Avenida. Desde su temprana llegada a Nueva York, Galíndez evidencia preocupación por su seguridad. Así se ve en la siguiente carta de fines de 1951, dirigida al profesor Leopold Kohr:[22]

Entiendo cuán ansioso está nuestro amigo el Sr. Alexander. He recibido dos cartas

---

21   Constancio Cassá Bernardo de Quirós (compilador). *Jesús de Galíndez. Escritos desde Santo Domingo y artículos contra el régimen de Trujillo en el exterior.* República Dominicana: Archivo General de la Nación, 2010, pp. 15-32.

22   Planificador austríaco y profesor entonces de Economía en la Universidad de Rutgers. Algunos años más tarde, el Dr. Kohr trabajaría en la Facultad de Ciencias Sociales de la Universidad de Puerto Rico.

suyas (una tarjeta y un mensaje corto), y le envié por medio de la Embajada de EEUU dos otras cartas en lenguaje disfrazado que espero entienda porque, como usted sabe, mi nombre y nuestra relación no deben ser conocidos públicamente.

Mis amigos no están en Madrid. Se reunirán en Francia. He recibido noticias de ellos; regresarán pronto y visitarán al Sr. Alexander. Pero usted no debe dar las noticias tan claramente; sería demasiado peligroso si pasara algo. Le sugiero que escriba al Sr. Alexander, más o menos lo siguiente, sin mencionar mi nombre Galíndez.

Me encontré el otro día (o "tuve noticias de") nuestro amigo de Columbia University. Se ve bien. Su gente está en Europa Occidental, disfrutando mientras estudian la situación. Recibió noticias de ellos recientemente. Todo parece indicar que regresarán muy pronto con mucho que decir, especialmente de las nuevas tendencias de la tercera fuerza. Si es paciente, también llegará a saberlo.[23]

En la revista mexicana *Cuadernos Americanos* de marzo-abril de 1955 Galíndez publica el artículo "Un reportaje sobre Santo Domingo" que es un anticipo de su tesis doctoral: "Para los dominicanos que lo sufren, el régimen trujillista es un drama diario

---

23 Archivo Histórico Arturo Morales Carrión. Universidad Interamericana, San Germán, Puerto Rico. Carta de Jesús de Galíndez a Leopold Kohr, 13 de noviembre de 1951. Serie 2, Sub-serie 2-6, 1953-1961. La carta en cuestión se la entrega Hiram Cancio, Secretario de Justicia de Puerto Rico, a Arturo Morales Carrión, con el siguiente mensaje. "Arturo: Supongo te interesará esta carta, cuyo original conserva el Dr. Kohr. Nota que ya en 1951 el Profesor Galíndez parecía temer por su vida. Puedes conservar la copia, si te interesa. Hiram". (Agradezco a la profesora Amalia Alsina Orozco, de la Universidad de Puerto Rico en su Recinto de Carolina, el envío de este interesante documento).

que silencia labios y oprime corazones. Para los extranjeros con ojos bien abiertos el Benefactor y sus megalomanías son un tesoro de sorpresas increíbles, merecedoras de ser divulgadas". Algunos renglones más adelante, añade que Trujillo carecía de heredero varón, "y quería legitimar como suyo el adulterino que su tercera esposa dio a luz poco antes de divorciarse de un cubano que rechazó su paternidad. Doña María de Trujillo firmó años después una columna periodística dominical, sumamente curiosa, con el título de 'Meditaciones morales'".[24]

En la Universidad de Columbia, la misma institución en la que se desempeñaba como catedrático de literatura española y de ciencia política, Galíndez estudia Filosofía. El 27 de febrero de 1956, bajo el título *La era de Trujillo. Un estudio casuístico de dictadura hispanoamericana,* defiende su tesis doctoral. "La Tesis se aprobó la semana pasada", le confiesa Galíndez a su amigo, Horacio Ornes, con residencia en el Distrito Federal de México. Acto seguido, añade: "No tuve la menor dificultad en la Universidad, no fue defensa sino charla amistosa con seis profesores. Confío en que se publique en español e inglés pronto. Me han resultado 700 páginas mecanografiadas... volqué todos los datos que logré probar documentalmente... No cito más que hechos probados, sin adjetivos ni comentarios".[25]

Mientras, el dictador se hallaba molesto.

En su disertación, Galíndez destacó la pasión de Trujillo por la intriga y la venganza y el hecho de que sus agentes hubieran silenciado críticos mediante el secuestro y el asesinato en Nueva York y La Habana. Y con todo, el profesor –que había recibido vagas ofertas de los agentes de Trujillo de comprar el manuscrito y también

---

24  Constancio Cassá Bernardo de Quirós. Op. Cit., pp. 103-109.
25  Museo Memorial de la Resistencia Dominicana. Carta de Jesús de Galíndez a Horacio Julio Ornes, 8 demarzo de 1956. En su carta a Ornes, el académico español informa que había comenzado a escribir una novela en la que utiliza con libertad los abundantes datos que había acumulado.

había recibido varias amenazas telefónicas–tomó pocas precauciones, no más allá de informar al FBI y de fortificar la cerradura de la puerta de su apartamento. Fuera de ahí, siguió su rutina como académico soltero.[26]

El "Padre de la Patria Nueva", como se autodenominaba el déspota, no le perdonó a Galíndez las acusaciones contra su régimen ni las referencias a su persona enunciadas en la ilustrada disertación. Le irrita especialmente la imputación de "hijo adulterino" que levanta contra Ramfis. Veamos lo que Galíndez escribe en su tesis doctoral:

"Ramfis", Rafael L. Trujillo Martínez. Hijo mayor de Trujillo; nació el año 1929, cuando su madre estaba casada con un cubano que lo desconoció como hijo, subsiguientemente Trujillo le reconoció como tal; siendo todavía hijo adulterino y estando casado su padre con la segunda esposa, fue nombrado Coronel del Ejército en 1933, a los cuatro años de edad; en 1935 se casó Trujillo con su madre, y "Ramfis" fue legitimado...[27]

No habían transcurrido dos semanas desde que le aprobaran su tesis doctoral cuando, el 12 de marzo de 1956, ocurre el secuestro. El apartamento de Galíndez estaba en perfecto orden. El escritor español Manuel Vázquez Montalbán dice de aquella fechoría que sucede en el mismo lugar donde Gene Kelly protagoniza su famosa coreografía, bailando bajo la lluvia, en la Quinta Avenida de una ciudad que nunca duerme. Pero José Luis Barbería ubica el secuestro en otro lugar. A Galíndez le ven por última vez a las 10 y treinta de la

---

26  Bernard Diederich. *Trujillo, la muerte del dictador*. Santo Domingo: Fundación Cultural Dominicana, 2002, pp. 5, 6.

27  Jesús de Galíndez. *La era de Trujillo. Un estudio casuístico de dictadura hispanoamericana*. Buenos Aires: Editorial Americana, 1956, p. 190.

noche del 12 de marzo en la estación del metro de Columbus Circle.

El historiador y periodista estadounidense, David Talbot, asegura que no fueron los secuaces de Trujillo los responsables de la desaparición de Galíndez. Su secuestro fue un sofisticado operativo llevado a cabo por la Robert A. Maheu and Associates, una empresa privada de detectives, compuesta por ex-empleados de la CIA y del FBI. Los agentes de la Maheu eran utilizados para hacer "trabajo sucio" dentro de Estados Unidos, donde la CIA, por ley, no puede operar. Talbot añade que los agentes estaban esperando a Galíndez en su apartamento. Acto seguido, drogado, lo llevan en ambulancia hasta un pequeño aeropuerto en Amityville, Long Island, donde lo esperaba Gerald Lester Murphy, en un avión bi-motor Beech equipado para volar largas distancias.[28]

El 13 de abril de 2006, utilizando la ley norteamericana de Libertad de Información (FOIA Act), le solicité a la Agencia Central de Inteligencia de Estados Unidos que nos remitiera copia de los materiales relacionados con el secuestro de Galíndez. Scott Koch, coordinador de la Oficina de Información de la CIA, además de enviarnos un abultado conjunto de documentos, asegura que el expediente de Galíndez contiene más de medio millón de páginas.[29]

Aquí y ahora es necesario hacer la siguiente advertencia. Cuando estudiamos las fuentes que se originan en las agencias de seguridad de un Estado el investigador debe abordarlas con cautela, pues en múltiples ocasiones tienden a desinformar con el propósito de adelantar posiciones oficiales. A tales efectos, debemos cuestionar hasta qué punto las fuentes de los servicios secretos de Estados Unidos expresan de una manera cierta los hechos de la historia. El cronista no debe limitarse a copiar lo que tiene frente a sus ojos. Es necesario compulsar los documentos, someterlos a crítica, abordarlos con mucho cuidado para establecer la veracidad

---

28    David Talbot. *The Devil's Chessboard. Allen Dulles, the CIA, and the Rise of America's Secret Government.* Unite States: HarperCollins, 2015, p. 322.

29    Archivos de Félix Ojeda Reyes. Carta de Scott Koch al autor, 24 de mayo de 2006.

y la integridad de la fuente. ¡Nada está escrito en piedra! Y sin ir más lejos, debo añadir que no se pueden descartar las fuentes que provienen de medios hostiles; simplemente hay que saber separar el grano de la paja, distanciar los sucesos verdaderos de los rumores y la desinformación.[30]

¿Estuvo involucrado el periodista dominicano Germán Emilio Ornes[31] en el asesinato de Galíndez? No lo sabemos, pero los documentos federales estadouidenses provocan serias sospechas. Propietario en Santo Domingo de *El Caribe*, un periódico rabiosamente trujillista, Ornes se vería forzado a unirse al exilio dominicano en Nueva York por un error extraño. A fines de 1955 el calce equivocado de una fotografía publicada en su diario alude a unas flores que niños de edad escolar estaban colocando "sobre la *tumba* del Benefactor".

La reacción del régimen fue brutal. Acusado de traidor, le despojan de su periódico, que nunca pudo recobrar. En 1958 Ornes publica un libro que tituló *Trujillo: pequeño César del Caribe*. Pero preguntábamos si estuvo involucrado en el secuestro de Galíndez, pues un mensaje desclasificado, fechado el primero de febrero de 1957, levanta algunas dudas. Esto dice el mensaje de la CIA:

1. Re Gerald Lester Murphy (tachado por la CIA)… demuestra la ruta planificada por Murphy en su vuelo desde Palm Beach a Nueva York, pasando por puntos obligatorios de cotejo. Mapa de la ruta ha sido enviado (tachado).

2. Ver también (tachado) enviando notas a Murphy que mencionan a John Frank, Antonio Báez, Emilio Fernández, Arturo Espaillat, Tomás

---

30    Para el estudio crítico de las fuentes históricas que provienen de medios hostiles recomendamos las conferencias dictadas por el historiador Valentín I. Kuzmin: *Problemas metodológicos y metódico-organizativos de la investigación histórico-partidista* (La Habana, 1977), recogidas en mimeógrafo por el Instituto de Historia de Cuba, la unidad partidista que entonces dirigía el distinguido amigo y compañero, ya fallecido, Fabio Grobart.

31    Hermano de Horacio, al que nos hemos referio anteriormente.

Emilio Cortinas, Jesús Galíndez, Germán Ornes (tachado).

3. (tachado) se pregunta si Germán Ornes jugó un rol prominente en el caso Galíndez, pero mantuvo su silencio.[32]

Sin ánimo de levantar ofensas o alimentar mezquindades, debemos informar que el nacionalista vasco era un lobo con piel de cordero. Ambiguo, contradictorio, irreverente hacia Trujillo, Galíndez también era un anticomunista rabioso y colaboraba, como soplón, con el Buró Federal de Investigaciones (FBI) y con la CIA de Estados Unidos. Al decir de Vázquez Montalbán, el profesor español era un "héroe impuro". Suministraba a las referidas agencias informes sobre las actividades en Nueva York del Partido Nacionalista acaudillado por don Pedro Albizu Campos. Galíndez llegó al extremo de convertirse en un canalla, pues traicionó a los combatientes de la Brigada Lincoln que lucharon en España por la República que él también había defendido. Cometió estas fechorías esperando conseguir el apoyo del Departamento de Estado a la causa nacionalista vasca. Nunca tuvo éxito…

José Luis Barbería nos hace saber que Galíndez fue informante del FBI durante doce años utilizando el seudónimo de "Agente Rojas". Ludger Mees, historiador alemán y autor de *El péndulo patriótico*, asegura que Galíndez realizó transferencias bancarias por más de un millón de dólares durante los seis años previos a su muerte. La información de que recibió y redistribuyó más de un millón de dólares entre agentes de la CIA que operaban en distintos puntos del planeta, figura en el libro *The President's Private Eye*, redactado por Tony Ulasewicz, quien investigó el secuestro de Galíndez para el Departamento de Policía de Nueva York.[33] Ulasewicz, por cierto,

---

32   Agencia Central de Inteligencia (CIA). Mensaje desclasificado, 1 de febrero de 1957. MORI. Doc. ID: 14,530.
33   José Luis Barbería. "Nuevos datos sobre el doble misterio de la personalidad y asesinato del espía vasco. Las últimas verdades sobre el agente Galíndez". *El*

fue uno de los implicados en el escándalo Watergate que estalló en 1972 y provocó la única renuncia en la historia de un presidente de Estados Unidos.

Galíndez comenzó a colaborar con los servicios de inteligencia de Estados Unidos mientras estaba en Santo Domingo. Allí su contacto en el FBI fue Clement J. Driscoll. El agente Driscoll dice que el español delataba a todos por igual: "y no titubeaba en dar la información que tuviera relativa a actividades comunistas". Driscoll agrega: "El contacto con este informante (Galíndez) se establece únicamente bajo las más discretas circunstancias. La comunicación se efectúa una vez a la semana, normalmente los viernes por la tarde, en un lugar y hora previamente acordados… El informante es recogido en un automóvil y frecuentemente se le entrevista mientras se conduce por las carreteras más desiertas en las afueras de Ciudad Trujillo". Para cumplir con su labor de soplón, Galíndez tenía a cuatro sub-agentes en distintos puntos de la República.[34]

El abogado Stuart McKeever afirma que Trujillo pagó una suma considerable de dinero al detective John Joseph Frank, "ex agente del FBI y de la CIA", para que organizara el grupo que haría desaparecer a Galíndez.[35] En la banda organizada por Frank se hallaba el general dominicano Arturo Espaillat. El régimen dominicano desplaza, sin explicación, al Padre Robles Toledano como cónsul general de la República en Nueva York, y en su lugar instala a Espaillat. Las fichas habían caído en su lugar.

John Joseph Frank, de 42 años, vivía en Washington D. C. y trabajaba para la agencia de detectives fundada por Robert A. Maheu. Frank, a su vez, estaba conectado a los principales inspectores de la sección de inteligencia de la Policía de Nueva York que investigaba

---

*País*. Madrid, 20 de septiembre de 2002. A más de 50 años de su desaparición el caso sigue bajo discusión. En 2003 se estrena la película *El misterio de Galíndez*, basada en la novela *Galíndez* del periodista español Manuel Vázquez Montalbán, con la actuación de Saffron Burrows y Harvey Keitel, Eduardo Fernández y Guillermo Toledo.

34   Constancio Cassá Bernardo de Quirós. Op. Cit., pp. 23-24.
35   Véase la página electrónica: www.funglode.org.

el caso Galíndez. Frank era un astuto y ambicioso agente y, como Maheu, antes de ingresar en la CIA había iniciado su carrera en el FBI durante la Segunda Guerra Mundial. Hombre de confianza de Trujillo, Frank tenía oficinas en el palacio presidencial del dictador dominicano. Por otro lado, la agencia de Maheu gozaba de un lucrativo contrato para mejorar todas las cuestiones de seguridad en la Republica Dominicana.[36]

Frank viajaba con pasaporte dominicano. Se informa que era abogado de profesión y en 1957 un tribunal de Estados Unidos lo halló culpable por su negativa a registrarse en el Departamento de Estado como agente de una "potencia" extranjera (República Dominicana). La ventilación del caso Frank colocaba en aprietos a la Agencia Central de Inteligencia. Un documento de la CIA informa:

> 7. Si la defensa implica que Frank fue en realidad empleado por la CIA mientras trabajaba con Trujillo, el Departamento de Justicia nos puede pedir un testigo para testificar que Frank no fue utilizado por la CIA de ninguna manera durante este período. En esa eventualidad, el Sr. Carey, abogado por la defensa, ha indicado que una probable línea de argumento sería declarar que es tradicional que las agencias de inteligencia nieguen sus relaciones con un agente cuando es descubierto, y que la CIA le está dejando a Frank asumir toda la culpabilidad en el caso.

Seguidamente, el documento añade:

> 8. Si estamos correctos en nuestra especulación, la comparecencia de (tachado) frente al juez definitivamente será dañina. El grado del daño

---

36  David Talbot. Ibid., pp. 323 y 324. Maheu, además, se convertiría en el contratista más importante de asuntos de seguridad en Estados Unidos, llevando a cabo misiones especiales para el vice presidente Richard Nixon y para el excéntrico multimillonario Howard Hughes.

dependerá de la trayectoria seguida por la defensa y las otras circunstancias involucradas. Es casi seguro, sin embargo, que el Departamento de Justicia no podrá retirarse del caso en este momento y que la negativa de (tachado) a testificar no tan solo sería desacato sino que probablemente sería fatal para el caso del gobierno. El Departamento de Justicia consideraría aceptar una declaración de *nolo contendere* si Frank llenara el registro de agente en su totalidad, pero es casi seguro que no daría información respecto a su participación en el caso de Galíndez, la cual sería necesaria para una revelación completa. Parece que el Sr. Carey, abogado de la defensa, está haciendo una movida estratégica para lograr la aceptación de la declaración de *nolo contendere* sin llenar el registro...[37]

El 19 de diciembre de 1957 Frank fue sentenciado a cumplir de ocho meses a dos años de prisión. El fallo del tribunal confirma el vínculo entre el acusado y Trujillo. Y se pudo comprobar también que Frank estaba asociado a Gerald Lester Murphy y Arturo Espaillat. Documentos del Departamento de Estado informan que Murphy, a su vez, trabajaba como "piloto personal" del brigadier general Arturo Espaillat.

Alrededor de una docena de personas fueron asesinadas con el propósito de borrar los rastros del secuestro y asesinato de Galíndez. Entre ellas figura el piloto estadounidense Gerald Lester

---

37   Agencia Central de Inteligencia (CIA). Memorando de Lawrence R. Houston al Director de la CIA, 6 de noviembre de 1957. Re: John Joseph Frank. MORI. Doc. ID 14,499. (A través de Frank el dinero de Trujillo también le llegaba al senador de la extrema derecha, Joseph McCarthy, que durante la década de 1950 condujo una despiadada y repugnante persecución anticomunista en Estados Unidos. El dictador dominicano también aportaría miles de dólares en 1956 a la campaña de Richard Nixon, entonces vicepresidente de ese país).

Murphy, de 23 años, oriundo del estado de Oregon. Muy indiscreto, Murphy se jactaba de haber trasladado al exiliado español hasta la República Dominicana en avión bimotor arrendado a la Trade Ayer Company. John Joseph Frank había pagado el dinero de alquiler de la nave.[38]

Bernard Diederich asegura que intoxicado por su aventura en el Caribe, el piloto estadounidense no tenía una idea clara del atolladero de intriga y muerte en que se estaba hundiendo. A su prometida, Celia Caire, azafata de la aerolíneas Pan American, le había dicho que en marzo de 1956 llevó a un hombre anestesiado (Galíndez) de Nueva York a "Ciudad Trujillo". Muy indiscreto, Murphy también le reveló su historia a otros allegados, incluido un aviador estadounidense con quien compartía una habitación en Santo Domingo.[39]

La revista *Time* del 11 de febrero de 1957 comenta que Murphy consigue empleo en la Compañía Dominicana de Aviación seis semanas antes de la desaparición del nacionalista vasco. Su visión deficiente le impedía trabajar en la actividad militar o comercial de Estados Unidos:

> Lleno de confianza y optimismo, se instaló en Ciudad Trujillo y voló dentro y alrededor de la República Dominicana por diez meses. Y se vanaglorió, en momentos indiscretos durante el verano y el otoño, que uno de sus vuelos había sido muy especial y clandestino. Dijo que su avión había llevado al estudioso Galíndez, disfrazado de paciente de cáncer, desde EEUU a República Dominicana.[40]

El día del secuestro Murphy aterriza su avión bimotor en el

---

38   Miguel A. Vázquez. Op. Cit., pp. 91-92.
39   *Foreign Relations of the United States, 1955-1957.* Volume VI. American Republics: Multilateral; Mexico; Caribbean. Document 314.
40   "Case of Missing Pilot". *Time*, 11 de febrero de 1957.

pequeño aeropuerto de Amytiville, en Long Island. Tarde en la noche aparece Galíndez, en una ambulancia, narcotizado. La nave pilotada por Murphy se detendría en West Palm Beach para abastecerse de combustible.[41] Finalmente, aterriza en territorio dominicano y el español es llevado a la Hacienda Fundación, donde se encuentra Trujillo.

Frank le había informado a Murphy que Galíndez era un rico discapacitado deseoso de visitar por última vez a sus familiares dominicanos. Pero a medida en que las fotos de Galíndez comienzan a aparecer en los medios de comunicación, el piloto pudo descifrar la verdadera identidad del pasajero. David Talbot asegura que Trujillo quería silenciar al estadounidense. Entonces, Frank llevó a Murphy al Palacio Presidencial diciéndole que tenían audiencia con *El Jefe*.[42]

El 4 de diciembre de 1956 el automóvil marca Ford, propiedad de Murphy, fue hallado en las afueras de Santo Domingo, cerca de un peligroso acantilado. Había desaparecido el día anterior. Al americano nunca le volvieron a ver con vida. Entretanto, el 7 de enero de 1957 se descubre, "colgando" de la ducha de una cárcel dominicana, el cuerpo de Octavio Antonio de la Maza, colega de Murphy en la Compañía Dominicana de Aviación. Según la Policía, el occiso se había responsabilizado por el asesinato del americano en una nota de culpabilidad que le escribe a su esposa. En el mensaje De la Maza alega que Murphy le había hecho avances homosexuales. Sin embargo, agentes del FBI autorizados a investigar el caso concluirían que el documento era apócrifo y que una ducha tan frágil no podía aguantar el cuerpo corpulento de De la Maza. Todo había sido un montaje de la dictadura.

¿Podemos señalar al asesino de Murphy? Según los documentos de la CIA, Ramón A. Soto Echavarría aparece como principal gatillero. En folios con fuertes tachaduras, esto dice la

---

41   Mientras la avioneta se abastecía de combustible en la Florida, un mecánico de mantenimiento pudo ver el cuerpo de Galíndez. Poco antes de testificar bajo juramento lo que había visto, el mecánico muere en misterioso accidente.

42   David Talbot. Op. Cit., p. 327.

Agencia de Soto Echavarría:

> Sujeto nacido 1914 en San José de Acoa. Fue Subjefe de SIM bajo Trujillo. Se alega es el asesino de Gerald Lester Murphy, el piloto que trajo al secuestrado Jesús de Galíndez de Nueva York a Ciudad Trujillo y como recompensa fue subsiguientemente nombrado Jefe de Policía por Trujillo.[43]

¿Qué debía hacer el gobierno de Washington ante los asesinatos de Murphy y Galíndez? Francis L. Spalding, asesor de la embajada en Santo Domingo, sugirió que Estados Unidos declarase "persona no grata" a Arturo Espaillat y cerrara todos los consulados de la dictadura en Estados Unidos; sin embargo, Spalding reconocía que Trujillo no era un dolor de cabeza para Washington y creía que romper relaciones con la República "no sería en el interés nacional". Sus recomendaciones quedaron en meras sugerencias.

> Y aún cuando pudiéramos, yo asumo que nosotros no queremos echar abajo a Trujillo... Recordemos que él es un anticomunista devoto y, a pesar de todo, un amigo fiel y admirador de los Estados Unidos.[44]

Entre 1955 y 1962 Stanley Ross fue editor del periódico *El Diario de Nueva York*, el rotativo hispano más importante de la ciudad durante esos años. Galíndez había trabajado en *El Diario* y Ross era su jefe inmediato. Distintas fuentes informan que Ross también era

---

43 Agencia Central de Inteligencia (CIA). Mensaje clasificado, 16 de abril de 1966. MORI. Doc ID: 23,009. En otro documento de la CIA se añade lo siguiente: "Echavarría is untrained, unqualified, dishonest and has been prime suspect in the murder of the Galíndez pilot, Murphy. After Murphy's death Echavarría was appointed Police Chief by Trujillo and held this position about six months". (MORI. Doc ID: 14,543).

44 NARA. College Park, Maryland. Carta oficial, informal y confidencial de Francis L. Spalding a R. R. Rubottom, Jr., Departamento de Estado, 28 de mayo de 1957.

confidente de Trujillo y pudo estar involucrado en el secuestro.[45] Así las cosas, y con la intención de desinformar a la opinión pública, el gobierno dominicano le solicita a un prestigioso abogado y uno los fundadores de la American Civil Liberties Union, Morris Leopold Ernst, que investigara el caso Galíndez-Murphy. A su vez, Ernst contrató al ex juez de la Corte Suprema de Nueva York, William H. Munson, para que le acompañara en tales gestiones. En 1958 Ernst y su equipo de trabajo redactaron el informe titulado, *Report and Opinion in the Matter of Galíndez*, en el que "exoneran" al gobierno dominicano.[46] Ernst le facturó a la dictadura 160 mil dólares por un texto de 95 páginas.

Muchos descalificaron el informe de Ernst. La crítica del *Washington Post* resultó devastadora: "Suponga que el principal sospechoso de un crimen se niegue a cooperar con una investigación oficial, y en su lugar contrate su propio juez y jurado para 'probar' su 'inocencia'..."[47]

En *El Caso Galíndez. Los vascos en los servicios de Inteligencia de EEUU* (Nueva York, 1988), Manuel de Dios Unanue[48] sugiere que Galíndez pudo empezar a estorbar una vez la administración del presidente Eisenhower cambió la posición de Estados Unidos hacia la dictadura de Franco e hizo una alianza militar con ese régimen que permitió a Washington instalar bases en España. Puede sospecharse, pues, que el gobierno de Estados Unidos tuvo algo que ver con el plan de Trujillo para secuestrar a Galíndez:

---

45    Documentos hallados en el Archivo General de la Nación Dominicana (Fondo Presidencial) prueban que Stanley Ross sirvió fielmente, y por dinero, a Trujillo. Los materiales evidencian las relaciones de Ross con el dictador y sus estrechos vínculos con Pérez Jiménez, en Venezuela, y los Somoza, en Nicaragua. (Eliades Acosta Matos. *La dictadura de Trujillo: Documentos (1950-1961)*. Tomo III. Volumen I. AGN: Santo Domingo, 2012).

46    "After ten months on the payroll of Dominican Dictator Rafael Trujillo, Ernst declared in a 95-page report that he had not found one scrap of evidence to link his eminent employer to the unsolved Galindez-Murphy case". *Time*, June 9, 1958.

47    Miguel A. Vázquez. Op. Cit., p.127.

48    Periodista investigativo cubano, muere abaleado en un restaurante de Nueva York el 11 de marzo de 1992.

Félix Ojeda Reyes

Testimonios confidenciales recogidos posteriormente permiten establecer que fue sacado de su apartamento por personas de su confianza –los investigadores apuntan a ex agentes de los servicios secretos (estadounidenses)–, drogado[49] y trasladado en avioneta a la República Dominicana, y de allí en un avión militar hasta el rancho particular de Trujillo, la Hacienda Fundación, donde se habría encontrado con el dictador antes de pasar a manos de sus torturadores. Los sicarios de Trujillo le sacaron los ojos, le cortaron la lengua, le arrancaron las uñas y le machacaron los huesos lentamente con un mazo. Luego quemaron el cadáver y lo echaron a los tiburones".[50]

Galíndez fue asesinado un día impreciso de 1956. Tenía entonces 41 años. Sus restos jamás se encontraron. Ya en su testamento había solicitado que al morir su cuerpo fuese llevado a descansar en Amurrio, en la parte alta de una finca propiedad de su padre: "donde se divisan las montañas de mi Patria".[51] Dos años antes del deceso, Galíndez había redactado unos versos titulados *En la colina me espera*:

Cuando muera conducidme
a aquel monte de mi pueblo,
bajo un roble solitario
entre nubes y recuerdos.

49   Se ha informado que antes de trasladarlo al aeropuerto, Galíndez fue sedado por el doctor Miguel Rivera.
50   José Luis Barbería. *El País*, 22 de septiembre de 2002.
51   Miguel A. Vázquez. Op. Cit., p. 18.

Llevadme a dormir a Amurrio
que estoy cansado, y no puedo
detenerme en el camino;
…

Llevadme, llevadme allí
si caminando aún muerto
a la colina empinada
bajo el roble de mis sueños.

# Fidel en Venezuela

Autógrafo.

Comandante Fidel Castro (Birán, 13 de agosto de 1926 - La Habana, 25 de noviembre de 2016).

Fabricio Ojeda (1929-1966), periodista y combatiente revolucionario venezolano, fue asesinado por el gobierno de la época.

En Cuba. Fidel y el destacado pintor ecuatoriano, Oswaldo Guayasamín.

Rómulo Betancourt, caricatura.

Fidel, óleo, 1995. Oswaldo Guayasamín, artista ecuatoriano.

Fulgencio Batista, dictador cubano, honrado en la portada de la revista Time.

La revista Time honra con su portada al dictador venezolano, Marcos Pérez Jiménez, febrero de 1955.

Dos grandes de nuestra América: Salvador Allende y Pablo Neruda.

Brindis. Richard Nixon y Fulgencio Batista.

Poncio Pou Saleta. En busca de la libertad. Mi lucha contra la tiranía trujillista, 1998.

Rómulo Betancourt y Fidel. La foto se reproduce en: Poncio Pou Saleta. En busca de la libertad. *Mi lucha contra la tiranía trujillista*, 1998.

Amigos. Luis Muñoz Marín y Rómulo Betancourt.

# Fidel en Venezuela

No son cuentos de camino; la historia confirma que la huelga general apoyada por el pueblo venezolano a principios de enero de 1958 hizo posible la derrota del gobierno satánico de Marcos Evangelista Pérez Jiménez. El dictador venezolano estuvo en el poder durante diez largos años. Dejó una estela de terror e intimidación. Poco antes de marcharse de Caracas sus ayudantes le suben, agarrado de una cuerda, hasta el avión que lo llevaría al Santo Domingo del déspota Trujillo. Nadie tuvo tiempo de colocar la escalera de mano y en la prisa de la huida Pérez Jiménez olvidó el maletín personal en el cual llevaba su dinero de bolsillo, trece millones de dólares en efectivo.[52]

En horas de la madrugada del 23 de enero, bajo el manto de Trujillo, el dictador venezolano halló refugio en la capital dominicana. Luego pasaría a residir en Estados Unidos. Puede decirse de manera ingenua que en todo este asunto hay algo preocupante. La muy liberal Unión Americana de Libertades Civiles (ACLU, por su sigla en inglés) se opuso a la extradición de Pérez Jiménez. Mientras, la no menos liberal, Frances Ruth Grant, presidenta de la Asociación Inter Americana Pro Democracia y Libertad, tuvo que recurrir ante el Secretario de Estado, Dean Rusk, para que apoyara la decisión a la que habían llegado los tribunales. Grant dice, con razón, que Pérez Jiménez era un asesino y como tal debía de ser encausado. Después de un largo proceso judicial, el dictador, privado de su libertad, llegó

---

52  Gabriel García Márquez. *Notas de prensa. Obra periodística 5, 1961-1984.* España: Mondadori, 1999, p. 202.

a Venezuela el 16 de agosto de 1963. Sometido a juicio y hallado culpable, Pérez Jiménez fue condenado a cuatro años de cárcel. Luego de su liberación abandonó el país, estableciéndose en la España de Franco, donde murió de infarto cardíaco.

A pocos días de la caída de Pérez Jiménez se constituía en Caracas la Unión Patriótica Dominicana de Venezuela (UPD). Fundada el 2 de febrero de 1958, la UPD contaba con el apoyo de la junta provisional de gobierno encabezada por el contralmirante Wolfgang Larrazábal, un apasionado de los deportes y un buen amigo de la independencia de Puerto Rico. De inmediato, la UPD estrecha lazos de amistad con otras organizaciones anti-trujillistas, deseosas de lograr la unidad de los dominicanos en el extranjero:

> El Frente Unido Dominicano de Cuba que, a petición de la UPD de Venezuela, pasó a llamarse Unión Patriótica Dominicana de Cuba, el Frente Unido Dominicano de Puerto Rico, el Frente Dominicano de Nueva York, el Partido Socialista Popular, el Frente Independiente Democrático de Venezuela y la Unión Patriótica Dominicana de Estados Unidos, acordaron celebrar un congreso unitario en Diciembre de dicho año; fecha que fue pospuesta por el desenlace que se venía venir en Cuba ante la ofensiva de las columnas guerrilleras del Movimiento 26 de Julio.[53]

Las noticias sobre el movimiento insurreccional cubano resultaban alentadoras. El 7 de diciembre de 1958, en el aeropuerto rebelde de Cienaguilla, en la Sierra Maestra de Cuba, aterriza un C-46 pilotado por José R. Segredo. El avión llegaba a Cuba cargado de armas enviadas por el contralmirante Larrazábal.[54] La nave había

---

53    Emilio Cordero Michel. "Las expediciones de junio 1959". *Ecos*. Número 6. Universidad Autónoma de Santo Domingo, 1999.

54    Desde la Sierra Maestra, el comandante Fidel Castro le escribía a Larrazábal expresándole su agradecimiento: "Hay que llevar dos años luchando contra

salido de Venezuela y transportaba 84 cajas de pertrechos militares. Entre los pasajeros se hallaban: Manuel Urrutia Lleó, su esposa Esperanza Llaguno y un hijo de ambos, Jorge, de 14 años; el abogado Luis M. Buch, el capitán Willy Figueroa Alfonso y el periodista y capitán del Ejército Rebelde, Luis Orlando Rodríguez. Además, entre sus viajeros se hallaba Enrique Augusto Jiménez Moya, portador de una carta que la UPD le dirigía al comandante Fidel Castro Ruz:

> La Unión Patriótica Dominicana de Venezuela, de acuerdo con representantes del Movimiento 26 de Julio, ha dispuesto enviar ante usted al portador de esta carta, señor Enrique Jiménez Moya para que, como delegado de esta organización, le exponga y coordine con usted nuestro proyecto de iniciar lo más pronto posible el entrenamiento y preparación en la Sierra Maestra de un reducido número de dominicanos, cuidadosamente seleccionados, a fin de que puedan asumir sin pérdida de tiempo la dirección de la lucha revolucionaria dominicana tan pronto se resuelva favorablemente la situación de Cuba.
>
> Nuestro compatriota delegado será identificado por los militantes del 26 de Julio que lo acompañan, y la representación que le acordamos por medio de esta carta tendrá vigencia mientras no sea revocada en comunicación dirigida a usted por nuestra organización.[55]

---

todos los obstáculos, las armas confiscadas antes de llegar a Cuba, los frutos de los sacrificios económicos de tantos compatriotas perdidos la mayor parte por la persecución de los gobiernos, para comprender con cuanta emoción y gratitud recibimos la ayuda que usted nos envía en nombre de Venezuela". Más adelante, Fidel cerraba su misiva: "Desde hoy le digo que cualquiera que sea la posición que usted ocupe en su país, la más alta o la más modesta, para nosotros será siempre el primero de los venezolanos". En Matilde Salas Servando. "1959, Fidel Castro en Venezuela". Agencia Bolivariana de Prensa, 24 de enero de 2014.

55 *Clío*. Órgano de la Academia Dominicana de la Historia. Año 79. Enero-junio de 2010. No. 179, pp. 219-220. También la reproduce Poncio Pou Saleta. *En*

El exilio dominicano en Venezuela envió a Jiménez Moya a Cuba para que se formara como cuadro militar en la guerra contra Batista. Y el Ejército Rebelde cubano recibió con beneplácito al compañero recién llegado que, de inmediato, se insertó en el trajín de la guerra. Ameritan citarse unas recientes declaraciones del comandante Fidel Castro:

> Jiménez Moya, que junto a otros revolucionarios dominicanos aterrizó en las inmediaciones de la Sierra Maestra en un avión civil venezolano, conduciendo 150 fusiles semiautomáticos Garand que disparaban 9 cartuchos 30.06 por peine, y un fusil FAL que personalmente me envió el almirante Larrazábal, quien presidía el Gobierno Provisional venezolano, a la caída del dictador pro yanki Pérez Jiménez, se incorporó a nuestras fuerzas en unión de otros compatriotas suyos, cuando librábamos los últimos combates en la región oriental de Cuba.[56]

El recientemente fallecido comandante cubano informó que en el cerco de un batallón enemigo de tropas especiales Jiménez Moya resultó herido de gravedad siendo atendido por médicos cubanos. El dominicano se había distinguido como combatiente en la batalla del cuartel de Maffo, en la provincia de Oriente, donde se libró una de las refriegas más encarnizadas del conflicto. Las acciones adquirieron visos de enfrentamiento convencional. Más de diez días duró la toma del cuartel.[57] Y fue casualmente en aquella batalla donde

---

busca de la libertad. Mi lucha contra la tiranía trujillista. República Dominicana: Editora Lozano, 1998, pp. 95-96. La carta está fechada en Caracas el 23 de noviembre de 1958.

56   "Reflexiones del compañero Fidel. Mi encuentro con Leonel Fernández, Presidente de la República Dominicana". *Granma*. La Habana, Cuba, 7 de marzo de 2009.

57   Delio Gómez Ochoa. *Constanza, Maimón y Estero Hondo: La victoria de los*

Jiménez Moya cayó gravemente herido. La esquirla de una granada de mortero le atravesó un riñón. Prácticamente "todos los intestinos se le salieron".[58] Y allí mismo, al aire libre, tendido sobre el banco de un parque de la localidad fue operado por los médicos cubanos.[59]

Hay, sin embargo, otra versión de lo acontecido, la que ofreció Cecilio Grullón Martínez en su comparescencia ante la Academia Dominicana de la Historia cuando se conmemoró el 50 aniversario de *Las Expediciones de Junio de 1959*. Citando de un cuaderno que le había entregado Jiménez Moya, Cecilio Grullón describe las graves heridas recibidas por el combatiente dominicano:

(…) el fragmento del obús me había penetrado por el costado izquierdo y sentí en ese instante, aunque parezca mentira, su recorrido, pues la sensación que se siente cuando penetra es como si te introdujeran una brasa de candela. Me puse la mano al costado herido y le dije a Carlos: "Me han matado esos hijos de puta". Me contestó que se encontraba herido también y oí los quejidos de otros compañeros.

Corrió Montes de Oca al sitio y le dije que levantaran la cerca para que me halaran, así lo hicieron y me sacaron. La sangre salía a montones, dije que socorrieran a los otros heridos y apoyado en los hombros de Montes de Oca, comencé a caminar para alejarme del sitio de los acontecimientos, no habíamos recorrido 50 metros cuando nos encontramos con Luis Orlando Rodríguez que venía a mi encuentro para tomar parte en la operación que nos proponíamos (silenciar una ametralladora de la dictadura). Se quiso volver loco al verme

---

*caídos*. Santo Domingo: Editorial Alfa & Omega, 1998, p. 22.
58   Pou Saleta, p. 96.
59   Gómez Ochoa, p. 22.

herido… continué apoyado en los hombros de
Luis y Montes de Oca, pues trataron de llevarme
cargado y no resistía.[60]

En la cartera de Enrique había unos 500 dólares. Angustiado
por el sufrimiento, solicitaba, en caso de muerte, se entregara el dinero
a su esposa e hijas. A Enrique le habían herido ocho días después de
su incorporación en la guerra contra Batista.[61] En Maffo se decidió
su inmediato traslado a un hospital localizado en Bijagual. Al salir
del poblado por un camino de piedras, los saltos y las vibraciones
del vehículo le producían dolores horribles. Al cabo de una hora de
tormentos llegan a Bijagual donde le contienen la hemorragia y se
toman medidas para trasladarlo en ambulancia a un nuevo poblado:

Llegamos a Charco Redondo a las 2 de
la tarde; es decir más o menos a las 12 horas
de haber sido herido y aún no había perdido el
conocimiento. Fui pasado de urgencia a la sala
de operaciones, pues había instrucciones del
Comandante Dr. Fidel Castro Ruz, de que se
me prestaran todas las atenciones. La operación
duró 4 ½ horas… Se hicieron dos transfusiones
de sangre de ½ litro cada una… La operación fue
un éxito.[62]

Todavía, en plena convalecencia, el combatiente dominicano
conoce al comandante Delio Gómez Ochoa. Es Fidel quien los
presenta. El Comandante en Jefe le ha tomado gran cariño al espigado
revolucionario dominicano por su don de gente, su serenidad y su
valor. El 28 de diciembre de 1958 Enrique sería ascendido a capitán
del Ejército Rebelde de Cuba. El decreto es del puño y la letra de Fidel:

---

60   Cecilio Grullón Martínez. "Testimonio". *Clío*. Órgano de la Academia
     Dominicana de la Historia. Año 79. Enero-junio de 2010. No. 179, pp. 178-179.
61   *Ibid.*, p. 179.
62   *Ibid.*, pp. 213-214.

Por altas conveniencias y en consideración a sus servicios prestados en las Fuerzas Rebeldes, es procedente disponer el ascenso al Grado de Capitán del Teniente Enrique Jiménez Moya.[63]

Jiménez Moya nació en Santo Domingo en 1913. El desaparecido periódico *El Mundo*, de San Juan, dice que estudió tres años de escuela superior en el exclusivo Colegio Ponceño de Varones.[64] Posteriormente, junto a sus padres, reside en Colombia, en Costa Rica y, por más de 15 años, en Venezuela. En 1947 se une al movimiento de resistencia contra la dictadura de Trujillo y participa activamente en acciones clandestinas contra el régimen de Pérez Jiménez. De carácter afable, Enrique era un hombre alto, de pelo negro. Medía aproximadamente 5 pies con 10 pulgadas. Su cuerpo, aunque delgado, producía sensación de firmeza física. Estaba casado y en Barquisimeto tenía a su esposa e hijas.

La tensión en Cuba alcanzaba su punto crucial. En cablegrama enviado por la Embajada de Estados Unidos en La Habana al Departamento de Estado en Washington se informaba la huída del dictador: "El general Batista salió hacia Santo Domingo con su familia, hoy, aproximadamente a las 4 de la mañana. Él estaba acompañado de Güell y Rivero Agüero.[65] Muchos altos dirigentes del GOC (Gobierno de Cuba) también salieron hacia Nueva Orleans y Daytona Beach".[66]

---

63  Pou Saleta, pp. 265-266.
64  *El Mundo*, San Juan, 17 de junio de 1959, p. 1. El Colegio Ponceño de Varones se funda en septiembre de 1926 por la educadora María Serra Gelabert.
65  Se refiere a Gonzalo Güell, ministro de la dictadura, y Andrés Rivero Agüero, "presidente" de Cuba de noviembre a diciembre de 1958. Muchos de los esbirros de aquella tiranía que llegan a la República Dominicana, posteriormente, se trasladan a Estados Unidos. Tal es el caso del exgeneral Roberto Fernández, cuñado de Batista, quien, a mediados de junio de 1959 abandona Santo Domingo, viaja a Curazao y entra ilegalmente al territorio de Estados Unidos, donde sería arrestado.
66  *Foreign Relations of the United States.* Cuba, 1958-1960. Volume VI, p. 333. Documento 206. Telegrama de la Embajada de Cuba al Departamento de Estado. La Habana, 1 de enero de 1959. (Estos volúmenes titulados *Foreign Relations of*

Poco después de la partida de Batista, *Bohemia*, entonces la revista más leída de Cuba, daba cuenta del modo operacional de aquella dictadura. Día a día se iban descifrando nuevas escenas de terror, se avistan cementerios en lugares apartados y se descubren insólitos métodos de tortura. Para los verdugos, *Bohemia* exige la aplicación de fuertes medidas de justicia. No podía haber piedad para los que destrozaban uñas, sacaban ojos y partían huesos: "Con cien vidas que tuviesen no pagarían las vidas que arrancaron ni la sangre que derramaron".[67]

En horas de la madrugada del primero de enero de 1959, imitando a su homólogo Pérez Jiménez, el sátrapa cubano se refugia en la República Dominicana. Seis aviones procedentes de La Habana llegaron a la base aérea de San Isidro. A Batista le acompañaban familiares, amigos y militares de su derrocado gobierno. Trujillo se entera del arribo cuando a pocas millas de su destino las naves solicitan permiso de aterrizaje. Los recién llegados pasarían a hospedarse en el lujoso Hotel Jaragua, localizado en la costa caribeña de Santo Domingo.

Durante su estancia en la primada de América, Batista sería alcahueteado por altos oficiales del Departamento de Estado de los Estados Unidos. No está demás recordar que el presidente Eisenhower tenía en alta estima a su amigo Fulgencio Batista. Para Ike, el dictador cubano era un "nice guy";[68] sin embargo, para Trujillo, Batista era "el sargento pendejo", por su huida de Cuba, eludiendo la captura por las tropas del Ejército Rebelde.

Pero no todo es miel sobre hojuelas en la llamada Ciudad Trujillo. El estadounidense Lawrence Berenson, abogado del dictador

---

the United States reproducen los documentos oficiales del gobierno de Estados Unidos desclasificados por la Oficina del Historiador del Departamento de Estado. La colección comienza en 1861, durante la administración del presidente Abraham Lincoln. En lo adelante nos referiremos a esta fuente como *FRUS*).

67    "Así torturaban los esbirros de Batista". *Bohemia*, 11 de enero de 1959, pp. 96 y 127. Citado en Andrés Saldívar Diéguez y Pedro Etcheverry Vázquez. *Una fascinante historia. La conspiración trujillista*. La Habana: Editorial San Luis, 2010, p. 85.

68    *FRUS*. Cuba 1958-1960, p. 567.

cubano, estimaba en unos tres millones de dólares la cantidad que su cliente se vería obligado a pagar por la estadía dominicana. Berenson, incluso, habla de extorsión. Mientras tanto, el embajador Farland presenta hábilmente las cosas cuando enuncia un alegado interés de Estados Unidos por aliviar tensiones en la región Caribe:

> Batista ha tomado la iniciativa en su deseo por
> salir de la República Dominicana y el interés de
> E. U. en propiciar su salida del área del Caribe
> para propósitos de aliviar tensiones es casual; la
> solicitud emana tanto de él como de E. U.[69]

Visiblemente molesto por la situación que se le presenta, Batista llega al extremo de confesar su disposición a marchar hacia cualquier país del mundo donde le acepten. El 11 de agosto de 1959 el Departamento de Estado presenta una nota al gobierno de Portugal solicitando visado para Batista y su *entourage*. Sin mayor demora, la dictadura encabezada por Antonio de Oliveira Salazar le imparte aprobación a la solicitud del gobierno de Washington.

Un despacho confidencial, originado en la Embajada de Estados Unidos en Lisboa, confirma las negociaciones que realizan altos oficiales del Departamento de Estado. Citemos el documento suscrito por C. Burke Elbrick titulado: "Permisson for Fulgencio Batista to Reside in Portugal":

> Llamé al Ministro de Relaciones
> Exteriores, Mathias, esta tarde para informarle
> que me habían autorizado a dirigirle a él una
> nota solicitándole al gobierno portugués la
> concesión de una visa al general Fulgencio
> Batista de residencia en territorio portugués…
>
> El Ministro de Exteriores expresó su
> completa satisfacción con el texto de la nota

---

69  NARA. College Park, Maryland. Telegrama del embajador Joseph S. Farland al Secretario de Estado, 31 de julio de 1959. Traducción Clemente Armando Díaz.

y me informó que el gobierno portugués concedería inmediata autorización y admisión al General Batista y su familia y un número razonable de su séquito inmediato para residir en la isla de Madeira. El Ministro dejó claro que la autorización no permitiría a Batista ni a sus allegados a residir en cualquier otro sitio del territorio portugués…

El despacho añade:

Le dije al Ministro que le informaría a mi gobierno que la nota entregada no sería publicada por el gobierno portugués a excepción de que la situación así lo mereciera. El Ministro dijo que no tenía ninguna intención de publicar la nota a menos que la situación se tornara agudamente embarazosa para el gobierno portugués. Él tenía en mente particularmente la próxima Asamblea General de las Naciones Unidas cuando, dijo, algunos países podrían tratar de crear problemas para Portugal en este asunto.[70]

El 13 de agosto Lawrence Berenson viaja a la República Dominicana. Tres días más tarde, el abogado del dictador regresa

---

70   NARA. College Park, Maryland. Permiso para Fulgencio Batista de residir en Portugal. Despacho confidencial de la Embajada Americana en Lisboa, 11 de agosto de 1959, al Departamento de Estado, Washington. C. Burke Elbrick, Embajador. Traducción de Clemente Armando Díaz. (Charles Burke Elbrick fue embajador de Estados Unidos en Portugal, Yugoslavia y Brasil. En 1969, mientras residía en Río de Janeiro, es secuestrado por un comando del Movimiento Revolucionario 8 de Octubre (MR-8). Los militantes le dieron 48 horas a la junta militar para que cumpliera sus exigencias. Al americano lo liberan en intercambio por 15 presos políticos. El episodio sería llevado al cine con la película *Four Days in September*. Alan Arkin personifica a Elbrick).

a Estados Unidos con los pasaportes de los cubanos.[71] El día 17 el Cónsul General de Portugal en Nueva York concede unas 20 visas para Batista y su gente. Berenson se encarga de llevar las autorizaciones a la capital dominicana y espera que Batista y sus asociados abandonen la llamada Ciudad Trujillo a la mayor brevedad.[72]

En la mañana del 18 de agosto el abogado de Batista se reúne con el secretario sin cartera y hombre de estrecha confianza de Trujillo, Manuel de Moya Alonzo, informándole que el gobierno de Portugal había autorizado las visas para la cuadrilla cubana. También se hacen los arreglos para fletar un vuelo de las aerolíneas Seaboard & Western que recogería a los tránsfugas en la capital dominicana. Fulgencio Batista llega a Lisboa en la tarde del 20 de agosto de 1959.

Mientras Cuba celebraba su triunfo popular, la Unión Patriótica Dominicana se dirige una vez más al comandante Fidel Castro:

> El curso rápido de los acontecimientos nos autoriza a dirigirnos de nuevo a usted para ratificarle nuestro proyecto, expresado en la comunicación del 23 de noviembre. En efecto, deseamos organizar allá cuanto antes un núcleo que coordine la acción revolucionaria contra la dictadura de Trujillo. Contando ya con su aprobación, queremos significarle que los compañeros de esta organización, a quienes hemos responsabilizado con este encargo, se encuentran en condiciones de salir para esa inmediatamente. Usted comprenderá nuestra impaciencia en querer utilizar esta incomparable oportunidad que ha abierto para la causa dominicana el rotundo triunfo del Movimiento 26 de Julio.

71    *FRUS.* Cuba, 1958-1960, pp. 591-592.
72    NARA. College Park, Maryland. Véase el telegrama de C. Burke Elbrick al Departamento de Estado, 18 de agosto de 1959.

> Queremos expresarle nuestra más honda satisfacción por la fraternal acogida que ha dispensado usted a nuestro delegado Enrique Jiménez Moya...[73]

Durante aquellos días de júbilo, representantes de la Unión Patriótica Dominicana, del Partido Revolucionario Dominicano y dominicanos antitrujillistas no afiliados, reunidos en Caracas, suscribieron una declaración de unidad nacional en la que acordaban realizar los siguientes propósitos:

1. Eliminar definitivamente todo problema de índole personal o de grupo, que pueda convertirse en el más mínimo obstáculo para la conquista de la libertad de nuestra patria;

2. Aportar a los fines de esta unidad nacional todos nuestros esfuerzos y recursos, materiales, morales e intelectuales, sin reservas ni limitaciones, como personas u organizaciones;

3. Dar proyección continental al espíritu y fines de esta declaración, encauzando la colaboración que de manera generosa y espontánea están ofreciéndonos todos los pueblos libres de América por intermedio de sus más autorizados portavoces;

4. Reconocer la posición unitaria de los otros núcleos de dominicanos exilados, y dirigirnos a ellos para pedirles que se unan con iguales derechos y deberes al Directorio Pro-Liberación Dominicana, instalado en Caracas en esta misma fecha.[74]

---

73 Pou Saleta, p. 101.
74 Museo Memorial de la Resistencia Dominicana. Declaración unitaria del Movimiento Pro Liberación Dominicana. Caracas, Venezuela, 11 de enero de 1959.

La importante declaración la suscriben, entre otros, Juan Bosch, Francisco Castellano, Francisco Canto, Cecilio Grullón y Luis Mejía. Estamos a mediados de enero de 1959. Durante esos días don Luis Muñoz Marín, el carcelero de don Pedro Albizu Campos, interesa reunirse con el comandante Fidel Castro. Así se desprende de una carta que el 19 de enero Muñoz dirige al recién electo presidente de Venezuela, Rómulo Betancourt. El gobernador de Puerto Rico creía que Fidel iba a estar en Caracas para la toma de posesión:

> Si puedes asegurarte –le dice Muñoz a Betancourt– que así lo hará y si pudiera permanecer un par de días, aunque fuera, después de la ceremonia, pudiéramos reunirnos allí con él en plano familiar, y sin que tuviera naturaleza oficial alguna la reunión y creo que podríamos ayudarle a desembarazar la grandeza de su movimiento de pequeños pero peligrosos errores en sus comienzos, errores que pueden reflejarse también, no solamente sobre las relaciones Cuba-Estados Unidos, sino en la misma profundidad del movimiento interno hacia la gran renovación en Cuba. Como supongo que Pepe Figueres estará también ahí en esos días, será una reunión muy útil, añadiéndole las demás personas que tú creyeras oportuno.[75]

Todo parece indicar que el gobernador quiere leerle la cartilla a Fidel sobre cómo mantenerse en el redil, subordinado al imperialismo norteamericano. ¡Cuán engañado vivía el paladín de la supuesta democracia boricua! En esos precisos momentos Muñoz se halla en Washington por invitación del vicepresidente Richard Nixon

---

75 Fundación Luis Muñoz Marín. Sección V. Serie 19. América Latina. Carta de Luis Muñoz Marín a Rómulo Betancourt, 19 de enero de 1959.

para participar en un almuerzo que la administración del general Eisenhower le ofrece al presidente Arturo Frondizi de Argentina.[76]

El 23 de enero, cuando se conmemora el primer aniversario de la caída de Pérez Jiménez, el dirigente de la Revolución Cubana llega a Venezuela.[77] No ha sido invitado por Rómulo Betancourt, sino por las organizaciones populares que promueven la celebración del aniversario. El viaje se hace para agradecerle al pueblo bolivariano la ayuda que le habían brindado a la Revolución.

El avión en el que viajaban tuvo que volar sobre Puerto Cabello y Caracas por cerca de media hora. Las autoridades se vieron obligadas a desalojar a la multitud que se apiñaba en la pista de aterrizaje. Mientras tanto, las radioemisoras transmitían el saludo que desde el aire enviaba Fidel: "Reciba el pueblo de Caracas y de Venezuela mi más profundo agradecimiento por esta oportunidad que se me brinda de asistir al aniversario de su liberación. Estoy emocionado con este cielo tan azul, que se ve más bonito porque lo embellece la libertad".[78]

Manolo Ponte Regueira, del periódico *El Nacional*, calculó en más de 100 mil las personas que concurren al recibimiento. Luego del aterrizaje, subieron a la nave para saludar a Fidel, Francisco Pividal Padrón, abogado y embajador de Cuba en Venezuela; Fabricio Ojeda, presidente de la Junta Patriótica de gobierno; el periodista Ponte Regueira, oriundo de Galicia, en España; Jóvito Villalba, fundador de la Unión Republicana Democrática; así como una delegación de estudiantes universitarios junto al dirigente sindical José González Navarro. El contralmirante Wolfgang Larrazábal, presidente en funciones de la República, no pudo subir al avión debido a la multitud congregada en el aeropuerto.

El periodista Xuxo Martínez Crespo dice que toda

---

76  Fundación Luis Muñoz Marín. Ibid.
77  El dirigente cubano iba acompañado de Celia Sánchez, Violeta Casals, Jorge Enrique Mendoza y los comandantes Pedro Miret y Paco Miret, entre otros.
78  Luis Báez. *Crónica de un testigo sobre la visita de Fidel a Venezuela hace 50 años*. (www.cubadebate.cu/opinion), accesado 12 de septiembre de 2010.

nuestra América estaba representada en la pista de aterrizaje: "Os independentistas boricuas, os revolucionarios dominicanos que loitaban contra 'chapita' (Leonidas Trujillo), os haitianos que facian outro tanto contra Duvalier, exibian os seus cartaces e as suas bandeiras, lembrando como bien dicia Simón Bolívar, que a pátria é América".[79] El periódico cubano *Revolución*, órgano del Movimiento 26 de Julio, informó que una poderosa delegación de la Unión Patriótica Dominicana estaba en el aeropuerto, portando grandes cartelones, dándole la bienvenida a Fidel.

A partir de aquel momento se hacen trizas los protocolos establecidos. Junto a los jóvenes barbudos que armados hasta los dientes le acompañan, Fidel se traslada a Caracas en la plataforma de un camión destartalado. La autopista estaba congestionada de gente. El comandante y su séquito, vitoreados por miles de venezolanos, se detienen en el restaurante "El Pinar", donde el gobierno provisional les ofrece un almuerzo.[80]

La agenda de trabajo de Fidel estaba cargada: el Parlamento, la Universidad Central, la Junta Provisional de Gobierno y una concentración de masas en la Plaza del Silencio. Es importante reseñar lo que sucede en la Universidad. En el Aula Magna el rector Francisco De Venanzi le da la bienvenida a Fidel. Entre los invitados se halla el poeta chileno Pablo Neruda. Antes de leer *Un canto para Bolívar*, el poeta hizo uso de la palabra: "En esta hora dolorosa y victoriosa que viven los pueblos de América, mi poema con cambios de lugar, puede entenderse dirigido a Fidel Castro, porque en las luchas por la libertad cada vez surge el destino de un hombre para dar confianza al espíritu de grandeza en la historia de nuestros pueblos".[81]

Una mujer no identificada firma un cheque por 500 bolívares para la lucha contra la dictadura de Trujillo. Entonces, la colecta no se hace esperar. Los jóvenes del Orfeón de la Universidad Central de Venezuela se encargan de recoger el dinero. "Estos fondos –

---

79   *A Coruña*. España, 15 de marzo de 2004.
80   Luis Báez. Ibid.
81   Ibid.

dijo Fidel–se les entregarán a los dirigentes de la Unión Patriótica Dominicana. Es para que se vea que no es cuestión de los gobiernos, no es intervención de los gobiernos, es intervención de los pueblos". En el ínterin, el comandante confiesa a los estudiantes su satisfacción cuando escuchaba las palabras de un revolucionario dominicano, quien decía que ese año se estaría combatiendo en Santo Domingo. Los aplausos fueron cerrados:

Yo dije una vez, cuando salí de Cuba, que en el año 1956 seríamos libres o seríamos mártires, y se me criticó extraordinariamente por aquello; se dijo que no podía haber revolución a plazo fijo, se dijeron veinte mil cosas, lo que no entendían era el sentido de aquella frase. Aquella frase quería decir: Yo sé que los pueblos están cansados de promesas falsas, yo sé que los pueblos han perdido la fe en los líderes, yo se que los pueblos no creen. Pues bien, para que el pueblo crea, ponemos nuestro honor por delante y le prometemos que iniciaremos la Revolución en Cuba en 1956. Eso fue lo que yo dije, y cuando lo dijimos fue porque estábamos seguros de que íbamos a cumplir, o de que al menos estábamos dispuestos a cumplir aquella palabra. Nos comprometimos con el pueblo y aquello ayudó a mantener encendida la fe del pueblo.

Aquí, un revolucionario dominicano acaba de decir también, emocionado, que será este año. Pues, bien, va a tener muchas más facilidades que nosotros, porque al menos no les va a pasar lo que nos pasó a nosotros, que cuando nos faltaban seis meses para que se acabara el año, nos metieron presos y nos quitaron todas las armas; que cuando volvimos a reunir fondos y a comprar armas, nos quitaron la mitad de las armas, y, por suerte, no nos metieron presos y pudimos salir, atravesar el golfo, atravesar el mar Caribe, atravesarlo todo y poder llegar a Cuba...[82]

Al cerrar su intervención en la Universidad Central esto dijo el dirigente cubano:

> Y ustedes los estudiantes, que han sido defensores de todas las causas justas, que han sido la vanguardia de la libertad en nuestro continente; ustedes, que inspiraron esta idea, los estudiantes venezolanos, no deben descansar ni un minuto en el esfuerzo por ayudar a que se convierta en realidad este sueño de poder reunirnos algún día en la universidad de Santo Domingo, en la universidad de Nicaragua y en la universidad de Paraguay, (aplausos) con la ayuda de los pueblos, con la ayuda de los estudiantes.
>
> Yo sé que el día en que se esté combatiendo en Santo Domingo, no faltarán voluntarios, entre el estudiantado y entre el pueblo de Venezuela, que quieran ir a combatir allá (exclamaciones). Lo que sí les puedo asegurar a los revolucionarios dominicanos es que no los dejaremos solos, y es con esa promesa con la que me quiero despedir de ustedes: nos veremos en la universidad de Santo Domingo (aplausos y exclamaciones).[83]

Horas más tarde, en su comparecencia ante la Cámara

---

82  Discurso pronunciado por el comandante Fidel Castro Ruz, Primer Ministro del Gobierno Revolucionario, en la Universidad Central de Caracas, Venezuela, el 23 de enero de 1959. Versión taquigráfica de las Oficinas del Primer Ministro.
83  Ibid., discurso del comandante Fidel Castro, 23 de enero de 1959.

de Diputados, Fidel le propone a los países democráticos en la Organización de Estados Americanos (OEA) que expulsen de su seno a todos los representantes de las dictaduras. Esos organismo internacionales, que no sirven para nada, continúa diciendo, deben adoptar una actitud enérgica y firme frente a los problemas calientes de la región.

Ese mismo día, 23 de enero, en la plaza "El Silencio", miles de personas aclaman a Fidel como héroe del continente. Pablo Neruda escribe en sus memorias que había visto muy pocas acogidas políticas tan fervorosas como las que le habían dado los venezolanos al joven vencedor de la insurrección cubana. Fidel estuvo hablando durante cuatro horas.

> Yo era una de las doscientas mil personas que escucharon de pie y sin chistar aquel largo discurso. Para mí, como para muchos otros, los discursos de Fidel han sido una revelación. Oyéndolo hablar ante aquella multitud, comprendí que una época nueva había comenzado para América latina. Me gustó la novedad de su lenguaje. Los mejores dirigentes obreros y políticos suelen machacar fórmulas cuyo contenido puede ser válido, pero son palabras gastadas y debilitadas en la repetición. Fidel no se daba por enterado de tales fórmulas. Su lenguaje era natural y didáctico. Parecía que él mismo iba aprendiendo mientras hablaba y enseñaba.[84]

El dirigente cubano había cautivado al pueblo en la plaza caraqueña. En su discurso explica el por qué de la visita:

> Vine a Venezuela, en primer lugar, por un sentimiento de gratitud; en segundo lugar, por

---

84    Pablo Neruda. *Confieso que he vivido*. Buenos Aires: Editorial Losada, S. A., 1996, p. 429.

un deber elemental de reciprocidad para todas las instituciones que tan generosamente me invitaron a participar de la alegría de Venezuela este día glorioso del 23 de enero (aplausos y exclamaciones), pero también por otra razón: porque el pueblo de Cuba necesita la ayuda del pueblo de Venezuela, porque el pueblo de Cuba, en este momento difícil, aunque glorioso de su historia, necesita el respaldo moral del pueblo de Venezuela (aplausos). Porque nuestra patria está sufriendo hoy la campaña más criminal, canallesca y cobarde que se ha lanzado contra pueblo alguno, porque los eternos enemigos de los pueblos de América... no se resignan tranquilamente a presenciar la formidable y extraordinaria victoria del pueblo de Cuba que, sin más ayuda que la simpatía y la solidaridad de los pueblos hermanos del continente, sin más armas que las que supo arrebatar al enemigo en cada combate, libró durante dos años una guerra cruenta contra un ejército numeroso, bien armado, que contaba con tanques, con cañones, con aviones y con armas de todo tipo, armas modernas, las que se decía que eran invencibles, y nuestro pueblo, que estaba desarmado, que no tenía tanques, ni cañones, ni bombas de 500 libras, ni aviones, que no tenía entrenamiento militar, un pueblo inerme, sin entrenamiento, sin prácticas de guerra, pudo derrocar, en dos años de lucha frontal, a las fuerzas armadas de una dictadura que contaba con 60,000 hombres sobre las armas (aplausos).[85]

---

85  Discurso pronunciado por el comandante Fidel Castro Ruz, Primer Ministro

Fidel Castro le habló a un público calculado en más de 300 mil personas. Fue un acto sin precedentes en la historia venezolana. En "El Silencio", las palabras del comandante tomaron vuelo cuando hablaba de la República Dominicana:

… cuando me ocurre lo que me ocurría hoy, que muchos me decían: "¡Trujillo ahora!, ¡Trujillo ahora!, ¡Trujillo Ahora!" (exclamaciones), y me lo decían con tanto enardecimiento que yo me preguntaba: ¿Serán venezolanos o serán dominicanos? Pero es imposible que haya tantos dominicanos aquí, estos tienen que ser venezolanos y están hablando como dominicanos. Cuando todos estamos pensando igual… cuando todos estamos aspirando a lo mismo, cuando no nos diferenciamos en nada, cuando somos absolutamente iguales, ¿no parece sencillamente absurdo que unos se llamen cubanos y otros se llamen venezolanos y parezcamos extranjeros unos ante otros, nosotros que somos hermanos, nosotros que nos entendemos bien? (aplausos)

Fidel habla del ideal bolivariano de confederación de los pueblos de nuestra América y advierte la necesidad de la solidaridad entre las luchas populares latinoamericanas y caribeñas.

Y que el sentimiento bolivariano está despierto en Venezuela lo demuestra este hecho, esta preocupación por las libertades de Cuba, esta extraordinaria preocupación por Cuba. ¿Qué es eso, sino un sentimiento bolivariano? ¿Qué es eso, sino un preocuparse por la libertad de los

del Gobierno Revolucionario, en la Plaza Aérea del Silencio, Caracas, Venezuela, 23 de enero de 1959. Versiones taquigráficas de las Oficinas del Primer Ministro.

demás pueblos? (aplausos) Y al respaldarnos de esta manera apoteósica con que han respaldado hoy a la causa de Cuba, ¿qué es eso si no seguir las ideas de Bolívar? ¿Y por qué no hacer con relación a otros pueblos lo que se hace con relación a Cuba? ¿Por qué no hacerlo con relación a Santo Domingo, a Nicaragua y a Paraguay, que son los tres últimos reductos que le quedan a la tiranía? (aplausos y exclamaciones)[86]

El 24 de enero el Parlamento de Caracas declara a Fidel huésped de honor. Luego, el dirigente cubano asiste a una recepción en el Consejo Municipal donde Rafael Caldera[87] declara abierta la sesión y Domingo Alberto Rangel, de Acción Democrática, habla en nombre de los congresistas. El domingo 25 visita el Colegio de Abogados. En horas de la tarde, con sus ojos vivos e inquietos, Fidel recibe en la Embajada de Cuba a los directivos de la Unión Patriótica Dominicana: "Solamente les hago una exigencia y es que para contar con mi ayuda, tiene que ser Enrique Jimenes Moya, su comandante en jefe, y todo lo que se trate en relación a la expedición y cualquier otro asunto dominicano, deben ser a través de él. No quiero otro contacto".[88]

En horas de la noche se reúne con Rómulo Betancourt, en la residencia particular de éste. El recién electo presidente de Venezuela trae a colación el tema de Trujillo y declara su compromiso de aportar medio millón de dólares para una expedición dirigida a dar al traste con la dictadura dominicana. La información la ofrece Francisco Pividal Padrón[89] quien estuvo presente en ese primer y

---

86    Ibid.
87    Rafael Caldera Rodríguez, abogado, sociólogo y escritor, ocupó la presidencia de Venezuela de 1969 a 1974 y de 1994 a 1999.
88    Poncio Pou Saleta, pp. 265-266. (Pou Saleta estuvo presente en la reunión llevada a cabo en la Embajada de Cuba).
89    El profesor Pividal Padrón vivió en Caracas por espacio de 11 años. Además de ejercer la docencia, coordinar el Movimiento 26 de Julio y actuar como

único encuentro entre Fidel y Betancourt.

Parece que tocada por el dramatismo incorregible, la Fundación Rómulo Betancourt –encargada de publicitar la vida y obra del mandatario venezolano, rehúsa encarar la verdad de los acontecimientos. En carta fechada el 9 de diciembre de 2005, la Fundación asombrosamente niega el dato de que el fenecido Presidente venezolano ofreciera su ayuda para derrocar a Trujillo. Véanse el tono y el contenido de la misiva:

> Cuando Castro visitó Venezuela en enero de 1959, Rómulo Betancourt ya era Presidente Electo pero aún no había tomado posesión de su cargo. El ejercicio de la Presidencia de Betancourt se inició en febrero de 1959, después que Castro ya había derrocado al dictador Batista. Por eso creemos que posiblemente la ayuda militar prestada por Venezuela... a la que Usted hace referencia en su comunicación, si efectivamente la hubo, presumiblemente debió ser aportada por el gobierno provisional presidido por el Almirante Wolfgang Larrazábal durante el año 1958, y bajo ningún respecto por el gobierno constitucional de Rómulo Betancourt, que como se dijo antes, se inició en febrero de 1959.

Seguidamente asegura que:

> Durante su estadía en Venezuela en enero de 1959 Fidel Castro se entrevistó con el entonces Presidente Electo Rómulo Betancourt. De acuerdo a los testimonios escritos dejados

---

embajador de Cuba en Venezuela, era un apasionado estudioso de la vida y obra de Bolívar. "Con Francisco Pividal sostuve en La Habana las lentas conversaciones preliminares que me permitieron formarme una idea clara del libro que debía escribir". Así lo informa Gabriel García Márquez cuando iba a escribir su novela *El general en su laberinto*, en la que narra los últimos días de Bolívar.

por Rómulo Betancourt, y también aportados por testigos, y que son de conocimiento general, en aquella entrevista Betancourt rechazó, de manera categórica, la invitación que le habría hecho Castro de concertar una política exterior conjunta cubano-venezolana contra los Estados Unidos de América. Esa fue la única entrevista o comunicación verbal, que se conoce, haya tenido lugar entre Betancourt y Castro.[90]

A la una de la madrugada del martes 27 de enero, cuando Fidel y su comitiva se estaban preparando para regresar a Cuba, sucede una lamentable tragedia: el deceso del comandante Francisco Cabrera, en horrible accidente ocurrido en la pista del aeropuerto de Maiquetía. Al notar que le faltaban algunas armas de la escolta, olvidadas en un avión venezolano llegado desde Cuba, Cabrera baja presuroso de la nave en la que se hallaba sin percatarse de la cercanía de aquellas veloces hélices que le cegaron su vida. Vale la pena leer el relato del periodista gallego Xuxo Martínez Crespo:

> Unha vez dentro, lembrou aos seus acompañantes que non esquecesen as suas armas. Este recordatorio fixo que o comandante Paco Cabrera fose cara a outro dos tres avións, en cuxa cabina deixara a sua metralleta. Cos brazos en alto e con un pañuelo branco facia señas e pedia, berrando, que detivesen o avión de Cubana de Aviación que nese momento ía cara a pista.
>
> Habia néboa e era de noite. Paco Cabrera pensou que a hélice estaba en bandeira, pois asi semella cuando se ve de perfil, achegouse e foi totalmente descuartizado. Cuando se lle notificou

---

90    Archivos de Félix Ojeda Reyes. Carta de la Fundación Rómulo Betancourt al autor, 9 de diciembre de 2005.

a Fidel o feito, baixaron todos á pista a ver tan dantesco e horríbel accidente. Fidel dispuxo que vários dos compañeiros ficasen, e pediulle a Manolo Ponte que testemuñase ante as autoridades venezuelanas por tan terríbel accidente. Tamén ordenou a Pividal, o seu embaixador que se fixese cargo para repatriar o cadáver.[91]

Los dirigentes del gobierno revolucionario cubano, Raúl Castro y Juan Almeida, habían designado a Cabrera encargado de la escolta personal de Fidel. "La guerra ha terminado, la muerte, no; Cuba y la Revolución han perdido a un hombre extraordinario, era uno de nuestros más sólidos valores". Así lo dejó saber el dirigente cubano al conocer la muerte de su querido amigo, ocurrida el 27 de enero de 1959. Y así concluía el primer viaje internacional del comandante de la Revolución.

---

91    *A Coruña*. España, 15 de marzo de 2004.

# La sección armada del MLD

Santo Domingo. Palacio Nacional de la República Dominicana, sede del gobierno.

Eleanor Roosevelt, esposa del presidente de Estados Unidos, visita la República Dominicana, 7 de marzo de 1934. A la derecha, el dictador Rafael L. Trujillo. (NARA. Franklin D. Roosevelt Library. Hyde Park, New York).

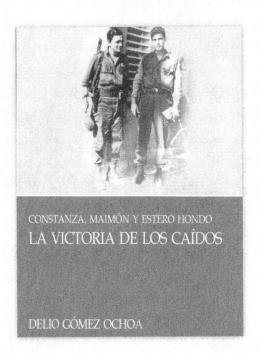

Delio Gómez Ochoa. La victoria de los caídos. Academia Dominicana de la Historia, 2010.

El comandante venezolano Douglas Ignacio Bravo, de visita en Santo Domingo, octubre 2009. (Foto Félix Ojeda Reyes).

Periodista y combatiente venezolano, Fabricio Ojeda.

La Fundación Muñoz Marín custodia importantes documentos de la historia contemporánea puertorriqueña.

Comandante Enrique Jimenes Moya.

Comandante Delio Gómez Ochoa en la Academia de la Historia Dominicana. (Foto Félix Ojeda Reyes).

# La sección armada del MLD

En una habitación del Hotel Havana Hilton, hoy Habana Libre, se lleva a cabo importante reunión a la que asisten el capitán Enrique Jiménez Moya, el comandante cubano Delio Gómez Ochoa y el propio Fidel.

> Conversamos entonces los tres –es Gómez Ochoa quien escribe– acerca de algunas cosas más precisas sobre la lucha contra Trujillo y sus posibilidades futuras. Nos dijo Enrique que los patriotas dominicanos pensaban que podrían recibir la ayuda nuestra en su lucha. Nosotros, de corazón, le ofrecimos todo lo que estuviera en nuestras manos. Los efectivos del Cuarto Frente rebelde bajo mi mando habían ocupado una gran cantidad de armas en el regimiento de Holguín y me comprometí para ayudar con algunas de estas.[92]

Fidel le requiere a Gómez Ochoa que actúe desde ese momento como su representante para todo lo relacionado con los

---

92 Gómez Ochoa. Op. Cit, p. 29. (El libro de Gómez Ochoa es una memoria bien escrita. Está lleno de entusiastas declaraciones. Su título "se aprueba por consenso… en la casa del ingeniero Leandro Guzmán", me decía el comandante mientras lo entrevistaba en Santo Domingo. Al punto, añadía, que su hijo Marcos le había ayudado en la organización de los documentos así como en la transcripción y análisis de las cintas grabadas. *La victoria de los caídos* se publicó en Santo Domingo, 36 años después de las expediciones).

asuntos dominicanos.[93] Algunas semanas más tarde, el comandante le solicita a Gómez Ochoa y al Dr. Pividal que viajen a Caracas a recoger el dinero prometido. De igual forma entregarían a los dirigentes de Acción Democrática un cargamento de ametralladoras Thompson y de fusiles Garand que los venezolanos le habían solicitado a Cuba para rechazar las intenciones de un posible golpe de estado contra el nuevo gobierno electo de Venezuela. El cargamento de armas se depositó en la Embajada de Cuba y, sin tardanza, se le entregó a sus destinatarios.[94]

El 12 de marzo de 1959 Jiménez Moya se halla de nuevo en Puerto Rico, esta vez acompañado del Dr. Francisco Canto, médico dominicano establecido en Caracas.[95] Dos días más tarde, el 14 de marzo, llega a Venezuela junto a Luis Aquiles Mejía, Delio Gómez Ochoa y el ayudante personal de éste, Ramoncito Ruiz.

En la sede del Ministerio de Relaciones Interiores de Venezuela recibe Gómez Ochoa un maletín con dinero en efectivo enviado por el presidente Betancourt para contribuir al derrocamiento de Trujillo. Luis Augusto Dubuc Araujo[96] hizo la entrega del dinero al militar cubano. El doctor Marcelino Madriz y el ingeniero Gastón Carvallo estuvieron presentes. Madriz y Carvallo militaban en el Partido Comunista de Venezuela y, en 1958, realizaron un traslado de armas al proyecto revolucionario instalado en la Sierra Maestra.[97] Al mismo tiempo, el dinero venezolano se puso en manos del doctor Pividal para hacerlo llegar a La Habana.

Entre los días 27, 28 y 29 de marzo, por invitación de la Unión Patriótica Dominicana de Venezuela, queda constituido en el Palacio de los Trabajadores, de La Habana, el Movimiento de Liberación Dominicana (MLD) y su brazo armado el Ejército de

---

93  Ibid, p. 30.
94  Ibid, p. 44.
95  *El Mundo*. San Juan, 17 de junio de 1959, p. 1.
96  Abogado, doctor en Ciencia Política, Luis Augusto Dubuc Araujo (1918-1990) fue miembro fundador de Acción Democrática y, en febrero de 1959, se le asigna el Ministerio de Relaciones Interiores de Venezuela.
97  En esa ocasión, las armas las recibe el entonces comandante Raúl Castro.

Liberación Dominicana. El periódico *Revolución* destaca el proceso de unidad al seno del exilio rebelde dominicano:

> Con profundo júbilo damos hoy la noticia al pueblo dominicano y a los demás pueblos de América, una noticia trascendental: la unidad revolucionaria de los dominicanos en el exilio ha sido al fin lograda y como consecuencia de ello, ha quedado integrado el Movimiento de Liberación Dominicano. Culminan finalmente con este logro, los esfuerzos de la Unión Patriótica Dominicana, organización que se creó con fines estrictamente patrióticos y unitarios y los de las organizaciones con ella solidarizadas en el alto propósito.[98]

El MLD fue producto de una concertación alcanzada entre las siguientes organizaciones: Frente Unido de Puerto Rico, Frente Unido Dominicano de Nueva York, Unión Patriótica Dominicana de Cuba, Partido Socialista Popular, Frente Independiente Democrático de Venezuela, Unión Patriótica Dominicana de Estados Unidos y la UPD de Venezuela. Las organizaciones "acordaron aunar sus esfuerzos para luchar en forma solidaria contra la oprobiosa y criminal tiranía de Trujillo y crear, después de Trujillo, un gobierno revolucionario de democracia política, económica y social en República Dominicana".[99]

Además de ratificar el nombramiento de Jiménez Moya como jefe del ejército patriota, la asamblea celebrada en La Habana estableció un Consejo Asesor de la Revolución. El organismo tenía por función orientar al Comité Central Ejecutivo integrado por Isidro Jiménez Grullón, Francisco Castellanos, Francisco Canto, Luis Aquiles Mejía y Cecilio Grullón. El Comité Central, a su vez,

---

98   *Revolución*. La Habana, 16 de junio de 1959, p. 16. Cortesía de la periodista Mercedes Alonso.
99   *Revolución*. Ibid.

era la entidad ejecutiva de la revolución y se mantendría "en estrecha vinculación con el Comando Militar".[100]

Finalmente, la asamblea aprobó un Programa Mínimo de reformas económicas, políticas y sociales dirigidas a democratizar la sociedad dominicana una vez liquidada la dictadura. Entre los aspectos económicos del Programa sobresalen los siguientes:

a) Impulsar la economía en sus múltiples aspectos fomentando el desarrollo del mercado interno y el poder adquisitivo de la masa popular.

b) Desarrollar y proteger la industria nacional, mediante instituciones de crédito que organice el Gobierno Revolucionario y a través de las medidas legales que se dicten para ese fin.

c) Expropiar a favor del Estado todas las industrias y propiedades adquiridas por el tirano, su familia u otras personas al amparo de la tiranía, y reintegrar a sus legítimos dueños aquellas que hayan sido objeto de despojo.

d) Revisar todas las concesiones hechas por la tiranía a favor de capitales nacionales y extranjeros que sean lesivas al interés nacional.

e) Reformar el sistema tributario establecido por la tiranía, aboliendo los impuestos antipopulares e innecesarios para el sostenimiento del Estado.

f) Desarrollar una política económica tendiente a asegurar posibilidades de trabajo a toda la población laboral.[101]

El 8 de abril Gómez Ochoa y Jiménez Moya regresan a Caracas. Héctor Mujica y Diana Zuloaga, del Partido Comunista

---

100  Pou Saleta, pp. 217-218.
101  Anselmo Brache Batista. *Constanza, Maimón y Estero Hondo. Testimonio e investigación sobre los acontecimientos.* Santo Domingo: Editora Buho, 2009, p. 338.

venezolano, se reúnen en la Universidad Central con el cubano y el dominicano para informarles el interés que tenían trece de sus militantes en integrarse al proyecto dominicano.[102]

Creo beneficioso abrir un paréntesis e indicar que, en octubre de 2009, estuve en Santo Domingo participando en el XII Congreso de la Academia Dominicana de la Historia, dedicado a conmemorar el 50 aniversario de las expediciones armadas de junio de 1959. En esa ocasión conocimos al comandante guerrillero venezolano Douglas Ignacio Bravo Mora. El legendario combatiente, nacido en el Estado Falcón en 1932, ingresó a temprana edad en el Partido Comunista y en 1959 era el jefe de su Buró Militar. También, Douglas se hallaba entre los fundadores del frente guerrillero "José Leonardo Chirinos" que abriría fuego contra el gobierno de Rómulo Betancourt.

Douglas Bravo es categórico cuando dice que el Partido Comunista de Venezuela le había dado todo su apoyo al proyecto expedicionario. Y él, que pertenecía al aparato armado de la colectividad, había reclutado a casi todos los venezolanos que colaboraron con el movimiento revolucionario dominicano. La perspectiva de la lucha en República Dominicana atraía a jóvenes así como a experimentados revolucionarios.

"Fabricio Ojeda interesaba participar en las expediciones contra la dictadura de Trujillo", nos informaba Douglas Bravo en Santo Domingo. Sin embargo, la dirección del partido se opuso. No autorizó la salida de Fabricio, pues éste era necesario en Venezuela. El partido preveía que en la nación suramericana se desarrollaría una lucha guerrillera que, en efecto, duraría veinte largos años.

Fabricio Ojeda había alcanzado enorme protagonismo en 1958 como presidente de la Junta Patriótica, el organismo que lideró la revolución popular que derrocó la dictadura de Pérez Jiménez. Ese mismo año fue electo diputado de la URD al Congreso Nacional. En 1962 su organización se retiraba del gobierno y unido a otros

---

102  Gómez Ochoa. Op. Cit., p. 47. Véase, además, el ensayo antes citado de Francis Pou García, p. 60.

compañeros abrazan la lucha armada, siendo Fabricio uno de los principales fundadores, junto a Douglas Bravo, de las Fuerzas Armadas de Liberación Nacional (FALN), constituidas a principios de enero de 1963. Detenido pocos meses después, fue sentenciado por un Consejo de Guerra a 18 años de prisión, pero logró fugarse. Apresado de nuevo le asesinan en una cárcel de las Fuerzas Armadas en julio de 1966.[103]

Todos los jóvenes venezolanos que fueron a la República Dominicana en las expediciones de junio de 1959 para derrocar a Trujillo eran miembros del Partido Comunista. Todos fueron asesinados. Juan Cárdenas Soto, Edwin Erminy, Antonio Luis González[104], José Isaac Molina González y Oscar Luis Vega Acosta estuvieron en la expedición aérea. Rafael Arrechea Rodríguez, Generoso Hernández, Nelson Andrés Hernández González, Luis Alfonso Medina Rosales y Julio Camacho cayeron en el frente de Maimón. Y José Altagracia Arias Quintero, Pedro José Linares Badillo, José Luis Rodríguez, Alfonso José Sinjtiago Flores[105] y Jesús Ávila que también llegaron en las expediciones marítimas.

Ya hemos dicho que, según lo acordado, Rómulo Betancourt aportaría medio millón de dólares. Lamentablemente el acuerdo fue deshonrado. La cantidad de 150 mil dólares era mucho menor de lo prometido. No obstante, dinero en mano, los complotados tienen una prioridad: comprar la nave que los llevaría a tierras dominicanas.

---

103  "En el marco de esa lucha de alcance continental, –es el comandante Ernesto Guevara el que escribe–las que actualmente se sostienen en forma activa son sólo episodios, pero ya han dado los mártires que figurarán en la historia americana como entregando su cuota de sangre necesaria en esta última etapa de la lucha por la libertad plena del hombre. Allí figurarán los nombres del comandante Turcios Lima, del cura Camilo Torres, del comandante Fabricio Ojeda, de los comandantes Lobatón y Luis de la Puente Uceda, figuras principalísimas en los movimientos revolucionarios de Guatemala, Colombia, Venezuela y Perú". Ernesto Guevara. "Crear dos, tres... muchos Viet-Nam, es la consigna". La Habana: suplemento especial de la revista *Tricontinental*, 16 de abril de 1967.

104  González "era el responsable de todo el contingente venezolano", según las declaraciones que nos diera Douglas Bravo.

105  Nació en Caracas, no militaba en el P. C., tenía 17 años y era hijo del dominicano Rinaldo Sinjtiago Pou, quien murió en Constanza.

Del dinero venezolano, 90.000 dólares fueron destinados para comprar el avión. Esas gestiones nos ocuparon a Enrique, a Ramoncito Ruiz, a Luis Aquiles Mejía y a mí, alrededor de una semana en los Estados Unidos, específicamente en Miami. En la sureña localidad floridana, adonde llegamos el 16 de abril, compré veinticinco pistolas para los jefes de pelotones y escuadras del contingente expedicionario. Me excluí de la lista para la adquisición de dichas armas, puesto que un entrañable hermano de lucha me había pedido que utilizara su pistola en la nueva campaña que tenía por delante. Acepté su petición, porque además de la amistad que nos unía, aquella era, para los que admiramos el arte de la armería, una pistola muy hermosa, adornada con cachas de plata e incrustaciones en oro que invitaba a empuñarla.[106]

Distintas fuentes informan que Ramón Ruiz, quien también participó en el plan para derrocar al dictador dominicano, era oriundo de Puerto Rico.[107] En el monumento a los mártires levantado en la capital dominicana, aparecía, grabado en granito, el nombre de Ruiz entre el grupo de combatientes expedicionarios puertorriqueños. Es un desacierto que ha sido corregido. El comandante Gómez Ochoa aclara: "Aunque hijo de padre puertorriqueño Ramoncito nació en Santiago de Cuba y había combatido junto a mí en la Sierra Maestra y luego en la campaña del llano". En la guerra cubana se desempeñó como ayudante personal de Gómez Ochoa y fue muy útil en la compra del C-46, en Miami, pues conocía bien a los Estados Unidos, "donde había trabajado largo tiempo".[108]

---

106  Gómez Ochoa, pp. 47-48.
107  Pou Saleta, p. 308. Abreu Cardet, p. 113.
108  Gómez Ochoa, p. 45.

En carta depositada en la Fundación Muñoz Marín de Puerto Rico, fechada el 29 de mayo de 1959, Maurice Rosenblatt, un poderoso cabildero con oficinas en Washington, le informa al senador por Alaska, Ernest Gruening (1887-1974), los nombres de los dirigentes del Movimiento de Liberación Dominicana.[109] El coordinador del MLD en Nueva York, Alfonso Canto, le había escrito al cabildero requiriéndole ayuda para establecer lazos de comunicación con miembros del Congreso, la prensa y funcionarios estadounidense. Esto dice Rosenblatt en su misiva a Gruening:

> Yo espero que usted llame al gobernador Luis Muñoz Marín. Deseamos su reacción en cuanto a estos nombres y su Movimiento. Estoy informado que el Movimiento de Liberación Dominicano, como se encuentra constituido al presente, prácticamente representa todos los elementos de organizaciones dominicanas anti-Trujillo y que esta unidad es un gran logro. Por favor créame, cualquier tipo de expresión de confianza de parte del gobernador (Muñoz) Marín hará posible que podamos seguir adelante. Estoy consciente que él está en una posición oficial y no quiere identificarse públicamente con algún movimiento revolucionario sin importar cuán fuerte simpatice con el mismo, y definitivamente respetaría su confianza y no espero que él brinde apoyo o tome alguna responsabilidad moral, pero su información y su reacción personal al Movimiento de Liberación Dominicano sería una guía valiosa.[110]

Durante la década de 1950 Rosemblat ayudó a derrotar

---

109 Francisco Canto, Luis Aquiles Mejía, Enrique Jiménez Moya, Francisco Castellanos, y Juan Isidro Jiménez Grullón.

110 Fundación Luis Muñoz Marín. Serie 19. Sección V. América Latina. Carta de Maurice Rosenblatt al senador por Alaska, Ernest Gruening, 29 de mayo de 1959. Traducción de Clemente Armando Díaz.

el poder abusivo del senador republicano anticomunista Joseph McCarthy. Por su parte, Gruening, un viejo liberal conocido de Muñoz Marín, había sido administrador de la Puerto Rico Reconstruction Administration (PRRA) a mediados de 1930.

En su carta a Gruening, Rosenblatt le deja saber lo inaplazable y la secretividad con que debía recibirse su mensaje: "Tengo la impresión de que *existe una gran urgencia y cada día perdido puede medirse en vidas.* Por esta razón le insto a mantener confidencial nuestro mutuo interés. Yo sé que usted procederá tan rápido como le sea posible".[111]

Estamos a 16 días del inicio de las expediciones…

---

[111] Fundación Luis Muñoz Marín. Ibid. Énfasis nuestro.

# Un piloto audaz

"Cese la filosofía del despojo y cesará la filosofía de la guerra". Fidel.

Junto a Fidel, el escritor y periodista estadounidense
Ernest Hemingway.

La pesada dama de la Libertad.

## Convocatoria Urgente

A los Voluntarios de la Democracia;

A los enemigos de las Dictaduras;

A los Dominicanos, Cubanos, Venezolanos, Españoles, Puertorriqueños, Americanos de Centro, Sur y Norte América; a los hombres y mujeres que aspiren a terminar con las tiranías y muy especialmente anhelen acabar este mismo año con el oprobio del TRUJILLATO, se les convoca con carácter urgente para una importante asamblea que se llevará a cabo a las 8:00 de la noche del lunes, 19 de enero de 1959, en el Salón de Actos del Ateneo Puertorriqueño.

San Juan, Puerto Rico, a 15 de enero de 1959.

## AFIRMACION DEMOCRATICA

Convocatoria urgente.

El revolucionario cubano Fidel Castro estrecha la mano del vicepresidente estadounidense Richard Nixon. Washington D. C., 19 de abril de 1959.

Un piloto audaz, Juan de Dios Ventura Simó.

Arma corta contra la dictadura dominicana.

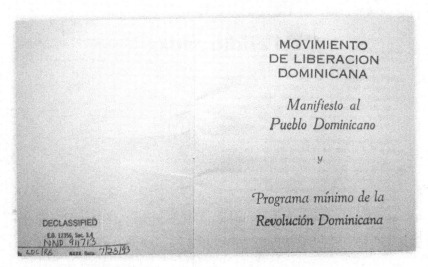

MLD. Programa mínimo de la Revolución Dominicana.

Fidel contempla la imagen del presidente Lincoln.
Washington D. C., 19 de abril de 1959.

# Un piloto audaz

Invitado por la Sociedad Americana de Editores de Periódicos de Estados Unidos, el comandante Fidel Castro llegó al aeropuerto de Washington el 15 de abril de 1959 con el compromiso de hablar en la asamblea anual de los comunicadores que se llevaría a cabo en el Hotel Statler de la capital federal el día 17. En el aeropuerto de Washington le esperaba R. Roy Rubottom, Jr., subsecretario de Estado para Asuntos Interamericanos. Las autoridades estadounidenses se sentían amenazadas, pues según la Nota Editorial preparada por el Departamento de Estado: dieciséis documentos de información fueron preparados con antelación a la visita y tocaban los siguientes temas: "La situación política actual en Cuba," "Actividades comunistas en Cuba bajo el régimen de Castro," "Autorización de envíos de armas a Cuba," "Extradición a Cuba de E. U. de alegados 'criminales de guerra,'" (…) "Inversión americana en Cuba," (...) "Base Naval de Guantánamo," (…) e Historia de E. U. y Cuba y la Enmienda Platt".[112]

La visita tenía carácter privado y el 16 de abril, mientras caminaba por las calles de Washington, hablando con los periodistas, Fidel declaraba enfático: "Ustedes están acostumbrados a ver a representantes de otros gobiernos venir aquí a pedir dinero. Yo no vine a eso. Vine únicamente a tratar de llegar a un mejor entendimiento con el pueblo norteamericano. Necesitamos mejores relaciones entre Cuba y Estados Unidos".[113]

Buscando "un mejor entendimiento" con el gobierno de

---

112 *FRUS, 1958-1960. Cuba.* Vol. VI. Document 281. Editorial Note, p. 469.
113 Las palabras de Fidel se reproducen en *Granma*. La Habana, 16 de mayo de 2009.

Eisenhower, el comandante calendarizó un almuerzo con el recién nombrado secretario de Estado, Christian A. Herter, el 16 de abril, y una entrevista con el vicepresidente de Estados Unidos, Richard M. Nixon. El encuentro con Nixon se llevaría a cabo el día 19 en las oficinas del Vicepresidente.

La verdad de la historia es que Eisenhower no quería recibir a Fidel. Alegó como excusa una "partida de golf", la que estuvo disfrutando en el Augusta National Golf Club del estado de Georgia.[114] El gesto de descortesía del poderoso reviste una sencilla razón. Desde fines de 1958 la Agencia Central de Inteligencia (CIA) le estaba informando a Eisenhower que "la victoria de Castro" no favorecía los mejores intereses de Estados Unidos.[115]

En documento secreto enviado a Eisenhower, con copias al secretario de Estado, Christian A. Herter, y al director de la CIA, Allen W. Dulles, esto dice Nixon de su entrevista con el carismático dirigente: "De un hecho del que debemos estar seguro es que él (Fidel) posee esas cualidades definidas que le permiten ser un líder de hombres. Independientemente de lo que pensemos de él, será un factor clave en el desarrollo de Cuba y muy posible en los asuntos generales latinoamericanos".[116]

Igual que en su visita a Venezuela, el viaje a Estados Unidos estuvo cargado de entrevistas, diálogos y celebraciones. El 17 de abril Fidel asiste a la actividad de la Asociación Americana de Editores de Periódicos. Días más tarde habla en Princeton. El día 20 llega a la ciudad de Nueva York. En la "gran manzana" comparece ante el programa *Meet the Press*, de la cadena televisiva NBC, y se entrevista con el secretario general de Naciones Unidas Dag Hammarskjold. Además, visita el Yankee Stadium y anda por el espacioso y divertido zoológico del Bronx.

---

114  Eisenhower viaja a Georgia el 14 de abril.
115  Dwight D. Eisenhower. *Waging Peace. The White House Years 1956-1961*. New York: Doubleday & Company, 1965, pp. 521-525.
116  *FRUS*. Op. Cit., p. 476. Doc. 287. Editorial Note. (Traducción nuestra). Herter, por su parte, se lamentaba que el presidente Eisenhower no pudiera conocer a Fidel, a quien describe como: "a most interesting individual".

En la noche del 22 Fidel recibe a dos poderosos representantes de la industria del azúcar en Cuba, Larry Crosby y David Kaiser. Regino Boti León, a la sazón Ministro de Economía de Cuba, estuvo presente en el conversatorio.[117] De acuerdo con un documento confidencial del Departamento de Estado: "El Sr. Crosby dijo que exhortó al Dr. Castro para que Cuba ratifique el Acuerdo Internacional del Azúcar y fue apoyado por el Ministro Boti en esa cuestión pero no recibió contestación alguna del Dr. Castro..."[118]

De cierta forma los días en "la gran manzana" fueron días de mucha bulla. El acto celebrado en el Parque Central el 24 de abril dejaría en el comandante una huella profunda e impresionante:

Pocas veces en la vida nos es dada la oportunidad de vivir un minuto tan emocionante como este. Es posible que en los largos años de historia de este continente jamás se haya producido un acto como este, no por su dimensión numérica, aunque es verdaderamente grande es, según los entendidos, el acto de esta índole más grande que se ha producido en la ciudad de Nueva York, que es, al mismo tiempo, la mayor ciudad del mundo. El valor de este acto radica en las personas que están aquí presentes, su valor radica en que aquí se han reunido no solo los cubanos, aquí están también presentes los dominicanos (aplausos), los puertorriqueños (aplausos), los mexicanos (aplausos), los centroamericanos (aplausos), los latinoamericanos (aplausos) y también en número considerables los norteamericanos (aplausos).[119]

---

117  En su viaje a Estados Unidos, Fidel estuvo acompañado de Ernesto Betancourt, Felipe Pazos, Rufo López Frasquet, Celia Sánchez, Conchita Fernández, Teresa Casuso y otros. *FRUS*. Ibid., p. 449.

118  *FRUS*. Ibid, p. 484. (Traducción nuestra).

119  Discurso pronunciado por el comandante Fidel Castro, Primer Ministro del Gobierno Revolucionario de Cuba, en el Parque Central de Nueva York, el 24

Miles de latinoamericanos escucharon a Fidel en el gran rectángulo verde situado en el corazón de Manhattan. El extraordinario tamaño de la muchedumbre estableció un precedente en la historia de la ciudad. Era, sin lugar a dudas, el episodio político más imponente celebrado en Nueva York hasta ese momento. Una vez más, vistiendo su almidonado uniforme de campaña, el comandante tronó contra los déspotas:

> Movilicemos la opinión de todo el continente, movilicemos la opinión de toda la América y veremos como las tiranías que aún quedan se desploman (aplausos). Porque lo que ha ocurrido en Nueva York es una prueba elocuentísima de lo que puede la solidaridad humana, de lo que puede la justicia y la razón. No dejemos que los dictadores tomen la ofensiva, no dejemos que las dictaduras se movilicen contra el ideal democrático (...) movilicemos la opinión, movilicemos a todos los corazones americanos y las dictaduras se desploman (aplausos).[120]

Un día después de aquella actividad ochenta y cinco hombres y dos mujeres fuertemente armados desembarcan en el istmo de Panamá. Habían salido de las costas de Cuba dispuestos a derrocar al gobierno de esa república. Fidel, que todavía se hallaba en Nueva York, calificó la incursión como un acto irresponsable, una "acción de aventureros", dados sus preparativos deficientes y su ausencia de vínculos con un movimiento político de masas. Inmediatamente Cuba envió a dos oficiales del Ejército Rebelde para gestionar la rendición de los frustrados expedicionarios. La capitulación se produjo el primero de mayo. El gobierno de Panamá sabía que

---

de abril de 1959. Versión taquigráfica de las Oficinas del Primer Ministro.
120  Discurso pronunciado por el comandante Fidel Castro en el Parque Central. Ibid.

el gobierno de Cuba nada tenía que ver[121] y se negó a acusar a las autoridades revolucionarias de colaborar en el lamentable episodio. La OEA tomó igual curso de acción.[122] Pero el incidente ilustraba los deseos de sublevación, del más diverso tipo, que se esparcían por América Latina.

John Drier, representante de Estados Unidos en la OEA y miembro del comité investigador enviado por ese organismo a Panamá, pudo platicar con los expedicionarios: "Hablando con esta gente, tuve la impresión que su extraordinaria motivación era un deseo instintivo por unirse a cualquier actividad revolucionaria que encontraran (…) Algunos eran veteranos de la expedición de Cayo Confites, opuesta a la República Dominicana de hace diez años…"

Drier añade: "La razón por la cual decidieron rendirse fue sin duda alguna el pedido de Fidel Castro (…) No obstante, los líderes no tenían ilusiones en cuanto a los problemas que podían encontrar cuando regresaran a Cuba tomando en cuenta las expresiones vertidas por Castro".[123]

Ahora bien, en horas de la mañana del 30 de abril ocurre un incidente que toma por sorpresa al complicado sistema de seguridad de Estados Unidos en Puerto Rico. Juan de Dios Ventura Simó, piloto dominicano, sin autorización de las autoridades, aterriza su avión de retropropulsión en el incómodo aeropuerto de Arecibo, al norte de la Isla.

Enfrentado a la limitada longitud de la pista, Ventura Simó

---

121 De acuerdo con la información del Departamento de Estado los combatientes eran todos cubanos, llegados a las costas de Panamá el 25 de abril: "The group had been organized and financed, apparently, by two Panamanian political figures opposed to President de la Guardia's regime. It is likely that certain Cuban officials knew and approved of the expedition; however, when the invasion was denounced by Panama in the OAS, the Cuban Government also denounced it and took prompt steps to dissuade the invaders from their intentions". (*FRUS*. Op. Cit., p. 324.).

122 Abreu Cardet, José Miguel y Emilio Cordero Michel. *Dictadura y revolución en el Caribe: las expediciones de junio de 1959*. Santiago de Cuba: Editorial Oriente, 2009, p. 16.

123 *FRUS*. Ibid., documento 296, pp. 490-491. Traducción Clemente Armando Díaz.

confirmaba su pericia como aviador dando vueltas por el litoral hasta agotar el combustible de la nave. Hábilmente enfiló el aparato para que tocase tierra en un extremo de la pista. Tuvo que maniobrar con suma ligereza hasta detener la nave en el otro extremo. Después de aparcar el *jet* cerca del edificio de la administración, el dominicano entregó al encargado del aeropuerto su cinturón con dos pistolas calibre .45 y, sin tardanza, solicitó asilo político.

El secretario de Estado y gobernador interino, Roberto Sánchez Vilella, le informaba a Clarence Douglas Dillon, del Departamento de Estado de Estados Unidos, que un avión del ejército dominicano aterrizó en el aeropuerto de Arecibo sin el debido permiso de las autoridades federales o estatales y las agencias pertinentes, FBI, Fuerzas Armadas e Inmigración, habían sido debidamente notificadas. Ese mismo día, Abe Fortas, abogado en Washington del gobierno de Puerto Rico, se reunía con Ernest B. Gutiérrez, oficial encargado de los asuntos dominicanos en el Departamento de Estado. Según se desprende de los documentos, los norteamericanos interesaban mantener a Ventura Simó en Puerto Rico, no querían la salida del piloto hacia Venezuela.[124]

Militar de carrera y piloto de profesión, Ventura Simó se fuga de la base aérea de San Isidro. Estaba harto de las indecencias de la dictadura y se dispuso a romper todo vínculo con el déspota. En la República no podía vivir.[125]

Los medios noticiosos cubrieron el suceso con grandes caracteres. Bajo estrecha vigilancia policíaca, en lugar no revelado, el piloto fue interrogado por los fiscales del Departamento de Justicia.[126]

---

124 Archivo General de la Nación Dominicana. Colección Bernardo Vega. Documentos sobre asilo político solicitado por Juan de Dios Ventura Simó. No. R087-068, 30 de abril de 1959.

125 *The New York Times*, 1 de mayo de 1959, p. 6. *El Imparcial*. San Juan, 2 de mayo de 1959, p. 4.

126 El 16 de agosto de 2005 le escribimos al entonces Secretario de Justicia Roberto Sánchez Ramos, solicitándole compartiera con nosotros la información que pudiera tener su oficina en lo referente a Juan de Dios Ventura Simó. El licenciado Sánchez Ramos refirió nuestra petición al Fiscal General Pedro Gerónimo Goyco Amador. El 20 de septiembre Goyco Amador nos informaba

El viernes primero de mayo sale en libertad provisional. Un día más tarde, lo entrevista la prensa. Ventura Simó luce nervioso, fuma un cigarrillo detrás del otro. Su semblante denota cansancio extremo por el prolongado interrogatorio al que le habían sometido, pero Ventura Simó no se arredra.

Todo parece indicar que los federales le trataron con sobrada rudeza. Pablo Ojeda Reyes, a la sazón fotógrafo del periódico *El Imparcial*, quien reprodujo las imágenes del avión aparcado en el aeropuerto de Arecibo, recuerda que los agentes del FBI no querían que la prensa publicara fotos de Ventura Simó. "Hubo mucha presión de los federales", reiteraba Ojeda Reyes cuando hablamos con él sobre este asunto.

¿Por qué las autoridades federales asumen una conducta tan adversa? Es posible que la contestación a esa y a otras interrogantes las podamos hallar dentro del contexto de este ensayo. Es posible… Infortunadamente, cuando las autoridades de Estados Unidos se aprestan a iniciar los trámites para "concederle" el asilo solicitado, Ventura Simó quiso salir con urgencia de Puerto Rico. Había cambiado de parecer. Ahora teme "por su seguridad" e informa que en la Isla tenía "muchos enemigos".

Antes de abandonar nuestro país, puertorriqueños y dominicanos se unen en acto de amistad para allegarle alguna ayuda: pagarle el pasaje, llenarle la maleta de ropa "y entregarle una cartera con bastante dinero" para que pueda remediarse en Caracas o en La Habana "en lo que consigue algo que hacer".[127]

Ventura Simó tenía 25 años de edad.[128] Llegó a Puerto Rico el 30 de abril con 47 dólares y su uniforme militar. Sin esperar respuesta

---

que los documentos de aquellos años Justicia los había trasladado a un búnker en Isla de Cabras. Lamentablemente, un incendio destruyó todos los archivos. A pesar del frío que nos corrió por la espalda al conocer la noticia, debo agradecer el interés de Goyco Amador por comunicarse, incluso, con los familiares del fenecido fiscal asignado al caso, José C. Aponte, e inquirir por documentos que serían útiles a nuestro trabajo.

127 *El Imparcial*. San Juan, 5 de mayo de 1959, p. 3.
128 *The New York Times*, 1 de mayo de 1959, p. 6.

a su petición de asilo, abandonó San Juan el 3 de mayo.[129] Luis Alcalá, cónsul de Venezuela, le gestionó refugio político y lo acompañó en el viaje a Caracas.[130] En la tierra del Libertador, Ventura Simó se reúne con los dirigentes del exilio dominicano. Desde ese momento no se supo más de su paradero.

El 4 de mayo el gobierno de Estados Unidos hizo entrega de la nave de retropropulsión a las autoridades dominicanas. Era de fabricación inglesa y estaba dotada de cuatro ametralladoras. Cuatro días más tarde, el 8 de mayo, Fidel Castro regresa a su tierra natal. Ese día habló por más de tres horas ante una multitud calculada en más de medio millón de personas reunidas en la Plaza de la Revolución.[131]

---

129 *The New York Times*, 4 de mayo de 1959, p. 26.
130 *El Mundo*. San Juan, 20 de junio de 1959, pp. 1, 12.
131 *FRUS*. Op. Cit., documento 305, telegrama de la Embajada en Cuba al Departmento de Estado. La Habana, 11 de mayo de 1959, p. 507.

# Mil Cumbres

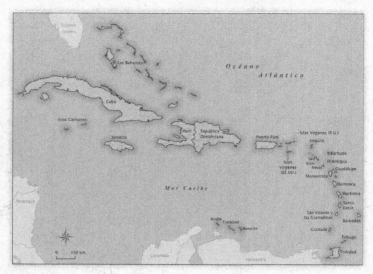

Las islas de nuestra región.

Anselmo Brache Batista. Constanza, Maimón y
Estero Hondo. Testimonio e investigación sobre los
acontecimientos. 4ta. edición, 2009.

Héroe legendario de Cuba: comandante Camilo
Cienfuegos Gorriarán (La Habana 1932 - Cuba 1959).

Comandante Delio Gómez Ochoa.

El comandante Camilo Cienfuegos mientras filma la
salida de las expediciones marítimas.

Enseña nacional de la República de Cuba.

José Abreu Cardet. Cuba y las expediciones de junio de
1959. Edición al cuidado de Emilio Cordero Michel, 2002.

Cuba, enseñanza militar. Finca Mil Cumbres en la zona montañosa de la provincia de Pinar del Río.

En el campamento militar de Mil Cumbres, desde la izquierda, capitán José Luis Callejas Ochoa, Pablito Mirabal y otros combatientes.

HÉCTOR B. FUERTES DUARTE    EDUARDO SALVADOR MARTÍNEZ    ANDRÉS LOZANO    JOSÉ LUIS RODRÍGUEZ

ANTONIO JIMÉNEZ CABRERA    JOSÉ ANDRÉS ROLÁN PÉREZ    GUILLERMO DUCOUDRAY    HÉCTOR EMILIO DEL GIÚDICE HERRERA

Combatientes contra la dictadura de Trujillo.

En Mil Cumbres.

En Mil Cumbres, desde la izquierda: Frank Grullón, Rubén Rey, Poncio Pou Saleta, Lucas Pichardo y, agachados, Feliservio Figueroa (no estuvo en el proyecto) y Gabriel Emilio Fernández.

Combatiente contra la dictadura dominicana.

# Mil Cumbres

A principios de marzo de 1959 revolucionarios de distintas nacionalidades comienzan a llegar a Cuba. Están convencidos de que demolerán la odiosa dictadura dominicana. Los combatientes son hijos de Puerto Rico, España, Cuba, Venezuela, Guatemala, Estados Unidos, Nicaragua y la República Dominicana. La imprevisible y peligrosa misión se concibe como una importante hazaña de solidaridad y, Cuba, liberada de la dictadura de Fulgencio Batista, le prestaría el más extraordinario concurso a las gestiones iniciadas por el Movimiento de Liberación Dominicana (MLD).

El *Listín Diario* de Santo Domingo informa que para darle apoyatura logística al proyecto se establecen dos oficinas en La Habana. Una le sirve de asiento a Enrique Jiménez Moya, comandante y jefe militar de la expedición. La otra la dirige Acacia Sánchez, hermana de Celia Sánchez Manduley, la noble y distinguida secretaria del comandante Fidel Castro: "En esta oficina se despachaban las cartas enviadas por los futuros expedicionarios a sus familiares y se recibían las que éstos les enviaban a ellos. También se recibían las ayudas recaudadas a través de las actividades promovidas en apoyo a la expedición".[132]

Para sostener aquellas gestiones las autoridades cubanas depositan en un banco, a nombre de Acacia, una buena cantidad de dinero. Delio Gómez Ochoa informa que en las calles N y 21, frente al Hotel Capri, en el sector el Vedado de La Habana, se instala un

---

132  Emilio Herasme Peña. "La expedición armada de junio de 1959". *Listín diario*. Santo Domingo, 14 de junio de 2004.

punto de operaciones con una planta de radio de honda corta para cubrir los acontecimientos dominicanos.

La misteriosa estación alegadamente difundiría sus mensajes desde Santo Domingo, de forma clandestina; pero el gobierno de Trujillo había denunciado que la planta operaba en La Habana: "en un edificio del sector suburbano del Vedado".[133]

Volviendo la vista atrás podemos decir que la historia de aquella gesta se aferra a una juventud latinoamericana de nuevo tipo. Tomemos por ejemplo a Edwin Erminy, un comunista que hacía de tripas corazón. Había estudiado en la Universidad Central de Venezuela y durante la dictadura de Pérez Jiménez trabajaba como funcionario de la Lotería. Junto al contingente de su país, Erminy salió de Maiquetía a bordo de un avión transporte de la Fuerza Aérea de Venezuela. Luego de abastecerse de combustible en Santiago de Cuba, la nave continuó viaje hasta llegar a un aeropuerto militar en La Habana. Ya eran las tres de la mañana del 3 de marzo. Jiménez Moya les daba la bienvenida y, poco después del desayuno, partían hacia el campamento donde comenzarían a recibir el adiestramiento militar.

La participación de Venezuela en las expediciones contra la dictadura dominicana es un hecho histórico. No obstante, la Fundación Rómulo Betancourt, dejando ver incomodidad con el asunto, ha querido desmentir aquella colaboración:

> No tenemos noticia alguna de que 14 jóvenes venezolanos y 10 jóvenes puertorriqueños hayan intentado una acción militar contra el gobierno dominicano el 14 de junio de 1959, y tampoco que estas personas hayan sido trasladadas hasta la República Dominicana en un avión C-46 de transporte, ni de que la supuesta adquisición de esa aeronave haya sido financiada con US $ 250.000, aportados por

---

133  *El Mundo.* San Juan, 16 de junio de 1959, p. 20.

Rómulo Betancourt.

Del mismo modo, si no tenemos
noticias de que este hecho haya ocurrido, menos
estaríamos en capacidad de informarle sobre
los nombres de venezolanos que supuestamente
habrían participado en la operación a la que
usted alude. Tampoco tenemos noticia de que 14
venezolanos hayan muerto en una operación de
esa naturaleza.[134]

La palabra no debe emplearse para ocultar la verdad, sino para
decirla. No tan sólo hubo participación de la juventud comunista sino,
al contrario de lo informado por la Fundación Rómulo Betancourt,
el presidente de Venezuela ayudó a subvencionar las acciones contra
la dictadura de Trujillo.

El 10 de marzo de 1959 el dominicano José Antonio Batista
Cernuda fue arrestado en Cuba mientras transportaba armas
procedentes de Estados Unidos. Sin embargo, el problema pudo
aclararse con mucha tranquilidad. Al día siguiente Batista Cernuda
se desplaza al campo de adiestramiento. "El viaje fue muy incómodo
y jadeante", escribe en su diario de campaña.[135] Acto seguido, añade:
"No tuve oportunidad de dormir, ya que custodiaba 14 ametralladoras
Thompson y otras tres ametralladoras de enfriamiento por aire".[136]

Es en la finca Mil Cumbres, localizada en la zona montañosa
de la provincia de Pinar del Río, donde se establece la franja de
enseñanza militar. Alejada de vecinos, antigua propiedad de un
batistiano, la finca cumplía los requisitos para el adiestramiento de

---

134 Archivos de Félix Ojeda Reyes. Carta del presidente de la Fundación Rómulo
Betancourt al autor, 9 de diciembre de 2005.
135 Por los muchos años de residencia en Estados Unidos, Batista Cernuda escribe
su *Diario* en inglés. El manuscrito sería confiscado por agentes de la dictadura
poco después de su caída en combate. El régimen quería sacarle provecho a los
conflictos ideológicos, a los rumores e intrigas que ocurrían en Pinar del Río y
atizando la propaganda anticomunista reprodujo el documento en su totalidad.
Batista Cernuda había estudiado aviación en el estado de Nueva York.
136 Anselmo Brache, p. 45

un movimiento de guerrillas.[137]

Mayobanex Vargas cuenta que algunos dominicanos llegados al campamento "eran veteranos del ejército norteamericano". Vargas, entonces de 23 años, trabajaba y estudiaba en la ciudad de Nueva York y allí había ingresado en la Unión Patriótica Dominicana. El 7 de marzo, junto a otros 32 compañeros, salen hacia La Habana. Iban "como pasajeros normales y corrientes", en una nave de la compañía Cubana de Aviación. El contingente arribó a eso de la una de la madrugada.[138] Los últimos reclutas llegaron a Mil Cumbres en la primera quincena del mes de mayo.

El historiador Emilio Cordero Michel señala que en aquel inmueble se adiestran 261 combatientes: "211 eran dominicanos, 21 cubanos, 13 venezolanos, 9 boricuas, 3 estadounidenses, 3 españoles y 1 guatemalteco". Acto seguido, añade que no todos integraron finalmente la expedición.[139] Diferimos de las estadísticas del buen amigo e historiador dominicano, pues en nuestra contabilidad aparece un total de 12 puertorriqueños que recibieron educación militar en Mil Cumbres.[140] Además, hubo jóvenes de otras nacionalidades. No obstante, debemos mencionar un dato importante que provee Cordero Michel. En el campamento se hallaban cuatro mujeres dispuestas a abrir fuego contra la dictadura. Estas eran las

---

137  Algunos años más tarde, por Mil Cumbres pasarían los expedicionarios que acompañan al comandante Ernesto Guevara en su gesta boliviana. En Mil Cumbres también se adiestran los hombres de la guerrilla dominicana de Francisco Alberto Caamaño Deñó.

138  Mayobanex Vargas. *Testimonio histórico Junio 1959*. Santo Domingo: Editora Cosmos, 1981, p. 10.

139  En José Abréu Cardet, p. 37. Véase también a Anselmo Brache, p. 72. Gómez Ochoa habla de unos 300 hombres en el campamento. Brache dice que eran alrededor de 250. A algunos se les da de baja por enfermedad o porque físicamente no aguantaban los rigores del adiestramiento, otros, porque llegaron muy tarde y no hubo tiempo para instruirlos.

140  La plantilla es la siguiente: Moisés Rubén Agosto Concepción, Luis Álvarez, David Chervony, Luis O. Ramos Reyes, Juan Reyes Reyes y Gaspar Antonio Rodríguez Bou. Hubo dos combatientes, Fernando López Olmo y Eugenio Román, de las expediciones marítimas, que por razones de enfermedad tuvieron que quedar en Cuba. Finalmente, cuatro de los reclutas no dieron el grado: Daniel Chervony, Santiago Carbonell, Pablo Vélez y Manuel Costa.

dominicanas Dulce María Díaz, Betty Rodríguez, Linda Ortiz y Dominicana Perozo.[141] Por razones puramente sexistas, en contra de su voluntad, las mujeres fueron excluidas de la expedición.[142]

El campamento lo formaban múltiples tiendas de campaña, construidas alrededor de una casa de campo. De los toldos de aquellas casas de campaña colgaban lienzos plásticos para la protección contra aguaceros. También, los combatientes improvisaron un hospital y la comandancia era el único lugar donde se guardaban explosivos, armas y municiones.

A sólo dos meses de la derrota de Batista el proyecto se transforma en verdadero reto para el nuevo gobierno de Cuba, en particular, para sus fuerzas armadas.

Era necesario recibir a los patriotas dominicanos en el aeropuerto, alojarlos en La Habana, organizar el campamento de entrenamiento y crear las condiciones para sostenerlos, transportarlos, entrenarlos y, por último, preparar el plan de traslado a Dominicana. Esta empresa no resultaba nada fácil, pues comprendía desde la selección de los lugares de salida y la ruta que seguirían, hasta el apoyo de la marina de guerra de Cuba. La diplomacia cubana también debía desempeñar su papel dadas las implicaciones internacionales, por lo que todo esto se realizaría eludiendo el espionaje trujillista, que en la época era uno de los más perfectos de América Latina.[143]

Al salir de la provincia de Holguín hacia el campamento en

---

141  En Abréu Cardet, p. 38.
142  Recomendamos el reportaje de Ángela Peña: "Dominicana Perozo. Una de las cuatro guerrilleras que iban a venir el 14 de Junio", publicado en la prensa dominicana a mediados de 2001. (Envío cortesía de Ángela Peña).
143  Abréu Cardet, p. 34.

Pinar del Río, el comandante Delio Gómez Ochoa llevaba consigo alrededor de 50 fusiles Springfield, algunos Garands y también dos morteros .61. Además, acarreaba diversas ametralladoras trípode, muy ligeras, calibre .30, que disparaban 1,200 tiros por minuto.[144] Los norteamericanos Larry Bevins, de Nueva York, y Charles White, de Miami, veteranos de la guerra de Corea, se desempeñaban como instructores de la tropa. El primero, Bevins, enseñaba a manejar las ametralladoras calibre .30; mientras que White se encargaba de las demostraciones de tiro con proyectiles de mortero y de bazucas. Ahora, llenos de entusiasmo, los dos estadounidenses estaban dispuestos a combatir por una causa justa.[145] White y Bevins viajaron junto a Mayobanex Vargas en el vuelo Nueva York, Miami, La Habana.

En un informe venenoso, preparado en inglés por la dictadura, Mayobanex Vargas alegadamente hace el siguiente comentario sobre los estadounidenses: "White hablaba sobre él (mismo), pero Beebe usualmente se mantenía callado. Yo había escuchado que Beebe no era su verdadero nombre –a veces él mismo se llamaba Bebins... Se supone que White se unía como experto o consejero en armas, pero no creo que fue usado para eso. Él, igual a nosotros, sirvió como soldado de fila. No, él no era comunista... y no hablaba mucho español. Nunca supe realmente porque estaba allí: no creo que él tampoco lo supiera... estaba en mi grupo en Constanza..."[146]

Entre los puertorriqueños algunos tenían experiencia militar. Tal es el caso de Rubén Agosto, Pablo Vélez y Santiago Carbonell, veteranos todos del Ejército o de la Marina de Estados Unidos.

Aquí y ahora debemos destacar la dedicación de Camilo Cienfuegos en el desarrollo del proyecto contra Trujillo. El carismático comandante cubano desempeñaba un papel en extremo

---

144 Gómez Ochoa, p. 35.
145 Gómez Ochoa, p. 36. Véase, además, *The New York Times*, 10 de julio de 1959, p. 8.
146 *Invasion Report. Constanza, Maimón, Estero Hondo. Communist Aggression Against the Dominican Republic.* Santo Domingo, 1959, pp. 125-126.

importante. José Miguel Abreu Cardet informa que previo a la salida de las expediciones Camilo le entregó a Gómez Ochoa y a Jiménez Moya "una avioneta y un helicóptero" que serían utilizados para moverse por el territorio cubano.[147] Además, hizo entrega de un buen alijo de rifles Garands "que se conservaban en sus cajas, totalmente nuevos, provenientes de la ayuda de Washington a Batista... Estas armas se las entregamos a los primeros dominicanos que llegaron a Mil Cumbres para que las fueran limpiando y conservando hasta que llegara el momento de empuñarlas".[148]

Los ejercicios comenzaron a finales del mes de marzo. La instrucción básica consistía de caminatas, orientación con brújulas, lecciones en el manejo de armas cortas y de largo alcance, prácticas de tiro con fusiles FAL, Garand, Springfield y Browning, así como adiestramiento en el empleo de ametralladoras y granadas, uso de explosivos, minas y sistemas de comunicaciones.

De los puertorriqueños en Mil Cumbres podemos decir que hubo un momento cuando algunos de ellos deciden hacer un alto en el compromiso de la guerra y muy campechanos salen a tomarse algunas horas de asueto. Aquel instante de diversión trae inconvenientes. En su diario Batista Cernuda dice que eran las 5:30 de la mañana del domingo 12 de abril cuando:

> se informó que 3 ó 4 puertorriqueños estaban ausentes. Caminata de 20 kilómetros. Fui en un jeep a Las Palmas, Pinar del Río, donde di aviso de que los puertorriqueños habían regresado. Tres fueron detenidos... Se habían formado diferentes patrullas para buscarles y en el campamento de cubanos, en Las Palmas, se había dado aviso, para buscarles también.

El expedicionario Poncio Pou Saleta es más crítico cuando

---

147  Abreu Cardet, José Miguel y Emilio Cordero Michel. Op. Cit., p. 30.
148  Gómez Ochoa, pp. 33-34.

dice que entre los boricuas "había un grupo de ocho que no observaron buena disciplina, creando mucho malestar entre el grupo de expedicionarios, por lo que fueron separados y desarmados, reteniéndoles en el campamento como medida de seguridad, con el fin de darle un mayor orden a nuestro componente guerrillero".[149] Pou Saleta no identifica por nombres y apellidos al grupo indisciplinado.

Un documento confidencial del Negociado Federal de Investigaciones (FBI) asegura que la Embajada de Estados Unidos en La Habana había recibido una carta, fechada el 23 de mayo de 1959 y firmada por Daniel Chervoni, Moisés Agosto, Santiago Carbonell, Pablo Vélez, Eugenio Román y Manuel Costa, hijo. El documento alega que se hallaban todos bajo arresto en uno de los precintos de la Policía de Cuba.

> Los individuos arrestados alegaron ser americanos nacidos en Puerto Rico y declararon que no sabían por qué les habían puesto bajo arresto. Indicaron que estaban bajo la custodia del Escuadrón 66, San Diego de los Baños. El Sr. Brown[150] informó que la indagación llevada a cabo por la Embajada en San Diego de los Baños y el Escuadrón 66 había fracasado en elaborar información pertinente a estos individuos y que su paradero actual era desconocido.[151]

De los doce puertorriqueños que se adiestraron en Mil Cumbres, 6 participaron en las expediciones, cuatro no dieron el grado y dos quedaron en Cuba por motivos de enfermedad. Entre los enfermos, el comandante Gómez Ochoa guarda gratos recuerdos de Fernando López Olmo y de Eugenio Román, conocido

---

149  Pou Saleta, p. 114.
150  Se refiere al Cónsul General James E. Brown, Jr., de la Embajada de Estados Unidos en La Habana.
151  Informe de Daniel J. Brennan, Jr., al Director del FBI, 25 de junio de 1959. Record number: 124-10279-10048. Agency File Number: CR 105-77731-39. Cortesía Ricardo Fraga. Traducción Clemente Armando Díaz.

cariñosamente éste último como "El Chino".

Román, de 24 años, sabía hacer de todo un poco, era un *handyman*. Así lo identifica *Life*, la extinta revista ultra conservadora de Estados Unidos que trataría de vender la idea de que Román había sido engañado por su alegado reclutador, el dominicano Héctor Américo.

> Él atrapó a otro individuo ingenuo, inocente, Eugenio Román. "Obtendré 10,000 dólares. ¡Wow!" Eugenio le informó a su patrona, doña Amanda Douchkess Lindberg, a quien había apoyado como ayudante en el Club de la Buena Estrella.[152]

De Fernando López Olmo no tenemos información. Pero de Pablo Vélez la revista *Life* asegura que tenía 23 años y trabajaba de embalador. Veamos la información que provee la retorcida revista:

> Otros se embarcaron en el mismo trayecto extraño con igual brusquedad. Para Pablo Vélez, considerado como "un personaje loco" hasta por su propia familia, todo comenzó en una barra de vecindario. Santiago Carbonell, por casualidad, se reunió con los reclutadores justo cuando había sido despedido de su trabajo planchando pantalones y ya no tenía los medios para sufragar los gastos de su esposa y sus tres hijos. Ambos habían sido despedidos debido a los muchos rumores sobre las inequidades de Trujillo y las alabanzas de que los *bravos* de Castro lo podían vencer con menos de 100 hombres. Vélez, un ex soldado, y Carbonell, un ex infante de marina, pronto se encontraron en el apartamento de la 106 y Ámsterdam, en manifestaciones de patriotas dominicanos exilados, quienes se llamaban

---

152  Keith Wheeler. "The Seven Sorry Soldiers of Fortune. How Americans were duped into Bloody Castro Fiasco". *Life*, 17 de agosto de 1959, pp. 34-36.

el "Movimiento 27 de febrero". Fueron enlistados por Juan Díaz, uno de los reclutadores, y pronto salieron.[153]

No podemos cerrar esta sección sin antes referirnos a la nobleza, patriotismo y arrojo de aquellos hombres del 14 de Junio. Alfonso Sintjago Flores es un joven de 16 años de edad, nacido en Venezuela. Hubo un momento cuando le requirió a su padre Reinaldo que intercediera ante Jiménez Moya para que lo autorizaran a partir en la expedición. Jiménez Moya había declarado que las personas jóvenes no debían participar en la primera jornada por razones de inexperiencia. Sin embargo, en carta a su progenitor el muchacho recuerda que Jiménez Moya era un buen amigo de la familia "y le dolería cualquier desgracia que me sucediera"; pero el punto de vista del joven delata una mentalidad fría y calculadora:

> Yo vine aquí para cumplir un deber para con la patria y creo que cualquier sacrificio que se haga por ésta, es también un deber. Mi madre se ha dado cuenta de esto perfectamente, cuando la dejé, sabía ella muy bien que quizás más nunca nos veríamos, por lo tanto, estando yo en perfectas condiciones físicas y morales, no veo la necesidad de impedirme realizar mis ideales por razones de orden sentimental. Por razón de inexperiencia, no se me debe tampoco impedir, puesto que no creo necesitar ni barbas ni canas para esta tarea. Tu bien sabes que Camilo, el Che y la mayoría de ellos no tenían ninguna experiencia en estas cuestiones. Sí tenían grandes ideales forjados en la mente y creo que esto es lo principal, por lo tanto, reclamo de ti el apoyo necesario, el apoyo que todo padre debe darle a su hijo en estas circunstancias y que aquel no se

---

153 *Life*. Ibid. Traducción de Clemente Armando Díaz.

lo debe negar.[154]

Tanto padre como hijo, adiestrados militarmente en Mil Cumbres, ofrendaron sus vidas por la libertad de la patria dominicana.

---

154  Pou Saleta, pp. 125-126.

# Constanza

Avión de carga C-46, camuflado con las insignias de
la Aviación Militar Dominicana, donde viajarían 54
expedicionarios que formaron el Frente de Constanza
contra la dictadura de Trujillo.

Encendedor de uso expedicionario conservado en la
ciudad de Santo Domingo.

Expedicionarios en el campamento militar de Mil Cumbres, provincia de Pinar del Río.

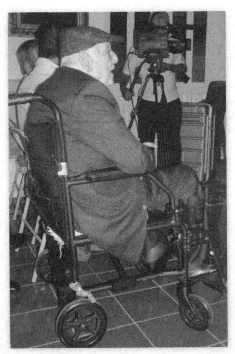

Poncio Pou Saleta en la Academia de la Historia Dominicana. (Foto FOR).

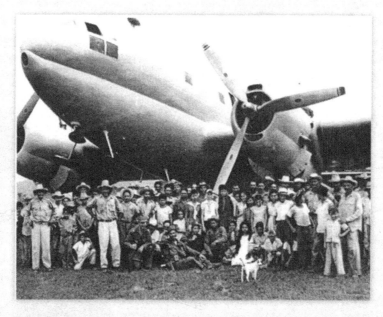

Campesinos cubanos posan frente al avión de carga que transportaría a los expedicionarios contra Trujillo, junio de 1959.

En Santo Domingo, el comandante Delio Gómez Ochoa junto a Félix Ojeda Reyes. (Foto Gabriel Méndez).

Pablito Mirabal Guerra, el peluche de la tropa, ahijado del comandante Gómez Ochoa, llegó a Constanza cuando apenas tenía 14 años de edad.

Armas contra la dictadura de Trujillo.

Cuba, bahía de Nipe. Expedicionarios al momento de abordar las embarcaciones que los llevarían a pelear contra la dictadura de Trujillo.

# Constanza

El 5 de junio de 1959 se desmonta el campo de entrenamiento. Entonces, los expedicionarios inician un largo viaje por autobús, recorriendo toda la isla hasta llegar a la provincia de Oriente, el día 7, a un nuevo campamento localizado al pie de la Sierra Maestra. El día 8 el dirigente máximo de la expedición informa que pronto partirán hacia la República Dominicana. En esos momentos los combatientes se dividen en tres grupos, independientes el uno del otro. Algunos viajarían por aire, en avión camuflado con las insignias de la Aviación Militar Dominicana. Los otros dos grupos irían por barco. [155]

En horas de la tarde del día 14 el primer grupo comienza a abordar el C-46, de transporte, que los llevaría a la República. La nave, ya lo hemos dicho, había sido adquirida en Estados Unidos. Un total de 90 mil dólares se invirtieron en su compra. A Luis Aquiles Mejía, miembro del Comité Central del Movimiento de Liberación Dominicana (MLD), le encomendaron finalizar la adquisición. En una entrevista exclusiva, realizada a principios de julio de 2005, en Santo Domingo, el comandante Delio Gómez Ochoa nos mencionaba la participación de una mujer en aquellos trámites: Mónica Boyer, esposa que había sido de Federico Horacio Henríquez Vásquez (*Gugú*), participante en la frustrada Expedición de Cayo Confites en 1947, y asesinado posteriormente, en junio de

---

[155] En vísperas de abandonar el territorio cubano los expedicionarios reciben la visita de Camilo Cienfuegos, quien "filmó el embarque de los expedicionarios marítimos". En algún archivo cubano, guardadas con mucho celo, se deben hallar esas imágenes históricas que ayudarán a desenterrar un pasado heroico, todavía desconocido. (Véase la obra citada de José Abreu Cardet, p. 4).

1949, cuando integraba la Expedición de Luperón. Federico Horacio era nieto de un dominicano célebre, amigo de nuestro Betances: Don Federico Henríquez y Carvajal. "Mónica", acota el comandante, "nos acompañó como intérprete".

Al piloto venezolano Julio César Rodríguez le confiaron llevar la nave a Cuba. Pero Rodríguez ha sido calificado de "mercenario" por Mayobanex Vargas, pues lo reclutan en Estados Unidos a cambio de consignar en un banco, a nombre de su esposa, la cantidad de 10 mil dólares. Realmente era imposible prescindir de sus servicios, advierte Gómez Ochoa, debido a que en Cuba no había pilotos disponibles, ni de experiencia en la conducción del C-46. Tampoco puede perderse de vista que la misión era sumamente peligrosa.

La nave sufriría distintas alteraciones que se realizan en la Ciudad Militar de Columbia, localizada en Marianao, municipio de la provincia de La Habana. Utilizando taladros especiales se perforan gruesos orificios en los costados para introducir el cañón de los fusiles Fal en caso de ser atacados desde el aire.[156]

¡Hay que prepararse para lo peor! Y no le estamos añadiendo ni le hemos quitado a la verdad "cosa alguna" cuando hablamos de aquellos boquetes que dramatizan los riesgos de la misión que se llevaría a cabo.

Además de las armas, a cada hombre se le reparten 500 tiros, granadas, una hamaca y alimentos para cinco días.[157] El avión despega a las tres de la tarde desde un paraje llamado El Aguacate, en la provincia de Holguín, y con cierta dificultad debido al exceso de carga. Pilota la nave Julio César Rodríguez. Orestes Acosta hace de copiloto.[158] La nave aterriza en el aeropuerto militar de Constanza en

---

156  José Abréu Cardet, p. 98.

157  Anselmo Brache, p. 73.

158  Aunque con muy pocas horas de vuelo, el joven cubano había combatido en la Sierra Maestra. El periódico *El Mundo*, de San Juan, informa que Acosta muere el 15 de abril de 1961, dos días antes de iniciarse la invasión a Cuba por Bahía de Cochinos, abatido por la artillería de Estados Unidos desde la Base Naval de Guantánamo, cuando sobrevuela cerca de esa región en misión de patrullaje.

República Dominicana. Juan de Dios Ventura Simó sirve de asesor en los momentos del descenso.

En nota diplomática redactada por Virgilio Díaz Ordóñez, embajador y representante de la República Dominicana en la Organización de Estados Americanos (OEA), se dice que el avión utilizado en la expedición se hallaba en territorio cubano "en una extensa zona arrocera situada a ambos lados de la Sección Lagunillas, cerca de la Sección Aguacate, a unos 30 kilómetros de la ciudad de Manzanillo, de donde partió para emprender su misión".[159]

Antes de abordar el avión, a Ventura Simó se le entrega un rifle belga perteneciente al oficial cubano, Luis Simón, que se acobarda y a última hora desiste de engancharse en la expedición. El comandante Delio Gómez Ochoa es categórico en sus expresiones: "le quité su fusil Fal y se lo dimos al expiloto de la armada trujillista Juan de Dios Ventura Simó, quien se suponía que no iba como soldado, pero que estaba muy entusiasmado. Él nos lo pidió tanto que aceptamos su incorporación como combatiente". Acto seguido, Gómez Ochoa informa que hasta entonces a Juan de Dios "lo habíamos tenido en una especie de retención provisional en una habitación del Havana Hilton, pero él expresó su deseo ferviente de acompañarnos a combatir por su país y por eso le dimos el fusil de un arrepentido".[160]

Mayobanex Vargas asegura que en Cuba Ventura Simó había hecho gala de "buen tirador con pistola". Y como era el único militar que había desertado de las fuerzas armadas de Trujillo "para unirse a nosotros", se pudo elevar en símbolo de admiración entre los expedicionarios. Además de Ventura Simó, debemos hacerle justicia a un cubano de apenas catorce años de edad que se hallaba entre los combatientes. Su nombre: Pablo Mirabal Guerra. Pablito, como cariñosamente le llamaban todos, era el peluche de la tropa,

---

159  Archivo General de la Nación Dominicana. Fondo Presidencia. Sección Palacio Nacional. Actos terroristas. Fechas extremas: 1958-1960. Caja No. 7489. Código 10491-23. Nota dirigida al Presidente del Consejo de la O. E. A. por el Embajador de la República Dominicana, Virgilio Díaz Ordóñez. Washington, D. C., 2 de julio de 1959. (Ver, además, la Caja 7492. Expediente 35, 1959).
160  Gómez Ochoa, p. 85.

un chico entusiasta, sumamente simpático. Hablaba sin parar y en muchas ocasiones se le tenía que mandar a callar. No sabía leer ni escribir, pero en la Sierra Maestra había comenzado su proceso de alfabetización.

Durante la lucha contra la dictadura de Batista, Mirabal Guerra se unió a las tropas de Gómez Ochoa. Para Pablito, Delio era el mejor ejemplo de lo que debía ser un patriota cubano. El 7 de julio de 2005, en la residencia de Poncio Pou Saleta, en Santo Domingo, el comandante me decía que en una capilla de Holguín, en el oriente de Cuba, había bautizado a ese niño que siempre le llamaba: "Papá".

Mirabal Guerra se hizo tan amigo de los dominicanos que terminaría siendo uno más en el campamento de Pinar del Río. Gómez Ochoa dice de su ahijado –a quien caracteriza de francotirador experto, que realizaba prácticas de tiro constantes con su poderosa carabina y estaba "muy bien entrenado en el arme y desarme y sé" –continúa diciendo Gómez Ochoa– "que fue muy útil en la preparación de los demás compañeros".

Nunca hubo el propósito de llevarlo en la expedición. Y cuando suben a la nave que les llevaría a tierras dominicanas, el padrino no se percata de que el ahijado se hallaba en el interior. Gómez Ochoa lo ve media hora después de estar el C-46 en vuelo, "sentado entre un grupo de dominicanos que lo habían ocultado de mí. Ya no se podía hacer nada".[161]

Un total de 54 combatientes bajaron de la nave en el aeropuerto militar de Constanza. La fecha no debe olvidarse: domingo 14 de Junio de 1959. El reloj marcaba las seis en punto de la tarde.

Para proteger el descenso se tira a la pista el grupo de vanguardia compuesto por seis voluntarios. El teniente Frank Eberto López Rodríguez es el primero en salir. El cubano va en la punta de la vanguardia. Le sigue el capitán Ramón López López, también cubano, conocido cariñosamente como Nené. Luego sale Delio Gómez Ochoa. Detrás de Delio, los dominicanos Mayobanex Vargas

---

161  Gómez Ochoa, p. 88.

y Juan Antonio Almánzar. Finalmente el puertorriqueño Gaspar Antonio Rodríguez Bou, conocido cariñosamente como Napy.[162]

De pronto, se acercan tres vehículos con soldados de la dictadura. El primero en disparar es el dominicano Pedro Pablo Fernández que lleva un Fal. Inmediatamente tira Gómez Ochoa. Los expedicionarios de la vanguardia abren fuego nutrido destruyendo uno de los vehículos. Los otros dos vehículos se ven obligados a regresar. En ese combate muere un militar dominicano que resulta ser el hijo del Procurador General de la República.[163] "Esto paralizó el avance de los soldados".[164] Mientras tanto, comienza a caer una llovizna muy suave y a bajar una niebla muy densa que apenas permite ver a cien metros de distancia.[165]

Un hermoso himno que inmortaliza la hazaña del 14 de Junio, escrito posteriormente por Vinicio Echavarría y Leandro Guzmán, dice de los expedicionarios que habían llegado llenos de patriotismo:

enamorados de un puro ideal
y con su sangre noble prendieron
la llama augusta de la libertad.

Ansioso por escapar de allí el piloto venezolano Julio César Rodríguez, muy nervioso, apresura a los guerreros para que bajen de la nave. Entonces, gira el avión sobre sí mismo y enfila por donde había aterrizado.[166] Soldados de la dictadura le disparan a la nave con armas de pequeño calibre. Le hacen unas 22 perforaciones, particularmente en las alas y en otros puntos. Así el C-46 regresa a su lugar de partida, a eso de las 8:45 de la noche.[167] Pero la nave regresa

---

162  Gómez Ochoa, p. 91.

163  Un telegrama de Farland al Secretario de Estado en Washington, fechado a las 7 de la mañana del 17 de junio, informa que el Capitán Suero, hijo del Procurador General de la República: "known dead by rebel fire". (NARA. College Park, Maryland. EMBTEL 487).

164  Ysalguez, p. 42.

165  Ibid., p. 41.

166  Julio César Rodríguez murió años más tarde, en accidente aéreo en la costa Atlántica de Estados Unidos, según lo informa Emilio Cordero Michel.

167  Anselmo Brache, p. 73. Gómez Ochoa, p. 63.

a Cuba llevándose aparatos de comunicación y minas antitanques que iban a usarse contra las fuerzas dominicanas. Estos artefactos, particularmente las minas, habían sido empleados exitosamente en la guerra contra la dictadura de Batista.

El proyecto contra Trujillo tenía un plan alterno. Más de cien hombres continuaban adiestrándose en una finca cercana a La Habana, en el Campamento San Julián, ubicado en la población de Madruga. La socióloga dominicana Francis Pou García nos dice que en aquellos alrededores predominaba un clima de descontento e indisciplina, lo que se complica cuando unos treinta cubanos, sin autorización alguna, abandona el perímetro para ir contra Trujillo. Salieron de Cuba el 9 de agosto con el deseo de reforzar a los combatientes del 14 de Junio en las expediciones marítimas. El grupo era comandado por un mexicano. Casi todos fueron capturados y fusilados en el territorio de Haití por agentes de la dictadura de Duvalier. Por otro lado, en Madruga sucedería un lamentable accidente cuando por casualidad detona una granada: seis hombres perdieron la vida y otros sufrieron graves lesiones. Bajo tales circunstancias se ordenó la clausura del campamento.[168]

Mientras tanto, en el teatro de acción, en Constanza, inmediatamente después del tiroteo inicial los combatientes se dividen accidentalmente, formándose dos grupos. Uno lo encabeza el comandante dominicano Enrique Jiménez Moya con 33 hombres. El otro lo dirige el comandante cubano Delio Gómez Ochoa, quien iba en la retaguardia con 19 hombres. Los dos grupos jamás se encontrarían.[169] No hubo forma de centralizar la organización.

Esa división, de acuerdo con Pou Saleta, sería un factor determinante en la derrota militar, pues "durante el entrenamiento no se tomaron en cuenta una serie de factores, tales como el

---

168  Francis Pou García. Op. Cit., pp. 64-65. Fernando Quiroz. "El 'Plan B' implicaba nuevas expediciones". *Listín Diario Digital*, 6 de junio de 2010. Accesado en 7 de julio de 2011. Ángela Peña. "Fracasó expedición adicional en el 1959". *Hoy*. Santo Domingo, 1 de agosto de 2009.
169  Anselmo Brache, p. 109-110.

conocimiento del área y un método planificado de avanzar hacia las montañas, que garantizara la cercanía necesaria entre cada uno de los guerrilleros".[170] Mucho más importante es que faltaba una organización política interna que apoyara el frente militar.

Parece que al descender abruptamente del avión, el expedicionario José Antonio Spignolio Mena, llamado cariñosamente *Cuco*,[171] pierde una valiosa mochila que le había confiado Jiménez Moya.[172] En esa mochila, capturada por soldados de la dictadura, venían los planos de toda la operación militar, incluyendo los puntos de los desembarcos por Maimón y Estero Hondo. A partir de entonces, la aviación y la marina de la dictadura estuvieron en constante acecho…

---

170  Pou Saleta, p. 146.
171  Spignolio Mena era el mayor de los combatientes de Constanza, pasaba los 60 años de edad.
172  Anselmo Brache, p. 112.

# El prisionero de la agonía prolongada

El prisionero de la agonía prolongada, Juan de
Dios Ventura Simó, aviador dominicano.

El dictador dominicano, Rafael L. Trujillo,
junto a su paje Joaquín Balaguer.

Aviones de la dictadura.

Tropas que actuaron en la invasión de 1959. Armas y pertrechos
decomisionados en Maimón en la lancha Tínima.

# El prisionero de la agonía prolongada

Originalmente los organizadores del operativo se habían trazado un rumbo estratégico: internarse en las montañas de Constanza hasta alcanzar el Pico Duarte, el punto más alto de la geografía dominicana. Allí se establecería la base de operaciones. Mas no habían transcurrido dos horas del aterrizaje en Constanza cuando el propio Trujillo le informa lo acontecido al Embajador de Estados Unidos, Joseph S. Farland.[173] El servilismo se declara oficial y voluntario:

> El 14 de junio de 1959, el Generalísimo Trujillo informó al Embajador Farland de un intento de invasión a la República Dominicana esa misma tarde. En el telegrama 480 desde Ciudad Trujillo, 14 de junio, Farland comunicó lo siguiente al Departamento: "Trujillo me alertó a las 8:15 esta noche que un transporte aéreo había aterrizado en Constanza durante la tarde de hoy con 18 insurgentes a bordo. Se informó que una guarnición de soldados dominicanos salió en su persecución. El origen o nacionalidad

---

173 Farland es egresado de la West Virginia University, hizo estudios graduados en Princeton y Stanford, practicaba la abogacía y presidía una empresa de su propiedad dedicada a la minería del carbón. Durante la Segunda Guerra Mundial trabajó como agente del Buró Federal de Investigaciones (FBI). Además de oficial de la Marina, estuvo activo con las fuerzas de ocupación de la península de Corea. El 20 de mayo de 1957 el presidente Eisenhower le nombra Embajador en la República Dominicana, cargo que ocuparía hasta 1960.

del grupo todavía no ha sido confirmado.
Aterrizajes momentáneos serán informados de
manera completa a la Embajada…(739.06/6-
1459).[174]

El 15 de junio, Farland envía el telegrama número 480 al
Secretario de Estado, en Washington, y copia de dicho mensaje a las
embajadas en La Habana y Caracas:
Manuel de Moya me informó esta
mañana que el grupo insurgente vino de Cuba.
Al presente insurgentes rodeados cerca de
Constanza y el GODR[175] espera su captura
hoy; no obstante, el avión usado en la invasión
esquivó con éxito su intercepción.[176]

Ese mismo día, a las tres de la tarde, Farland despacha otro
telegrama, el número 482, al Secretario de Estado:
Un avión escapó detección ayer debido
a que volaba sobre Delta… De Moya también
declaró que GODR no tenía intención en este
momento de requerir asistencia de OEA. En
adición a la actividad dominicana de Fuerza
Aérea observada, Ejército Dom y Marina Dom
también estuvieron en alerta.[177]

La información continúa su cauce de forma ininterrumpida:
del gobierno dominicano a la Embajada de Estados Unidos y de la

---

174  *FRUS. American Republics.* Microfiche Supplement. Washington: Department
of State, 1991. Declassified for publication. Traducción de Clemente Armando
Díaz.
175  Government of Dominican Republic.
176  NARA. College Park, Maryland. Telegrama confidencial, 15 de junio de 1959.
Traducción de Clemente Armando Díaz.
177  NARA. College Park, Maryland. Telegrama confidencial del embajador Farland
al Secretario de Estado, 15 de junio de 1959. Copia a la embajada en La Habana.

Embajada al Departamento de Estado en Washington. Veamos el siguiente telegrama (Embtel 484) fechado el 16 de junio:

> Insurgentes todavía conservan posición en montañas y la batalla continúa. GODR mantiene situación bajo control y espera la capitulación de los rebeldes esta tarde. También de Moya solicitó específicamente a la Embajada que no, repetimos que no, haga comentarios en la prensa E. U. Ninguna publicidad aquí, pero el país vive con rumores y las calles fueron desalojadas anoche… SIM haciendo detenciones masivas…[178]

Ese mismo día 16, a las doce en punto, Farland envía otro mensaje (Embtel 486) a Washington:

> De Moya me informa que el avión implicado en la invasión fue fletado en Miami y transportado de Miami a Cuba por un piloto americano. El piloto fue contratado y los arreglos fueron realizados por Federico Alberto Henríquez, apodado "Chico", un dominicano viajando con papeles cubanos… GODR ha capturado algunos insurgentes quienes confirmaron información que dos embarcaciones llenas de hombres habían zarpado de Cuba. GODR sospecha que por lo menos un ciudadano americano llamado White se encuentra en el grupo…[179]

Mientras tanto, la capital dominicana se halla en calma.

---

178  NARA. College Park, Maryland. Telegrama confidencial del embajador Farland al Secretario de Estado, 16 de junio de 1959.
179  NARA. College Park, Maryland. Telegrama confidencial de Farland al Secretario de Estado, 16 de junio de 1959.

Los vecinos ignoran que en la cordillera central revolucionarios procedentes de Cuba se están tiroteando con los soldados de la dictadura. Muy distinta resulta ser la intensa actividad militar que se atisba en los alrededores de la base aérea de San Isidro. Los mensajes de la Embajada de Estados Unidos al Departamento de Estado en Washington son constantes:

> En los telegramas 482 y 484 de Ciudad Trujillo, junio 15, Farland informó sus discusiones con el Ministro de Relaciones Exteriores, Manuel de Moya, quien dijo que los miembros del grupo insurgente vinieron de Cuba y Venezuela (739.00/6-1559). De acuerdo con el telegrama 487 de Ciudad Trujillo, en junio 16, De Moya informó a Farland ese mismo día que uno de los aviones invasores estaba fletado en Miami y fue llevado de Miami a Cuba por un piloto americano. (732.00/6-1659)[180]

En la mañana del lunes 15 comienzan a llegar los aviones de la dictadura. Las naves ametrallan el perímetro donde creen que están los combatientes. A los aviones se les ve pasar por debajo de los guerrilleros (grupo Gómez Ochoa) que se hallan en una montaña bastante elevada.[181] Alrededor de 20 ó 25 naves se mantienen en el aire todo el tiempo.

La coyuntura es extremadamente peligrosa. Los incesantes bombardeos de la aviación y la metralla del enemigo ha fragmentado la tropa del comandante Jiménez Moya. Veamos las siguientes entradas que aparecen en el *Diario* de José Antonio Batista Cernuda, al mando de una nueva fracción en la que se había dividido aquella reducida tropa:

---

180  *FRUS. Op cit.* Declassified for publication. Véase copia original del documento (telegrama 480) en: NARA. College Park, Maryland, 14 de junio de 1959. (Record Group 84. Caja 42).
181  Ysalguez, p. 43.

Martes 16. Hoy caminamos muy poco. Nuestras tropas están cansadas. Al amanecer fuimos descubiertos por las tropas enemigas. Peleamos desde el principio de la mañana hasta entrada la tarde. Los aviones nos ametrallaron y nos dispararon cohetes. Durante la batalla perdí contacto con el capitán Jimenes y con muchos compañeros. Conté más de cinco bajas del enemigo. La loma ha sido incendiada. Bajo fuego, salimos a las 9 de la noche de ese lugar.

Miércoles 17. Caminamos hasta el amanecer. Fuimos hacia una loma. Los aviones enemigos estaban disparando continuamente por encima a la loma, justo adelante de nosotros. Cuatro de los compañeros no quisieron subir y se quedaron al pie de la loma. Acordamos reunirnos al mediodía en un sitio, pero solamente yo me presenté. Vino un campesino dizque a ayudarnos. ¿Será amigo? Caminamos toda la noche por campo abierto desprovisto de árboles…

Jueves 18. Levantados muy temprano. Ya algunos aviones están volando por encima. Recogí un fusil Fal que un compañero había abandonado. Asumí el mando de una columna de 15 hombres. Dormimos todo el día y descansamos. Se nos está acabando la comida. Caminamos toda la noche. Nuestro campesino nos abandonó en las primeras horas del viernes…[182]

---

182  Anselmo Brache, p. 93. (El domingo 28 de junio, antes del mediodía, es asesinado el diarista Batista Cernuda).

Anselmo Brache es, sin lugar a dudas, el historiador más importante de aquellos acontecimientos. Escuchemos sus autorizadas palabras cuando se refiere al grupo Gómez Ochoa:

> Estos seguían movilizándose sin hacer contacto con el Ejército. Su comandante, diestro en la táctica guerrillera, hacía que cada quien utilizara su pericia para prolongar la resistencia ante el asedio tenaz, aunque desordenado de las tropas regulares. Avanzaban por las partes más bajas de las lomas, para que la aviación no pudiera localizarlos. Retrocedían, cambiaban continuamente de dirección y borraban sus huellas para confundir a los perseguidores de la ruta seguida. Pero amenazaba la escasez de comida, y el frío agudizaba esta necesidad de alimentarse para recuperar las energías perdidas por las caminatas.[183]

Evidentemente, en Puerto Rico circulan noticias adulteradas. El periódico *El Imparcial* informa que unos cien combatientes al mando de Jiménez Moya le habían causado unas 15 bajas a las fuerzas de la dictadura. La exagerada nota añade que luego de ocupar durante varias horas el aeropuerto y la localidad de Constanza los expedicionarios se replegan hacia las montañas.

En Cuba, el periódico *Revolución* daba a conocer unas declaraciones del Movimiento de Liberación Dominicana: "las informaciones provenientes del frente interno que ha difundido la radio de Venezuela y Cuba son absolutamente verídicas. Los revolucionarios atacaron el aeropuerto de Constanza, desbandaron la guarnición militar y ocuparon la ciudad durante pocas horas". La misma información añade que la lucha continuaba bajo la dirección

---

183  Anselmo Brache, pp. 130-131.

del comandante Enrique Jiménez Moya.[184]

Por su parte, el gobierno de Trujillo niega y ridiculiza las noticias de alegadas intrigas revolucionarias. El coordinador de prensa de la dictadura se jacta en decir que la invasión era un capítulo de novela "para gente ociosa o propensa a las historietas por entrega".[185]

Apenas habían transcurrido tres días del aterrizaje en Constanza cuando, en horas de la mañana del miércoles 17 de junio, Juan de Dios Ventura Simó es apresado. El periodista Miguel Guerrero informa que Ventura Simó sufría de serias limitaciones físicas. Se hallaba incapacitado para las duras faenas de participar en una guerra de guerrillas. El aviador tenía los pies planos, no podía hacer largas caminatas. Los militares dominicanos le hallaron recostado de un árbol, profundamente dormido. Sus pies estaban tan inflamados que "prácticamente habían roto sus botas".

Juan Deláncer dice que Ventura Simó había llegado a una casa donde pide comida y ayuda para trasladarse a San Francisco de Macorís, su lugar de nacimiento. Ventura Simó estaba extenuado. Entonces, los campesinos del lugar deciden entregarlo a las patrullas del Ejército. De inmediato, uno de los soldados rastrilla su arma, pero los campesinos impidieron que se consumara el fusilamiento. A Ventura Simó se le condujo en un vehículo y fue entregado a Petán Trujillo, quien lo envió a la base militar de San Isidro.[186]

En horas de la tarde del viernes 19, por los micrófonos de *La Voz Dominicana*, se escuchaba su dicción nerviosa. A Ventura Simó lo condecoran a toda prisa, se le impone la Orden de Duarte, Sánchez y Mella, en el Grado de Comendador. También sería ascendido a teniente coronel. En esos precisos momentos, Ventura Simó hace unas declaraciones escandalosas:

> Quiero aprovecharme de esta oportunidad en que vengo a hablar por la radio

184 *Revolución*. La Habana, 19 de junio de 1959. Cortesía de Mercedes Alonso.
185 *El Imparcial*. San Juan, 18 de junio de 1959, p. 51.
186 Deláncer, pp. 68, 69.

de La Voz Dominicana para decir al mundo que yo nunca he sido traidor y que si fui al exterior fue en servicio de mi Gobierno, y por eso he sido ascendido de Capitán a Teniente Coronel.

Me encuentro aquí en la República Dominicana al servicio del Gobierno, como piloto que soy de la Aviación Militar Dominicana. Yo soy Juan de Dios Ventura Simó, y lo que hice fue traer a estos bandoleros a la República Dominicana para que vieran que aquí no se puede hacer la revolución contra nuestro Gobierno.

El Gobierno Dominicano es un Gobierno del pueblo y para el pueblo, y quiero que lo sepa todo el mundo, desde ahora y para siempre, que el pueblo dominicano está muy unido con el Gobierno, mujeres y hombres, campesinos y hombres de las ciudades, los estudiantes universitarios y los muchachos de las escuelas. Todos estamos unidos.

Deseo expresar mis gracias al Hon. Señor Presidente de la República, mi compadre, por haberme ascendido al grado de Teniente Coronel y por haberme otorgado las condecoraciones. Las declaraciones que tengo que hacer en relación con mi viaje a Puerto Rico, Venezuela y Cuba han sido entregadas ya al Gobierno Dominicano. Por ahora no tengo que decir nada más.[187]

¿Héroe o traidor? Tratemos de poner las cartas en orden.

---

187 *El Imparcial*. San Juan, 22 de junio de 1959, pp. 2, 21. Véase, además, *El Mundo*. San Juan, 20 de junio de 1959, p.1.

Durante varios días la prensa dominicana guardaría absoluto silencio en lo referente al 14 de Junio. No es hasta el sábado 20 cuando en las páginas de *La Nación* el general José A. García Trujillo, sobrino del tirano, habla de la "exitosa" misión de Juan de Dios Ventura Simó. El secretario de las Fuerzas Armadas informa que el piloto dominicano llevó a Constanza a un grupo de expedicionarios, lo que constituía una trampa en la que alegadamente habían caído "los incautos".

Mintiendo descaradamente, García Trujillo habla de Ventura Simó como si se tratara de un agente secreto de la dictadura. Las declaraciones de García Trujillo son engañosas cuando alegan que el piloto formaba parte de los servicios especiales del régimen, pero también incoherentes cuando aseguran que lo habían despachado a toda prisa hacia Puerto Rico, bajo el manto de perseguido político, "precisamente para que trajera al país a los que se titulan exiliados".[188]

El espectáculo tejido por el Estado infunde vileza y perversidad. Ventura Simó es un patriota dominicano.[189] Al ser capturado tiene que decidir entre la muerte de su parentela o fingir que es agente de Trujillo. La amenaza de asesinato contra su esposa e hijos le obliga a presentarse frente a los micrófonos de la radio dominicana. Así me lo hizo saber el comandante Gómez Ochoa cuando lo entrevisté en Santo Domingo.

Inmediatamente después de aquellas incómodas declaraciones, el secretario de Relaciones Exteriores de la dictadura, Dr. Porfirio Herrera Báez, con pose almidonada, se encarga de presentar a Ventura Simó ante los miembros acreditados del cuerpo

---

188  *La Nación*. Santo Domingo, 20 de junio de 1959. Véase además la edición de *El Caribe* del 20 de junio de 1959. (Envío cortesía de Mercedes Alonso). El mismo día cuando se producen las declaraciones radiales de Ventura Simó, el 20 de junio, estaban llegando a la costa norte de la República las expediciones marítimas. Múltiples dificultades, como veremos oportunamente, habían atrasado los desembarcos.

189  El periódico *El Caribe*, en su edición del 10 de julio de 1959, informa falsamente que durante esos días Ventura Simó se halla en un hospital militar por razones desconocidas. Sin embargo, Gómez Ochoa recuerda con mucho pesar "la imagen de un hombre torturado de tal manera, que apenas sus ojos pudieron reconocerlo". Ambos se encontrarían en la misma prisión, la notoria cárcel de la 40.

diplomático. En los precisos momentos cuando el Embajador de Estados Unidos, Joseph S. Farland, extiende sus manos para saludar al piloto dominicano, los fotógrafos captan la imagen que se distribuiría por todo el continente. El mensaje es convincente. Estados Unidos, por voz de su Embajador, consiente aquella "proeza" en favor de Trujillo. Al menos ese es el mensaje que se quiere comunicar.

El jueves 25 de junio, el Departamento de Estado puso los gritos en el cielo:[190] el Ministerio de Relaciones Exteriores de la República había engañado al cuerpo diplomático. Farland lamenta que Herrera Báez "se hubiera aprovechado de él para tal propósito". Mucho más, Farland informa que el gobierno de Trujillo convocó al cuerpo diplomático sin indicar el motivo de la reunión. Y cuando los embajadores hicieron su entrada al Ministerio se enteraron con que el propósito de la cita era presentar a Ventura Simó que acababa de ser "ascendido" por la dictadura.[191]

Angustiosa y pasajera sería la ilusión de que los esbirros le perdonarían la vida a Juan de Dios Ventura Simó. Distintas fuentes consultadas indican que los peores sufrimientos, las peores torturas, la muerte más horrenda sería la padecida por aquel joven aviador. Anselmo Brache dice que es el prisionero de la agonía prolongada y, parafraseando a Neruda, podríamos añadir que a Ventura Simó lo condenaron a todas las penas del infierno.

Ciertamente, su muerte fue el punto central de

---

190 Por aquellos días (23 de Junio) aviones de la Fuerza Aérea dominicana disparan contra el barco mercante *Florida State*. Acto seguido, marinos de la dictadura abordan la nave e interrogan la tripulación. El *Florida State* estaba dotado para recoger cemento de los tanques levantados en el muelle de Ponce y descargarlo en la Florida. La moderna embarcación era propiedad de la Ponce Cement, una de las empresas de la familia de don Luis A. Ferré, quien elevaría una querella ante el Departamento de Estado en Washington. Bueno sería añadir que al enterarse de lo que sucedía, Joseph S. Farland se personó en el Palacio Presidencial "pidiendo cese de fuego", pues el gobierno de Trujillo había enviado "una corbeta y un destroyer" para una alegada "investigación de rutina". (Archivo General de la Nación Dominicana. Colección Bernardo Vega. Documentos acerca de barco mercante tiroteado por aviones dominicanos. No. 097-049).

191 *El Imparcial*. San Juan, 26 de junio de 1959.

toda una compleja y aparatosa urdimbre. Se ha podido establecer que tras ser sometido a bárbaras torturas, extrayéndole toda la dentadura con un alicate a sangre fría, se le encerró en una solitaria. Habría estado en confinamiento durante nueve meses, probablemente hasta comienzos de marzo de 1960. En todo ese lapso se le suministraba solamente una jarra de agua y un pedazo de pan al día. A causa de ello se le caerían los cabellos y empequeñecería. Al sacársele de la solitaria para encerrarle en el saco de henequén en que fue finalmente lanzado al mar, tenía un aspecto sobrecogedor, de un cadáver viviente. Su esposa Yolanda Garrido de Ventura fue informada de su muerte el 9 de marzo, el día después de la fecha del cumpleaños de su marido, especulándose que en otro acto de crueldad típico de la Era, Trujillo esperó pacientemente por el aniversario de su nacimiento para hacer oficial la muerte del piloto.[192]

El testimonio de María Luisa Simó de Ventura es simplemente desgarrador. Ella pregunta porqué su hijo no murió antes, en los combates de Constanza, donde el sufrimiento hubiese sido menor. Escuchemos las expresiones de la sufrida madre dominicana:

Nosotros no hemos sabido nunca la fecha en que lo mataron… Yo misma vivo preguntándome: ¿Porqué no murió en los combates de Constanza, para que hubiera sufrido menos? Porque eso sí, sabemos que nuestro hijo fue uno de los que mayores torturas sufrió… primordialmente,

---

192 Miguel Guerrero. "La muerte de Juan de Dios Ventura Simó". *Clave digital*. Santo Domingo, 9 de febrero de 2004.

muchos de los que hasta su deserción habían sido sus compañeros y sus amigos entrañables, a quienes no les tembló el pulso para ensañarse en la carne y la sangre de este muchacho bueno, hijo ejemplar y padre amantísimo que lo dio todo, hasta la vida misma, en la lucha por la obtención de un mejor destino para el pueblo dominicano".[193]

---

193  Ramón Alberto Ferreras. *Recuerdos de Junio 1959*. República Dominicana: Editorial del Nordeste, 1981, p. 85.

# Hormigueros

Trujillo junto a su protegido Manuel de Moya Alonso, 1955.

Joseph S. Farland (1914-2007), embajador de
Estados Unidos en la República Dominicana.

El puertorriqueño David Chervony entregó
su pecho a los tiros y su voluntad y coraje a la
República Dominicana. Tenía 17 años de edad.

El dictador y su hijo Ramfis.

Santo Domingo, Fotografías de los revolucionarios
de Constanza, Maimón y Estero Hondo.

Tal para cual: Richard Nixon junto al déspota dominicano.

Dios, Patria y Libertad.

Tarja en el Mausoleo Héroes de Constanza, Maimón y Estero Hondo.

# Hormigueros

El domingo 28 de junio de 1959 marca el momento preciso del descalabro militar. Así lo asegura Gómez Ochoa, pues para esa fecha –a dos semanas del aterrizaje por Constanza, todos los combatientes bajo el mando del comandante Jiménez Moya y del capitán Ramón López habían sido exterminados. En el caso de éste último, de *Nené*, el miércoles 17 se sube a lo alto de un pino y con su arma de largo alcance le ocasiona varias bajas a una patrulla de la dictadura. Allí mismo sería blanco de varios disparos que le causan la muerte.[194]

Entonces, un militar de la dictadura se ensaña contra el cadáver del capitán cubano que se halla en el piso y con ráfagas de ametralladora le desfigura el rostro. Algunos días más tarde, el venezolano Antonio Luis González, quien involuntariamente se había separado de sus compañeros, sintiéndose sólo y derrotado, se entrega a unos campesinos. González es llevado a Constanza y "pudo haber sido fusilado entre el 24 y la madrugada del 25".[195]

Jiménez Moya había quedado completamente aislado luego de los primeros combates. En sus horas postreras, acompañado de otro expedicionario llega a la casa de unos campesinos donde solicita auxilios. La traición no se hace esperar.

Ambos combatientes fueron sorprendidos, apresados y asesinados posteriormente durante el trayecto a Constanza. Cuando el Jefe de

---

194  Gómez Ochoa, p. 171.
195  Anselmo Brache, p. 284.

nuestra expedición se negó a caminar y fue maltratado por sus captores le propinó a uno un puntapié en los testículos. Otro de los soldados decidió entonces acribillarlo a balazos. Yo lo vi muchos días después en la morgue y su cuerpo tenía varias heridas punzantes en el pecho y el vientre, además de varios disparos.[196]

Todavía no se puede precisar si el asesinato del máximo dirigente de la expedición ocurre el jueves 18 o el viernes 19. Se sabe, sin embargo, que la tragedia es presenciada por el agricultor Casimiro Castillo: "quien también relató que el cadáver fue arrastrado cerca de 1 kilómetro…"[197] El 23 de junio el embajador Farland informaba a Washington el deceso del dominicano:

De Moya me acaba de informar que el líder del grupo Enrique Jiménez ha sido asesinado y prácticamente todos los insurgentes han sido liquidados. GODR planea comunicado de prensa al medio día informando la situación y dará a conocer los nombres de los muertos.[198]

En su edición del 24 de junio, *La Nación*, de Santo Domingo, revela que el cadáver de Jiménez Moya había sido recogido en una loma de Constanza. La noticia alega que el jefe de los expedicionarios huía a la persecución de las Fuerzas Armadas. Días más tarde, la prensa dominicana retrata al Embajador de Estados Unidos junto al cadáver de Jiménez Moya. En la foto Farland luce complacido.

---

196 Gómez Ochoa, pp. 171-172. En un telegrama de Farland al Secretario de Estado, fechado el 30 de junio de 1959, se informa que los periodistas Joe Taylor, de Prensa Unida Internacional, y Tad Szulc del *New York Times*, fueron llevados a la morgue, donde presenciaron el cadáver de Jiménez Moya.
197 Anselmo Brache, p. 160.
198 NARA. College Park, Maryland. Telegrama de Farland al Departamento de Estado, 23 de junio de 1959. Embtel 506. Las traducciones en esta sección se le deben a Clemente Armando Díaz.

El 26 de junio Cuba rompe relaciones diplomáticas con el gobierno de Trujillo. La voz es de alarma. Nuestros pueblos no pueden contemplar, cruzados de brazos, el bombardeo indiscriminado, la tortura y el asesinato de los expedicionarios.[199]

Ese mismo día, el Ministerio de Estado de Cuba le envía una nota oficial a la Embajada de Estados Unidos en La Habana: "como el Gobierno de Cuba no puede observar impasible el exterminio en masa de prisioneros de guerra y el bombardeo indiscriminado de ciudades indefensas que ahora ocurre en la República Dominicana, actos que constituyen violaciones flagrantes de los derechos humanos incompatibles con las obligaciones contraídas a este respecto por los países de América, rompió relaciones diplomáticas hoy con el gobierno de esa nación".[200]

En carta al Secretario de Estado de Estados Unidos, fechada el 27 de junio, Ernesto Dihigo y Mestre, Embajador Extraordinario y Plenipotenciario de Cuba en Washington, dice: "Tengo el honor de informarle a Su Excelencia… que el Gobierno Revolucionario de Cuba ha roto relaciones diplomáticas con el Gobierno de la República Dominicana".[201]

Es obvio que la situación militar continúa empeorando. La prensa trujillista informa que el 23 de junio se habían mostrado los cadáveres de los venezolanos Edwin Erminy y Juan Evelio Cárdenas Soto, del frente de Constanza.[202] Al primero lo fusilan el 19 de junio,

199 Anunciando la ruptura de relaciones diplomáticas el ministro de Relaciones Exteriores interino de Cuba, Armando Hart Dávalos, le entregó una nota a monseñor Luis Centoz, Nuncio Papal y decano del Cuerpo Diplomático, porque el gobierno trujillista no tenía representante diplomático en La Habana. Por otro lado, en Santo Domingo, la Embajada de Cuba había sido saqueada. *El Imparcial*, 29 de junio de 1959.

200 Department of State. Telegrama 1649 de Philip W. Bonsal, Embajador de Estados Unidos en Cuba, al Secretario de Estado, Christian A. Herter, 29 de junio de 1959. Official Translation. Unclassified. Control: 21273. Rec'd: June 29, 1959, 5:43 p. m.

201 Department of State. Division of Language Service. Control: 38111 – T-75/R-III. Spanish, June 27, 1959.

202 *El Caribe*. Santo Domingo, 25 de junio de 1959, p. 1.

tenía 30 años de edad.[203] El segundo, Cárdenas Soto, de 29 años, había sido detenido el 22 de junio.

Hay un momento cuando en el frente de Constanza, Mayobanex Vargas, Pedro Pablo Fernández, Juan Antonio Almánzar y David Chervony le tienden una emboscada a dos soldados de la dictadura. De pronto, se produce la balacera. El dominicano Pedro Pablo Fernández resulta gravemente herido. Las balas le atraviesan el vientre lesionándole la columna vertebral. Al caer el dominicano, él mismo o los demás, disparan sus rifles liquidando a los soldados de la dictadura.[204]

Por su don de gentes, a Fernández se le tiene en alta estima. Él se había ganado la amistad del combatiente puertorriqueño David Chervony, pero Pedro Pablo estaba en malas condiciones. Para aliviarlo, le inyectan morfina. Sin embargo, por la gravedad de las heridas él sabe que no tiene salvación. De repente, extrae su cuchillo de monte y se lo clava en la garganta para no ser obstáculo a la movilidad de la tropa. David Chervony trata infructuosamente de socorrer al compañero gravemente herido. En un santiamén le arrebata el arma, pero ya es muy tarde.

El comandante Gómez Ochoa me decía que esos cuchillos comandos de la infantería estadounidense tienen unas estrías que no permiten la salida de la sangre y la hemorragia se produce internamente en el acto. Pedro Pablo Fernández muere el 16 de junio de 1959, tiene 24 años de edad, es la primera baja de la guerrilla de Gómez Ochoa.

No hay razón alguna para no creer que allí, en esos precisos momentos, se produce un lamentable incidente. Enfurecido al ver al dominicano en su momento postrero, David Chervony, con el cuchillo que tiene en sus manos comienza a darle tajos en la cara y en la garganta a uno de los soldados de la dictadura que estaba en el suelo. La ira del boricua resulta indescriptible, desde que se irrita

---

203  Anselmo Brache, p. 284.
204  Anselmo Brache, p. 118.

cuando descubre al dominicano herido, hasta que el corazón se le alborota presenciando la muerte del amigo.

Gómez Ochoa me decía en Santo Domingo que ordenó desarmar a David. Lo censuraron delante de la tropa, pues su actitud no había sido digna de un revolucionario. Acota el comandante:

–Tuvimos que llamarle la atención.

Acto seguido, David se puso con malas crianzas hacia el combatiente dominicano Reynaldo Sintjago. David era un joven muy valiente, muy atlético y muy fuerte, de una contextura sólida, dio el grado, pero...

Aquel día, en la casa de Poncio Pou Saleta le pregunté a Gómez Ochoa cuándo le devolvió las armas a David. Y el comandante, con una leve sonrisa en sus labios, me dijo:

–Félix, al otro día.[205]

A medida en que pasan las horas, el grupo de Gómez Ochoa continúa diezmándose. José Luis Callejas, veterinario de profesión y oficial que había combatido en la Sierra Maestra, se encontraba herido en una pierna. Pide que le ayuden a sentarse y, en un momento de distracción, se dispara un tiro en el pecho. No quería ser estorbo al desplazamiento de la tropa.

Narremos los minutos postreros de otro expedicionario caído en Constanza. Al dominicano Juan Antonio Almánzar Díaz, punta de vanguardia de la guerrilla, las tropas de la dictadura le dan el alto. En vez de disparar el cargador completo de su fusil, Almánzar corre hacia el resto del grupo para alertarlos. El enemigo abre fuego y la guerrilla también. Además de Almánzar y de Frank Eberto López Fonseca, Chervony se incorpora al trío para repeler el ataque. Gómez Ochoa relata lo acontecido:

> Los cuatro hicimos nutrido fuego, pero Almánzar
> lo hizo desde una posición que no le brindaba
> seguridad alguna. Estaba parado en medio del

---

205 El 7 de julio de 2005 entrvisté al comandante Delio Gómez Ochoa, a Mayobanex Vargas y a Poncio Pou Saleta. La plática se llevó a cabo en la residencia de Pou Saleta.

camino disparando su fusil Fal. Vimos su silueta
dibujada en la oscuridad, cuando cayó fulminado
por una ráfaga de ametralladora…[206]

Abriéndose paso contra viento y marea, el grupo de
Gómez Ochoa penetra en una maizal. Perseguidos y en retirada
los combatientes continúan tiroteándose con el enemigo. A la vez,
tienen que replegarse. En tan adversas condiciones sucede el deceso
del combatiente puertorriqueño:

Una de las reglas sagradas del guerrillero
es no combatir de frente al ejército y menos en
un escenario escogido por éste. Eso fue lo que
Chervony, quizá por su inmadurez no entendió.
Se insubordinó y me dijo que él no seguiría
huyendo, que iba a pelear. Fue imposible
hacerlo cambiar de parecer. Me imaginé cual
sería su suerte y efectivamente, supe después
que este joven puertorriqueño murió en aquel
enfrentamiento sumamente desigual. Amén de
sus errores, este guerrillero internacionalista dio
pruebas de una valentía extraordinaria.

Las palabras de Gómez Ochoa resultan antológicas y,
como tal, dignas de ser destacadas, pues resumen la comprensión
que tenía del proceso insurreccional en el que estaba involucrado.
Sin ser irrespetuoso, el cubano elogia críticamente la valentía del
internacionalista puertorriqueño. David Chervony muere el martes
7 de julio de 1959. Tenía 17 años de edad.

Los restos de David nunca se encontraron. Sin embargo, su
imagen imperecedera debe ser evocada por su patriotismo, dación
y valentía. David derramó su sangre generosa por la libertad del
pueblo dominicano. Podemos parafrasear al más universal de todos

---

206  Gómez Ochoa, pp. 160-161.

los cubanos y decir que a David se le deben perdonar sus errores, porque el bien que hizo resulta más provechoso que todas sus equivocaciones. Y los hombres no pueden ser más perfectos que el sol. Todos los astros tienen manchas. "Los desgraciados –escribía Martí– no hablan más que de las manchas. Los agradecidos hablan de la luz".[207]

Mientras tanto, una y otra vez los combatientes tienen que replegarse con nuevas pérdidas. Los días de la guerrilla de Gómez Ochoa estaban contados:

> Habíamos perdido de dos golpes a cinco de los más aptos para la guerra: a Sintjago, que era Segundo Jefe político después de Enrique en la expedición; a Chervony; a Almánzar Díaz, de condiciones físicas excepcionales para la vida guerrillera y quien era, luego de perderse Mayobanex, nuestro hombre de vanguardia; a Achécar Kalaf, de solo 21 años de edad; y a Miguel Ángel Feliú Arzeno, "Miguelucho", veterano de la expedición de Luperón y del intento de Cayo Confites, quien por voluntad de su propio carácter asumió la gigantesca responsabilidad de dibujarnos una sonrisa en el rostro toda vez que nuestro ánimo parecía flaquear.[208]

El 7 de julio de 2005, en su casa, localizada en las afueras de Santo Domingo, Poncio Pou Saleta me decía que "todos los que fueron al campamento cubano de Mil Cumbres con el deseo de pelear por nuestra libertad, eran nuestros compañeros. Y no me equivoco…" Más adelante, hablando sobre Chervony, insiste en decir que el boricua "era bien joven, un muchachito. Yo te puedo contar

---

207 José Martí. *Obras completas*. Vol. 18. La Habana: Editorial de Ciencias Sociales, 1991, p. 305.
208  Gómez Ochoa, pp. 165-166. (Según el comandante cubano, David Chervony figuraba entre los más aptos para la guerra).

esto: él también ayudó a cargar con nuestros muertos".

A pocos días del deceso de David, el periódico *El Mundo* entrevistó al tío de éste, residente en la zona metropolitana de San Juan. Don Rafael Chervony confiesa que hubo un momento cuando su hermano Benigno, desde Nueva York, le informa que sus dos hijos, David y Daniel, habían dejado el hogar en aquella ciudad para viajar a Cuba.

> Los jóvenes hermanos David y Daniel Chervoni nacidos en Puerto Rico, son hijos de padre y madre puertorriqueños y emigraron hacia Nueva York hará como cuatro años, informó su tío.

> El señor Rafael Chervoni indicó que nada más podía decir porque no lo sabía, menos aun que sus dos sobrinos hubieran participado en la reciente rebelión dominicana.[209]

Hurgando en las páginas de la guía telefónica para el área residencial de San Juan me tropecé con algunos familiares de David. Don Nelson Chervony Martínez fue el primero en darme información valiosa:

> Sí, estamos emparentados. El padre de David, Benigno, es mi tío. Ellos son naturales de Hormigueros y son muchos de familia. Benigno se había ido a vivir a Estados Unidos y en Puerto Rico habían quedado los hijos. Al tiempo, yo me fui a Estados Unidos. En una ocasión, Benigno

---

[209] El periódico *El Mundo* alega que otro puertorriqueño, de apellido Vega o Vega Acosta, residente de San Juan, estuvo involucrado en la expedición: "En la lista de supuestos invasores muertos publicada en la República Dominicana figura el nombre de Oscar Luis Vega Acosta. Un joven boricua de estos apellidos había salido de aquí hacia Cuba". *El Mundo*. San Juan, 18 de julio de 1959, pp. 1, 12. (La información del periódico *El Mundo* resulta engañosa. Oscar Luis Vega Acosta era un teniente cubano que había llegado en la expedición aérea. Herido, fue hecho prisionero y fusilado en Constanza).

me pregunta cuándo yo pensaba regresar a
Puerto Rico, pues él iba a escribir una carta para
que se la llevase a su suegra 'a ver si me dejan
traer a los muchachos'.

Después de entregada la carta en Hormigueros se consiguió el
permiso y "los muchachos" pasaron a vivir con su padre, a principios
de la década del 1950, en uno de los barrios pobres de la Gran
Manzana. El patriarca de la familia era carpintero en Hormigueros y
trabajaba de *super* en Nueva York. Don Benigno Chervony murió en
un asilo de ancianos en Manhattan.

"Mi tió sufrió mucho por ese muchacho, él lo adoraba, y
sufrió, en fin, lo que nadie sabe". Así nos lo dejaba saber don Nelson
Chervony Martínez el día cuando le entrevistaba.

El jueves 14 de julio de 2005 pudimos hablar con Herenia
Chervony, la hermana de David, con residencia en la ciudad de
Nueva York. Herenia nos dice que sus padres, David Chervony y
Julia Preciado, se habían casado en Puerto Rico y tuvieron cuatro
hijos: Ramón, Daniel, ella y David. Julia Preciado muere cuando los
hijos eran pequeños. El mayor, Ramón, fallece en 1966, en la ciudad
de Nueva York, a los 35 años de edad.

Nosotros éramos bien unidos. Vivíamos
con mi abuela materna, Monserrate Napoleoni,
en Puerto Rico. Nuestro Papá nos trajo a Nueva
York. Residíamos en la Calle 105 y Avenida
Ámsterdam. David era fuerte, saludable, sin
vicios. Medía 5 con 3 ó 5 con 4. No tengo nada de
él, ni fotos ni documentos. Tenía 17 años cuando
se fue para allá. Un señor que tenía una bodega
lo reclutó. Todos sufrimos mucho. Yo sufrí
mucho, era mi hermano más chiquito. Tratamos
de reclamarlo. La Embajada de Estados Unidos
en Santo Domingo nos envió un telegrama que

estaba desaparecido.[210]

El periódico *The New York Times* informa que antes de salir hacia Cuba, David residía en el 312 Oeste de la Calle 107, apartamento B, en el alto Manhattan. Su hermano mayor, Daniel, estuvo en el adiestramiento militar impartido en Mil Cumbres, pero al final de la jornada se separó de la expedición. Él no fue el único. Igual comportamiento se observaría con Santiago Carbonell, Pablo Vélez y Manuel Costa, puertorriqueños de la diáspora, que también se negaron a participar en el proyecto.

No es ese el caso de Eugenio Román, llamado cariñosamente "El Chino", de quien el comandante Gómez Ochoa guarda cariñosos recuerdos. Tampoco es el caso de Fernando López Olmo. Ambos salieron en las expediciones marítimas, en el yate Carmen Elsa, que desde alta mar regresó a Cuba. Durante cuatro días la embarcación estuvo a la deriva. No tenían agua ni comida. Muchos combatientes, deshidratados y enfermos, no podrían continuar...

En Cuba el núcleo tiene que cerrar filas. A los efectos de proteger a los combatientes de Constanza, se toman rigurosas medidas de seguridad. Los miedosos son detenidos y, de inmediato, se procede con el arresto de Daniel Chervony, Santiago Carbonell, Pablo Vélez y Manuel Costa. Se prohíbe todo contacto con el exterior. La desconfianza es total, pues se sabe que en Mil Cumbres había agentes enemigos.

Los detenidos son trasladados a la instalación militar de Columbia. Brache informa que un dominicano, también bajo arresto, se las arregla para penetrar a una oficina vacía de aquel cuartel en compañía de algunos puertorriqueños. "Uno de éstos Chervony o Carbonell, hizo una llamada clandestina a New York, a sus padres, pidiéndoles que intervinieran urgentemente ante las autoridades de Estados Unidos..."[211]

---

210 Declaraciones de Herenia Chervony al autor, 14 de julio de 2005.
211 Brache Batista, p. 170.

Sería bueno citar, con mucha prudencia, la información aparecida en la revista *Life* del 17 de agosto: "Benigno Chervony, súper de un edificio en Nueva York, denunció todo aquel engaño revolucionario. Él escribió a la Embajada de E. U. en La Habana informando que sus dos hijos estaban en Cuba en alguna empresa infame e interesaba ayuda para que sus hijos pudieran salir del apuro".[212]

En el mismo tono aparece un informe confidencial originado en el Departamento de Justicia de Estados Unidos. Redactado bajo el manto del FBI y titulado "Actividades revolucionarias dominicanas", el informe revela que el 5 de junio de 1959 la Embajada de Estados Unidos en La Habana recibe una carta, fechada el 12 de mayo, suscrita por don Benigno Chervoni. En ese momento el patriarca de la familia tiene residencia en el 202 Oeste de la Calle 105, en la ciudad de Nueva York. "Esta carta indica que sus dos hijos, Daniel y David, habían salido de la ciudad de Nueva York hacia Cuba, en propósitos revolucionarios, alrededor del 16 de marzo de 1959, y que ellos serían adiestrados en Cuba… Chervony indicó que no tenía noticias de sus hijos".[213]

El 10 de agosto de 1959 el Departamento de Estado envió el siguiente telegrama a sus embajadas en La Habana y Ciudad Trujillo:

A base de la información en la Embajada Ciudad Trujillo el Departamento informó a Benigno Chervony que hay una fuerte suposición que su hijo David fue asesinado en la invasión dominicana.

El *New York Times* del 9 de agosto publicó una historia extensa, de primera plana, "Rebeldes dominicanos reclutan tropas puertorriqueñas aquí", la cual añade: "confirmación reciente acusa

---

212 *Life*, 17 de agosto de 1959, pp. 34-36.
213 Informe de Daniel J. Brennan, Jr., al Director del FBI, 25 de junio de 1959. Record Number: 124-10279-10048. Agency File Number: CR 105-77731-39. (Cortesía de Ricardo Fraga).

al gobierno de Castro de proveer la base para la invasión en contra del régimen de Trujillo". Informa además que Moisés Agosta (sic) y Eugenio Román todavía están desaparecidos, pero Daniel Chervony, Pablo Verdez (sic), Santiago Carbonell y Manuel Costa han regresado a los EU desde Cuba luego de rehusar participar en la invasión.

Una historia en *Times* del 10 de agosto expresa que el campamento de entrenamiento de Daniel Chervony y Carbonell en Cuba estaba dominado por comunistas. También puntualiza el reclutamiento en Nueva York por exiliados dominicanos.[214]

Daniel Chervony regresó a Nueva York el 9 de julio, Carbonell el 6 de agosto.[215] Tratando de justificar la desgraciada conducta, los arrepentidos se abrazaron a las excusas del anti comunismo, muy en boga durante aquellos tiempos. El conocido corresponsal del *New York Times*, Sam Pope Brewer, los entrevista:

Dos voluntarios puertorriqueños que se retiraron de una expedición apoyada por Cuba contra la República Dominicana declararon aquí ayer que su campamento de entrenamiento en Cuba estaba dominado por comunistas. Ambos se encuentran escondidos debido a amenazas.

Daniel Chervony y Santiago Carbonell, quienes regresaron aquí luego de un periodo en la cárcel por deserción, coincidieron al declarar que había "muchos comunistas" en

---

214 NARA. College Park, Maryland. RG 84. Caja 42. Telegrama de Dillon a Embajadas en La Habana y Ciudad Trujillo, 10 de agosto de 1959.
215 "Two Defectors Call Anti-Trujillo Camp in Cuba Red-Ruled". *The New York Times*, 10 de agosto de 1959, p. 9.

el campamento en San Diego de los Baños, en la provincia de Pinar del Río donde fueron instruidos y entrenados.

Algunos renglones más adelante, la información añade:

Ambos dijeron que se habían unido al movimiento como partidarios de la libertad. Dijeron que habían sido parte del movimiento durante algún tiempo, y un compañero miembro del grupo sugirió que ellos tal vez estarían interesados en hacer algo práctico para derrocar el gobierno dictatorial del Generalísimo Rafael Leónidas Trujillo.

Cuando aceptaron, los enviaron a una bodega hispano-americana en la Avenida Ámsterdam, en donde les entregaron dos boletos de avión para la Habana.216

Daniel Chervony vive actualmente en el condado del Bronx. He hablado con él en varias ocasiones.[217] Siempre se niega a dar información sobre los acontecimientos. Cuando le menciono los nombres de los expedicionarios, no recuerda nada. Siempre pide que le llame al otro día y al otro día no se encuentra en su residencia. Así actúa y se comporta un hombre acorralado por los acontecimientos.

A mediados de agosto de 1959 el periódico *The New York Times* informa que una organización dominicana, no identificada, estaba reclutando "mercenarios" de Puerto Rico para combatir

216  *The New York Times*, 10 de agosto de 1959, p. 9.
217  La última de esas conversaciones la tuvimos el 26 de julio de 2009, en horas de la noche. En esa ocasión mencionó a su hermano David como uno de los caídos y también me dijo que un dominicano –Federico Rodríguez– quien tenía un restaurante en la Calle 105 y Amsterdam fue quien le reclutó. Acto seguido, añade que le hicieron "muchísimas promesa si ganaba la revolución".

la tiranía de Trujillo.[218] La voz de Juan Sánchez, dirigente de la comunidad boricua de Nueva York, se alzaba para declarar que era injusto calificar de "mercenarios" a los jóvenes puertorriqueños que luchaban contra la infame dictadura de Trujillo:

> Me honro con la amistad de algunos de los muchachos puertorriqueños que fueron a Cuba. Llamarles mercenarios a estos combatientes de la libertad no es sólo absurdo, sino injusto. Son jóvenes idealistas, incapaces de luchar por intereses materiales.
>
> Esos muchachos que conozco bien, simpatizantes de la causa de Cuba y de la República Dominicana, fueron como voluntarios… Siempre ha habido puertorriqueños defendiendo la causa de la libertad en las Antillas. Así siento yo y así siente –estoy seguro– la mayoría del pueblo puertorriqueño.[219]

218 *The New York Times*, 10 de agosto de 1959, p. 9. Dos días más tarde, el mismo diario menciona a "tres desertores puertorriqueños de una fuerza mercenaria anti Trujillo…" (*The New York Times*, 12 de agosto de 1959, p. 19).
219 *El Diario de Nueva York*, 11 de agosto de 1959. (Cortesía de Jorge Matos Valldejuli).

# Pelea perdida

Haití y la República Dominicana.

Rafael Trujillo en 1960, durante la celebración de sus 70 años.

Contra la dictadura, una pistola, balas y peine.

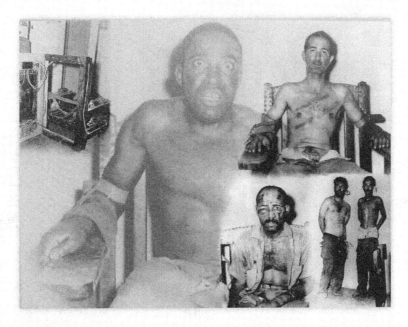

Silla eléctrica de la dictadura.

Raza inmortal. Desde la izquierda, Gonzalo Almonte Pacheco, Francisco Merardo Guzmán, Poncio Pou Saleta y Mayobanex Vargas, sobrevivientes de la gesta.

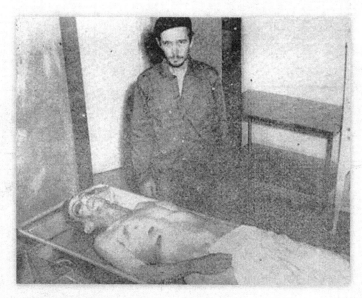

El comandante Delio Gómez Ochoa frente al
cadáver del capitán Enrique Jiménez Moya.

Hugo A. Ysálguez. El 14 de Junio: La Raza Inmortal, 1980 y 1985.

Hasta en los sellos de la República...

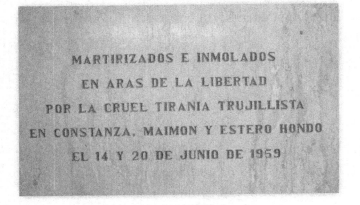

Martirizados e inmolados en aras de la libertad.

Don Luis Muñoz Marín, enemigo *light* de la dictadura dominicana.

# Pelea perdida

Los combatientes bajo el mando de Gómez Ochoa fueron los hombres que más dolores de cabeza le provocaron a la dictadura de Trujillo. Pero la guerrilla del comandante cubano había perdido la pelea. El hambre, el cansancio, los frecuentes encontronazos con el enemigo hicieron mella en aquellos combatientes.

Ramón Ruiz, hijo de padre puertorriqueño, nacido y criado en Cuba, supo caer heroicamente. Lo mismo sucedía con los dominicanos Rafael Moore Garrido y Cosme Augusto Rojas Pérez. El 4 de julio fue otro día triste y tenebroso. Juan Enrique Puigsubirá, Rafael Augusto Mella y el puertorriqueño Tony Rodríguez Bou, sorprendidos por tropas de la dictadura, resisten hasta la captura. En combate desigual, sin balas y posiblemente heridos, fueron llevados a la base aérea de Constanza. Allí se improvisa un pelotón de fusilamiento que realiza la descarga fatal "en medio de la arenga de Johnny y sus compañeros contra la tiranía".[220]

Robert D. Crassweller (1915-2004), abogado de Harvard y ex funcionario del Departamento de Estado, en su obra clásica, *Trujillo, la trágica aventura del poder personal*, narra en detalles los viciosos asesinatos, la "brutal carnicería" de los expedicionarios apresados: "Los supervivientes de Constanza fueron cargados en aviones militares de transporte 'C-46' y llevados a la base de la Fuerza Aérea de San Isidro. Allí tuvieron el presagio de la suerte que les aguardaba. Atados fuertemente de pies y manos, fueron colocados en el suelo de los aviones. Cuando éstos se detuvieron, se abrieron de par en par

---

220  Gómez Ochoa, p. 155.

las puertas y los prisioneros, todavía maniatados, fueron arrojados a la pista de cemento desde una altura de casi cuatro metros, como si fueran sacos de grano. Después fueron degollados… Ramfis en persona participó en la salvaje ejecución. Pronto se extendieron las represalias, más allá de los invasores mismos, a los numerosos elementos subversivos dominicanos…"[221]

El 10 de julio Poncio Pou Saleta y Francisco Medardo Guzmán se entregan a un sacerdote franciscano, de nacionalidad española, que sirve de mediador entre los combatientes y las autoridades. Inmediatamente les encierran en la cárcel de Constanza. Un día más tarde, el 11 de julio, capitulan los cubanos Delio Gómez Ochoa, Pablo Mirabal y Frank López. El domingo 12, *El Caribe* anuncia jubiloso la captura del comandante cubano. Mientras, en Puerto Rico, el periódico *El Mundo* pone en boca de Gómez Ochoa las siguientes declaraciones:

> No puede haber triunfado ni triunfará jamás una revolución contra la República Dominicana, pese a la ayuda que puedan ofrecer Fidel Castro desde Cuba y Rómulo Betancourt desde Venezuela.
>
> La República Dominicana y su Gobierno –agregó Gómez Ochoa– son sencillamente inexpugnables.
>
> Gómez Ochoa dijo también que había recibido instrucciones de asesorar a Enrique Jiménez Moya y a un grupo integrado en su mayoría por dominicanos residentes en Norteamérica, Venezuela y Puerto Rico, que recibieron armas del Gobierno de Cuba.[222]

A Luis Muñoz Marín, Gómez Ochoa le imputa colaborar con

---

221  Robert D. Crassweller. *Trujillo, la trágica aventura del poder personal*. República Dominicana: Avante Promociones Culturales, 1985, p. 376.
222  *El Mundo*, 13 de julio de 1959, p. 29. *El Imparcial*, 14 de julio de 1959, p. 2.

armas que se utilizan en los enfrentamientos.[223] ¡Nada más lejos de la verdad! Esas "confesiones" resultan falsas, me decía el comandante cubano. Todo parece indicar que se estaba tejiendo una novela populachera, sin perder de vista que para Trujillo el gobernador de Puerto Rico era un enemigo *light*. Detrás de Muñoz se hallaba el adversario poderoso, la administración Eisenhower, que recién comenzaba a cambiar su postura frente a la tiranía, azuzada, claro está, por las protestas de los países de nuestra región.

Luego del apresamiento de los últimos combatientes empiezan las angustias. Al teniente cubano Frank Eberto López Fonseca, de unos 18 años de edad, lo torturan salvajemente. Muere en la silla eléctrica de la dictadura, pero antes de fallecer le cortaron las manos:

> Esas partes del cuerpo de mi hermano de luchas me las llevaron a la celda para que yo las viera amarradas con una soguita de henequén. Me preguntaron si sabía qué era aquel racimo de carne ensangrentado y en él reconocí las manos de Frank, porque estaban llenas de cortaduras de la maleza debido a que él era quien abría nuestros senderos en la montaña…[224]

En la mañana del 5 de agosto Manuel de Moya Alonzo llama por teléfono a Joseph S. Farland para que la Embajada de Estados Unidos envíe, sin mayor demora, a un oficial al Palacio Presidencial con la intención de entrevistar a Gómez Ochoa. Días antes, Farland había solicitado información sobre los "americanos" que se hallaban en las expediciones. Ahora a la Embajada se le presenta la oportunidad de obtener los datos de primera mano en la sede del Poder Ejecutivo. Henry Dearborn y John Barfield irían al Palacio Nacional.

Por considerarlo de extrema importancia reproducimos

---

223  *El Mundo*, 18 de julio de 1959, p. 7.
224  Gómez Ochoa, p. 198.

a continuación, en su totalidad, el informe traducido de aquel conversatorio. Y lo hacemos luego de compulsar los doce asuntos mencionados en el documento que, dicho sea de paso, excepto por el quinto punto tratado y algunos detalles de poca monta, se ajustan a la verdad. Lamentablemente, en *La victoria de los caídos*, Gómez Ochoa no menciona la entrevista que le hicieron los funcionarios de la Embajada de Estados Unidos en presencia del *Generalísimo:*

**Memorándum de conversación**

5 de agosto de 1959

Participantes: comandante mayor Delio Gómez Ochoa

Henry Dearborn, consejero de la Embajada

John Barfield, segundo secretario de la Embajada

Luego de encontrarse con el Generalísimo y el secretario Manuel de Moya en el Palacio Nacional, el Sr. Dearborn y el Sr. Barfield fueron escoltados a la oficina del Sr. De Moya en donde se produjo la entrevista con el comandante Gómez. El generalísimo y el secretario Moya estuvieron presentes por aproximadamente diez minutos y luego se retiraron. Presentes durante la entrevista, aunque entrando y saliendo, estuvieron George Rodríguez, asistente del secretario De Moya y el teniente coronel Johnny Abbes, director del Servicio de Inteligencia Militar Dominicano.

Los siguientes puntos de interés salieron a relucir:

1. Gómez dijo que luego del aterrizaje en Costanza, en el que participó, él y otros diecinueve hombres se separaron del grupo bajo

el comando de Enrique Jiménez Moya y no lo volvió a ver hasta que reconoció su cadáver (no hay duda alguna de la identidad del cuerpo).

2. Solo un puertorriqueño participó en su grupo de veinte –David Chervony–. Gómez cree que Chervony fue asesinado en una emboscada, pero en realidad no había visto su cadáver. Unos pocos, no especificados, se fueron con (Jiménez) Moya.

3. Gómez dijo que él sabía que el hermano de David Chevony, Daniel, quedó en Cuba con otros puertorriqueños porque deseaba abandonar el movimiento. Dijo que algunos de los puertorriqueños intentaron distanciarse–tratando de escapar en numerosas ocasiones, pero fueron capturados y reincorporados. Diciendo que tuvo muy poco que ver con los puertorriqueños, porque no había estado en el campamento por largos periodos de tiempo, solicitó que su protegido, un niño de 13 años llamado Pablo, compareciera, pues había pasado más tiempo con los puertorriqueños y los conocía mejor.

4. Pablo informó que conocía al hermano de Chervony y que un Juan Reyes Acosta también había estado con el grupo. No obstante, él no los conocía por sus nombres verdaderos, sino por sus apodos. Tras ser presionado, sin embargo, tampoco pudo recordar sus apodos. Él no pudo identificar los nombres que nosotros habíamos recibido del Departamento (Deptel 33) los cuales le fueron mostrados. El Generalísimo oteó sobre el hombro del Sr. Barfield para ver los nombres. Pablo dijo en varias ocasiones, respondiendo al

interrogatorio, que él sólo conocía a un total de 8 puertorriqueños entre el grupo entrenando para la invasión.

5. Gómez dijo que en su opinión cualquiera de los puertorriqueños que restaban en Cuba serían asesinados.

6. Ambos, Gómez y Pablo, confirmaron que Charles White y Larry Beebe eran los únicos americanos, además de puertrorriqueños, incluidos en el grupo de invasión.

7. Fuentes venezolanas suplieron $150,000 en efectivo, comida y botas. También el avión que aterrizó en Constanza vino de Venezuela, a pesar de que otro ya había sido asegurado anteriormente en E. U. Gómez negó el rumor que un segundo avión había intentado aterrizar en la costa norte diciendo que todos los hombres fueron utilizados en las operaciones reportadas.

8. Según Gómez no hay otras tropas entrenando en Cuba, que él sepa.

9. Oficiales cubanos en servicio activo asistieron a Enrique Jiménez Moya en sus preparativos para la invasión. Sobre la posibilidad de invasiones adicionales, Gómez dijo que Fidel era un presidente bien persistente.

10. Los venezolanos fueron descritos como los más orientados hacia el comunismo del grupo. Entonces él dijo que los puertorriqueños no eran comunistas.

11. Fidel Castro, Raúl Castro y el "Che" Guevara no habían visitado el campamento, según el mejor conocimiento de Gómez, pero aclaró que él no se encontraba en todo

momento allí y uno o más de los individuos antes mencionados pudieron haberlo visitado en su ausencia.

12. El gobierno cubano suplió los barcos, las armas y otros artículos, dijo él. Pensaba que algunas de las armas llegaron de contrabando desde los E. U.

Otro punto de interés mencionado por el Secretario De Moya es la posible participación de Ventura y Gómez en el MFM. Sobre esta sugerencia, no obstante, ambos se rieron. De Moya sabía que la Embajada había sido informada: Ventura no asistiría. El comentario pudo haber sido pronunciado para beneficio de Gómez.[225]

Ahora, permítaseme armar el acertijo, pues todo, en su contexto, puede ser explicado. Eusebio Leal Spengler tiene en su obra escrita un pasaje que debemos citar: "Es mal servicio el que se presta a los pueblos cuando se les oculta, por temores pueriles o por espanto ante las consecuencias probables, los hechos históricos. Todo puede ser explicado, todo en su contexto puede ser comprendido…"[226]

Las "indiscreciones" de Gómez Ochoa deben ubicarse en justo contexto. No perdamos de vista que el comandante era un

225  NARA. College Park, Maryland. Memorándum de conversación, 5 de agosto de 1959. Véase además el telegrama de Farland al Secretario de Estado, 6 de agosto de 1959 y el despacho de Henry Dearborn fechado el 7 de agosto de 1959. (Record Group 84. Caja 42). En su mensaje del día 6, Farland es categórico: "Embassy reluctant give blanket clearance re release of pertinent information from subsequent messages on same subject. These messages contain considerable information of classified nature and Embassy would wish to know specifically what Department desires release. No objection however to mentioning Gomez Ochoa told Embassy officer David Chervony killed while participating in invasion and Daniel Chervony was left behind in Cuba (Embassy telegram 80)".
226  Eusebio Leal Spengler. *Carlos Manuel de Céspedes. El diario perdido.* La Habana: Editorial de Ciencias Sociales, 1994, p. 53.

prisionero de guerra, encarcelado en un infierno. Visiblemente decepcionado, trataba de salvar la vida. Una y otra vez sería sometido a injustas y brutales torturas. A consecuencia de los golpes propinados salvajemente perdió la audición de un oído. Actualmente tiene disminuida la del otro. A Gómez Ochoa, incluso, le arrancaron a sangre fría tres piezas de su boca: "No creo que pueda describirse un sufrimiento tan espantoso".[227] El abultado dossier de aquellos tormentos es producto de mentes enfermas, de asesinos inescrupulosos:

> Con unas correas amarrado por los hombros, la cintura y las piernas me sacaron colgando en un helicóptero. Me pasaron por encima de la ciudad y me llevaron hasta el mar… En aquellas aguas infestadas de tiburones, frente al litoral dominicano, y mientras la ciudad dormía, me zambulleron cual si fuera una carnada para la pesca. El agua llenó mis oídos y mi nariz, pero para suerte mía ningún gran ejemplar me quiso como alimento.[228]

Delio Gómez Ochoa se conducía como un guerrero sin armaduras. Imagino que medía bien sus palabras cada vez que era entrevistado por los esbirros de la dictadura. En su memoria, *La victoria de los caídos*, dice que se había puesto de acuerdo con su ahijado para que dijera lo mismo que él y para que nunca creyera, cuando los interrogaban, "en cosas que le aseguraran que yo había afirmado, pues seguramente iban a falsear declaraciones. De igual manera yo no creería nada que no fuera dicho por él mismo ante mi persona. Estas cosas que le dije a Pablito en la celda, después me las hicieron escuchar pues estaban grabadas. Eso fue una práctica que hicieron siempre".[229]

---

227  Gómez Ochoa. Op. Cit., p. 201.
228  Gómez Ochoa. Op. Cit., p. 200.
229  Gómez Ochoa. Op. Cit., p. 151.

Gómez Ochoa comparece ante Trujillo en cuatro ocasiones. El primero de aquellos encuentros ocurre en la base militar de San Isidro. Estuvieron presentes el jefe de la Aviación Militar Dominicana, general Fernando Sánchez (*Tunti*), el coronel Luis José León Estévez y Ramfis Trujillo. El comandante se hallaba esposado junto a su ahijado Pablo Mirabal, a unos seis metros del dictador que se encontraba de pie con su traje de gala cargado de medallas.

Puntualicemos un hecho importante: las informaciones ofrecidas a los captores no provocaron represalias. Ningún combatiente resultó perjudicado por las revelaciones. Tampoco causaron malestares a terceros no involucrados. Hay razones para concluir que no se transgrede la fidelidad o lealtad a los principios revolucionarios.

Delio Gómez Ochoa es un internacionalista auténtico. En la lucha contra la dictadura de Trujillo se jugó la vida con mucha audacia. Así lo afirma el distinguido historiador dominicano Emilio Cordero Michel. Y si estando prisionero, luego de ver cómo torturaban y asesinaban a sus compañeros en los centros "La 40" y "El 9", para salvar la vida de su ahijado Pablito Mirabal y la propia, flaqueó, ello no es nada criticable, acota Cordero Michel. Sin tardanza, añade que lograda su libertad, después del ajusticiamiento de Trujillo, Delio pudo refugiarse en Miami donde lo hubieran acogido y empleado en las agresiones contra Cuba; pero tuvo la grandeza de regresar a La Habana, donde se reintegra al proceso revolucionario. Al principio se hallaba un tanto aislado, no obstante, su conducta vertical facilitó la reincorporación. Huelga decir que en Cuba se le ratificaría su rango militar. Además, el gobierno dominicano –luego del asesinato de Trujillo, le concede la ciudadanía, lo condecora, le obsequia un apartamento y un automóvil nuevo asignándole una pensión mensual vitalicia (RD$40,000.00), de la cual dona la mitad (RD$20,000.00) a los fondos de ayuda a las viudas y descendientes de los internacionalistas cubanos caídos en diferentes países.[230]

---

230 Archivos de Félix Ojeda Reyes. Mensaje electrónico de Emilio Cordero Michel

El 13 de julio de 1959, a dos días de la captura de Gómez Ochoa, la Organización de Estados Americanos dispuso la celebración de una reunión extraordinaria en la ciudad de Santiago, República de Chile. La V Reunión de Consulta de Ministros de Relaciones Exteriores, constituida por los ministros de las 21 repúblicas que constituían entonces la OEA, se celebró del 12 al 18 de agosto con el propósito "de mantener la paz en América… a la luz de los principios y normas que rigen el sistema interamericano, y de los medios para asegurar la observancia por los Estados de los principios de no intervención y de no agresión".[231]

Al pleno de la V Reunión de la OEA le fue distribuido un cablegrama alegadamente firmado por Gómez Ochoa y dirigido al presidente de la asamblea, el diplomático chileno, Germán Vergara Donoso. El fraudulento mensaje decía "que Fidel no había hecho ninguna gestión diplomática, ni de otra índole para salvarme la vida y me había abandonado en la desgracia".[232] Oculto en la inmensa papelería del fondo Presidencia del Archivo General de la Nación Dominicana, hemos hallado la falsa petición de Gómez Ochoa. Dice así:

> Me permito informar muy respetuosamente a Vuestra Excelencia que me hallo preso en la República Dominicana como consecuencia de una invasión que encabecé cumpliendo órdenes del Primer Ministro Fidel Castro con quien combatí durante dos años en la Sierra Maestra para derrocar el gobierno de Batista.
>
> En vista de que el Primer Ministro Fidel Castro me ha abandonado en la desgracia y no ha hecho ninguna gestión diplomática ni de

---

al autor, 25 de septiembre de 2011.

231 *Quinta Reunión de Consulta de Ministros de Relaciones Exteriores. Acta Final.* Santiago de Chile. 12 al 18 de agosto de 1959. Washington, D. C.: Secretaría General de la OEA, 1960, p. 3.

232 Gómez Ochoa. *La victoria de los caídos*, p. 177.

ninguna otra naturaleza para salvarme la vida, recurro a Vuestra Excelencia y por su digno conducto a los demás Ministros de Relaciones Exteriores de las Repúblicas americanas, para rogarles que se dignen considerar mi caso y poner en práctica alguna providencia en mi favor tomando en cuenta que soy comandante del Ejército cubano y de que actué en acatamiento de órdenes superiores.[233]

Del también cubano Pablo Mirabal Guerra, otro de los torturados, la periodista Ángela Peña ha escrito un valioso ensayo :
Bajó quebradas, caminó por sobre las piedras de ríos y arroyos para no dejar huellas, subió a los estribos de las montañas, se adentró en bohíos y bodegas adquiriendo precarios alimentos, sufrió la decepción de ver pasar el dos de julio sin que llegara el prometido avión con alimentos, armas y medicinas que traería el Jefe de la Aviación Cubana Díaz Lanz, caminó por entre plantones de caña, espesos maizales, punzantes tibíes y guasábaras.[234]

No estamos inventando historias, pero Mirabal Guerra es la imagen ideal con la que sueña el comunicador social para tejer, en un instante de inspiración, la historia que todos interesan leer. Las torturas le dejaron huellas imborrables de dolor y de sufrimientos.

---

233 Archivo General de la Nación Dominicana. Fondo Presidencia. Sección Palacio Nacional. Actos terroristas. Cablegrama del comandante Delio Gómez Ochoa a Germán Vergara Donoso, presidente de la Conferencia de Ministros de Relaciones Exteriores, Santiago de Chile, 14 de agosto de 1959. Penitenciaría de La Victoria, República Dominicana.

234 Ángela Peña. "Pablito Mirabal. El mozalbete que en 1959 vino a luchar, con las armas, contra la tiranía de Rafael L. Trujillo". *Hoy*. Santo Domingo, 3 de julio de 2005.

Ángela Peña dice que luchaba con muchísima audacia y decisión:

> sobreviviendo a balaceras, bombardeos, emboscadas, haciendo caso omiso al chirrido de los cerrojos de los fusiles enemigos, enfrentando los tiroteos y bombardeos de la poderosa aviación de Trujillo. Lo que no pudo resistir fue el trauma de presenciar las sádicas y crueles torturas de La 40, sufridas por él y sus compañeros, y enloqueció, por lo que fue trasladado al manicomio. El doctor Antonio Saglul, director del centro, recibió al intrépido muchacho que lo saludó con estas palabras: 'Si me trancan me suicido'. Todos creían que sería fusilado como era costumbre con los presos políticos. Pablito tuvo suerte.[235]

El Dr. Saglul asegura que "el niño de la invasión" comenzó a sufrir de psicosis carcelaria. En La Cuarenta, cuando el propio Johnny Abbes le interrogaba, otro de los cubanos detenidos escupió la cara de aquel psicópata que de inmediato desenfundó su arma de reglamento ultimándolo de un tiro en la cabeza. "El asesino me pidió silencio –le confesaría el niño de la invasión al Dr. Saglul– y para ello me sentó en la silla eléctrica. Al segundo corrientazo olvidé todo y cuando desperté me encontré aquí".

Así, alucinando, con su mente destruida por tantas torturas, llegó Mirabal Guerra al Manicomio. Algunos meses de vida en la institución y con el afecto y la vigilancia de todos, rápidamente desaparecería la psicosis. Entonces fue enviado al reformatorio de San Cristóbal.[236]

En noviembre de 1959 se iniciaron los juicios contra los seis expedicionarios que se hallaban con vida. A cada detenido se le

---

235  Ángela Peña. *Ibid.*
236  Andrés Blanco Díaz (Ed.). *Antonio Zaglul. Obras selectas.* Tomo I. Santo Domingo: Archivo General de la Nación Dominicana, 2011, pp. 83-86, 306-307.

impuso una sentencia de 30 años de prisión. También tenían que pagar una multa de 100 millones de pesos en compensación por los daños ocasionados.

No se trata de prenderle una velita a todos los santos para implorar por la salvación de los combatientes, pero en febrero de 1960, tras siete meses de detención, Poncio Pou Saleta, Mayobanex Vargas, Francisco Medardo Guzmán y Gonzalo Almonte Pacheco fueron indultados. De los presos políticos dominicanos fue Almonte Pacheco quien corrió la peor suerte. Dos meses después de su liberación lo asesinaron en la cárcel de La 40.[237]

Al comandante Gómez Ochoa y su ahijado, Pablo Mirabal Guerra, los expulsaron de la República luego del asesinato de Trujillo, ocurrido el 30 de marzo de 1961. El 9 de junio de ese año fueron trasladados a la capital de Jamaica y, de Kingston, continuaron viaje hasta la tierra prometida. Días más tarde, Gómez Ochoa contrae nupcias con Acacia Sánchez Manduley, quien estuvo encargada de la oficina que le daba apoyo al proyecto antitrujillista. Mirabal Guerra, por su parte, enfrentaría la muerte de forma trágica. Dejemos que sea su padrino quien nos hable del deceso:

> al salir de su casa, en el barrio residencial llamado 'La Habana del Este', cuando se disponía a tomar el ómnibus, lo sorprendió una lluvia inesperada. Iba acompañado de su esposa y ambos decidieron regresar al hogar para guarecerse. La tomó de la mano y en ese preciso instante fue fulminado por una descarga eléctrica que cayó muy cerca de él... El arco eléctrico lo alcanzó debido a que llevaba herraduras en sus botas militares y quedo

---

237 Gonzalo Almonte Pacheco emigró a Venezuela en 1945. Era casado y padre de cinco niños. Se ganaba la vida conduciendo taxímetros. Salió del aeropuerto de Maiquetía con destino a Cuba el 22 de marzo de 1959. Al momento de su muerte tenía 41 años.

instantáneamente muerto. Su esposa Erenia sobrevivió.[238]

Por aquellos días la esposa de Mirabal Guerra estaba encinta. Hoy, la hija de ambos, Tamara, a la que Pablito nunca conoció, es una mujer egresada del sistema educativo cubano, totalmente identificada con los ideales personificados por su progenitor.

---

238 Gómez Ochoa. Op. cit., p. 322.

# Estero Hondo y Maimón

Dr. Emilio Cordero Michel, distinguido historiador
dominicano, recientemente fallecido.

Expediciones marítimas, cuerpos calcinados irreconocibles.

Mártir dominicano de las
expediciones marítimas:
Julio Raúl Durán.

ROUTINE:

SENT HABANA 191 RPTD INFO CTRUJILLO 109

On bais info from Embassy Ciudad Trujillo Department informed
Benigno Chervony that strong presumption his son David killed in
Dominican invasion.

New York Times Augsut 9 carried long front-page story "Dominican
Rebels Recruit Puerto Rican Troops Here" which "adds fresh confirmation
to charges that Castro Government provided base for invasion against
Trujillo Regime".  States that Moises Agosta and Eugenio Roman still
missing but Daniel Chervony, Pablo Verdez, Santiago Carbonell and
Manuel Costa have returned to US from Cuba after refusál participate
in invasion.

Times story August 10 states Daniel Chervony and Carbonell alleged
training camp in Cuba was dominated by Communists.  Also gives
details of recruitment in New York by Dominican exiles.

DILLON

Mensaje al Departamento de Estado de Estados Unidos sobre
David Chervoni y los puertorriqueños en República Dominicana.

La Tínima debe su nombre a un río de Cuba.

En honor a los mártires del 14 de Junio.

República Dominicana. Monumento a los héroes y mártires de las expediciones contra la dictadura de Trujillo. Nómina de los puertorriqueños caídos.

# Estero Hondo y Maimón

En el comienzo se había previsto que el proyecto aéreo, de 56 hombres, llegaría a Constanza el domingo 14, mientras el proyecto náutico, con 166 combatientes, desembarcaría en la medianoche del 14, o en la madrugada del lunes 15. Dos lanchas expropiadas por el gobierno cubano, la Tínima y la Carmen Elsa, encabezaban las expediciones marítimas. José Horacio Rodríguez Vásquez, dominicano, doctor en derecho por la Universidad de Santo Domingo (hoy Autónoma),[239] dirigía el proyecto náutico. Rodríguez Vásquez viajaba en la nave capitana, la Carmen Elsa, una lancha de andar lento, de 65 pies de largo, que pertenecía a la esposa de Fulgencio Batista. La Carmen Elsa estaba capitaneada por Stelio Bellelis, alias El Griego, reclutado por el Movimiento de Liberación Dominicana (MLD). La Tínima[240] pertenecía a Carlos Prío Socarrás, expresidente de la república, estaba capitaneada por Francisco Martín Fernández, español, y tenía como comandante a José Antonio Campos Navarro[241].

En los astilleros de Casa Blanca, en La Habana, se fortificaron las cubiertas de las embarcaciones, instalándoles ametralladoras en ambos extremos, calibre 50 en la proa y de 30 en la popa. Además, viajarían provistas de bazucas y de morteros. Las lanchas zarparon

---

239  Rodríguez Vásquez tenía, además, un doctorado en Banca por la Universidad de Harvard.
240  La embarcación debía su nombre a un río localizado en el centro de Cuba.
241  Aunque nace en Colombia, Campos Navarro era dominicano y veterano de la Guerra de Corea. En 1958 participó en el frustrado intento que acaudillaba Manuel Batista Clisante. Interceptado por las autoridades estadounidenses, al proyecto le incautan armas y un avión que utilizarían en la expedición.

en el atardecer del día 13 desde la Bahía de Nipe, en el oriente cubano. La Carmen Elsa al frente, con 121 hombres, de los cuales regresarían a Cuba por motivos de enfermedad, 25, para quedar un total de 96. La Tínima le seguía la estela a la nave capitana con sus 48 expedicionarios. Lo que hacía un total de 144 hombres en el proyecto marítimo.[242]

En las tareas de traslado y apoyo participaron tres unidades de combate de la armada cubana: las fragatas Antonio Maceo, José Martí y Máximo Gómez.[243] Emigdio Báez Vigo, navegante de la fragata José Martí, escoltó a la Carmen Elsa hasta un lugar cercano a las Bahamas. De ahí en adelante el yate continuó hacia su objetivo.

Los expedicionarios perseguían el propósito de formar tres pequeños focos, pero de inmediato, tropiezan con el principal obstáculo del proyecto: la falta de una organización interna, sólidamente estructurada, que diera el soporte que tal proyecto necesitaba. El partido, el movimiento de masas, no existía.

En alta mar, a pocas horas de marcha, comienza un drama terrible. Las máquinas del buque guía de la expedición sufren un grave percance. Durante cuatro días la Carmen Elsa estuvo a la deriva. La situación se tornaba insoportable para los combatientes. No tenían nada de comer. El agua se les terminaba y pronto se les agotaría el combustible.

El día 16, la Carmen Elsa se hallaba al garete. Los fuertes vientos, las peligrosas condiciones de un mar convulso, así como la falta de agua y de alimentos, producen en muchos hombres mareos, vómitos, deshidratación y fiebres severas. Todos le echan la culpa a Bellelis de sabotear la expedición. Hubo un momento en que estuvo a punto de ser linchado por los tripulantes. Se salvó gracias a la pronta intervención de los oficiales cubanos de la fragata Máximo Gómez.

---

242 Anselmo Brache, p, 86.
243 Delio Gómez Ochoa informa que los oficiales de las unidades marítimas que participaron en el apoyo a los expedicionarios (y todavía viven) serían entrevistados para la edición cubana de su libro *La victoria de los caídos*, publicado bajo el sello Casa Editorial Verde Olivo en 2009.

El Dr. Danilo Estrada, uno de los expedicionarios que regresó a Cuba, dice que la sed era tal que algunos hombres decidieron tomar agua de la que se usaba para enfriar el motor de la embarcación, "la cual por estar mezclada con aceite empeoró nuestro estado".[244] Algunos renglones más adelante, Estrada añade:

> El único incidente que ocurrió, y no llegó a plasmarse fue cuando nuestro compañero Moisés Agosto, joven puertorriqueño, trató de suicidarse haciéndose un disparo en la sien con el fusil Garand que portaba, pero afortunadamente pude impedirlo a tiempo.[245]

Un total de 25 hombres tuvo que regresar a Cuba, 21 de ellos por estar extremadamente enfermos. Tres de éstos serían acusados de traición, particularmente Bellelis, encargado del timonel de la nave capitana. A su llegada, los encausados fueron arrestados e ingresados en la cárcel de La Cabaña. Al Dr. Danilo Estrada se le encomienda informar lo ocurrido a la alta dirección del Movimiento de Liberación Dominicana.

Una de las fragatas que auxilia a la Carmen Elsa tiene que remolcar y arreglar los motores de la nave averiada. La Tínima también regresa a Cuba donde sus hombres pueden descansar algunos días. Restablecidos del malestar, luego de la reparación de la nave capitana, el proyecto marítimo vuelve a la carga…

El sábado 20 de junio, cuando todo estaba listo para desembarcar, un navío de la dictadura los detecta. El tiroteo comienza en alta mar. Desde la base aérea de Santiago se envía una escuadrilla de aviones. Los ataques, tanto de la aviación como de la marina trujillista, causan algunas bajas. Uno de los primeros en caer fue José Horacio Rodríguez Vásquez. Herido de muerte, el guerrero dominicano ordenaba a los combatientes continuar su avance.

---

244  Hugo A. Ysalguez, p. 24.
245  El testimonio del Dr. Danilo Estrada se puede leer en Ysalguez, p. 24.

Los patriotas trataron de ascender hacia las colinas. Mientras tanto, aviones de la dictadura lanzaban poderosas bombas incendiarias. Muchos cuerpos calcinados serían hallados en la orilla de la bahía. Joseph Taylor, corresponsal de Prensa Unida Internacional, fue la primera persona, no miembro de las Fuerzas Armadas o del gobierno, en girar visita al escenario de la contienda. La posición de los cadáveres en la playa, la tierra quemada y el equipo abandonado, sugieren un perímetro de combate de unos dos kilómetros de profundidad por uno de ancho.[246]

Anclada cerca de la costa, la Carmen Elsa fue partida en dos por el impacto directo de una bomba de fragmentación. Soldados que participaron en el combate dicen que el encuentro había comenzado a las cinco de la mañana y continuaría ininterrumpidamente durante catorce horas.

El flujo de información que por aquellos días circula entre el gobierno de Trujillo y la Embajada de Estados Unidos es constante. Los documentos llegados a la Embajada se procesan y se envían a Washington. Veamos el siguiente mensaje, confidencial, de Farland al Secretario de Estado, fechado el mismo día del desembarco:

… dos lanchas de asalto procedentes de Cuba desembarcaron los grupos de invasión en el área Bahía de Maimón y La Cortadera, ambos puntos al oeste de Puerto Plata, y ahora la lucha continúa. Una corbeta dominicana hundió ambas lanchas de desembarco. El número de insurgentes todavía es desconocido. Mis cálculos en base a la descripción de las lanchas de desembarco puede aproximarse a 150. Las lanchas de desembarco navegaron desde la Bahía de Nipe en la punta del este de Cuba. Se presume que una de las lanchas ha sido nombrada Carmen Elsa. Cuarenta y siete insurgentes presuntamente asesinados cerca de

---

246 *El Mundo*, 1 de julio de 1959, pp. 1, 18.

Maimón y tres atrapados vivos. Los prisioneros serán interrogados inmediatamente y yo recibiré la información de inmediato. La situación en el área de Constanza se mantiene igual, con uno o más insurgentes capturados ayer por la tarde. Ahora se conoce que este grupo se adiestró en Mil Cumbres en Pinar del Río y que el avión que transportó el grupo a Constanza despegó desde una granja propiedad del gobierno cubano cerca de Manzanillo.[247]

Diez días después del combate, en la playa, se podían observar grandes cantidades de suministros rebeldes, incluyendo armas, municiones y alimentos. El corresponsal de Prensa Unida se había tropezado con un espectáculo aterrador. Los cuerpos tendidos a orillas de la playa estaban quemados y lucían irreconocibles. Otros, acribillados en la lucha por alcanzar los cerros, serían presa de buitres y de hormigas. Ahora sólo quedaban huesos blancuzcos y descuartizados.[248] La dictadura no tuvo la delicadeza de darle sepultura a los muertos.

Entretanto, la Tínima lograba penetrar por Estero Hondo. Los expedicionarios se fraccionan en sendos grupos. El fuego enemigo, indiscriminado, arrasa todo lo que está a su alcance. El sábado 20 de junio la Tínima resulta destruida.[249] Los ataques aéreos duran 12 horas. Hay en la zona alrededor de 3,000 soldados de la dictadura:

poco a poco los expedicionarios de ambos yates fueron exterminados por los indiscriminados bombardeos, además del accionar de los

---

247  NARA. College Park, Maryland. Telegrama de Farland al Secretario de Estado, 20 de junio de 1959, confidencial con copia a la Embajada de Estados Unidos en La Habana. Traducción de Clemente Armando Díaz. Véase además el memorando de conversación entre Farland y Ernest B. Gutiérrez: "Landing on the North coast of the Dominican Republic", 20 de junio de 1959.
248  *El Mundo*, 1 de julio de 1959, pp. 1, 18.
249  Sobre la Tínima, véase a Anselmo Brache, pp. 132, 133, 146 y 149.

tanques, la artillería pesada y la infantería. Sólo unos pocos lograron romper el cerco enemigo, y varios meses después, durante los primeros días de septiembre, cayeron combatiendo los últimos miembros de este grupo, el norteamericano Larry Bevins y el español Francisco Álvarez, quienes decididos a vender caras sus vidas, hicieron varias bajas a los militares antes de caer.[250]

Como es de esperarse, el periódico *La Nación* presenta sus titulares en letras de baratillo: "Trujillo dirige defensa. Exterminan intento de invasión por costa norte de la República. Unidades de la Marina de Guerra hunden dos lanchas invasoras y la Aviación Militar Dominicana los ametralla, originando 'un infierno de fuego'. Campesinos eliminan a machetazos a los que llegan a tierra. Encuentran cadáveres en Constanza. Generalísimo informará al Congreso Nacional".[251]

El Ministro de Relaciones Exteriores de la dictadura, sin cita o notificación previa, se presenta en la Embajada de Estados Unidos a eso de las 11:15 de la mañana del 27 de junio. Llega con el propósito de entregar un mensaje personal del Generalísimo: "que entre las fuerzas armadas dominicanas existe la fuerte opinión de emprender un ataque contra Cuba como medida defensiva. El Ministro de Relaciones Exteriores informó que el Generalísimo desea que el Gobierno de E. U. sepa que él no permitirá ni sancionará un ataque contra Cuba. En caso de que Haití sea atacada y requiera asistencia militar la República Dominicana proveerá la misma, pero en ningún caso el GORD extenderá sus operaciones militares más allá de esa isla".[252]

El lunes 29 de junio, con la intención de probar que la

---

250 Gómez Ochoa, p. 173.
251 *La Nación*. Santo Domingo, 24 de junio de 1959. Cortesía de Mercedes Alonso.
252 Department of State. Confidential telegram. From Ciudad Trujillo to Secretary of State. No. 530, June 27, 1959. Control: 20487. Firmado: Joseph S. Farland.

rebelión ha sido aplastada, Trujillo presenta personalmente las armas capturadas. Durante un recorrido organizado para corresponsales de Estados Unidos, el dictador asegura que el Ejército, con la ayuda de campesinos armados de machetes, buscan cuidadosamente, en las montañas vecinas a Constanza, a los pocos rebeldes que podían haber escapado. Es la primera aparición que hace *El Jefe* para explicar los acontecimientos. Trujillo y su hijo Ramfis presentan a los corresponsales:

> un cuarto lleno de armas oxidadas y quemadas, entre las que figuran una bazuca; 60 fusiles M-1; 12 fusiles automáticos; 15 pistolas; dos ametralladoras calibre 50; un número de cajas de granadas de mano y cartuchos contra tanques; dos aparatos transmisores y receptores de radio y las banderas de Estados Unidos que usaron las embarcaciones de los rebeldes.
>
> El general Rafael Trujillo Martínez (Ramfis) explicó que el número de armas capturadas era mucho mayor, pero que los campesinos que ayudaban al gobierno se quedaron con muchas de ellas.
>
> Ramfis le informó a los corresponsales que la mayoría de las armas tenían cuidadosamente limados los números de serie, pero dijo que había unas pocas que aún los tenían.
>
> Ramfis declaró que los oficiales dominicanos que se habían entrenado con el ejército venezolano reconocieron que las bazucas y cohetes eran venezolanos. Agregó que la identificación es positiva, pues Venezuela es el único país del Caribe que usa ese tipo de bazuca.[253]

---

253 *El Imparcial*. San Juan, 30 de junio de 1959, pp. 2, 30. Véase también el periódico

El hijo de Trujillo calculaba en unos 140 hombres el número de expedicionarios de las dos lanchas. De ese total se recogieron 125 cadáveres. El resto se cree que perecieron en el mar. La posibilidad de que alguien pudiera salir con vida y logrado internarse en tierra era improbable.[254] Muchos de los caídos serían identificados por documentos y fotografías en su poder.

El puertorriqueño Luis O. Ramos Reyes fue uno de los mártires que llegó a tierra dominicana por Maimón. Es muy poca la información sobre Ramos Reyes acopiada hasta el momento. No obstante, sabemos que lo apresaron en las inmediaciones de Imbert y fue asesinado por los esbirros de la dictadura. Amerita citar el siguiente documento, suscrito en Puerto Plata por el sargento de la Policía Nacional, Dimas Calderón Ferreyra, en el que equivocadamente se informa que Ramos Reyes era un segundo teniente del Ejército de Cuba:

> 1. Respetuosamente, cumplo con el deber de informarle a esa Superioridad… la labor realizada por la Policía Nacional, destacada en el Puesto de Imbert, en la invasión a ésta de fecha 20=6=59, mientras me encontraba como Jefe de Puesto, conjuntamente con los Rasos Carlos María Grullón González, Juan Segura Trinidad y Juan Cabrera Díaz, P. N., donde estuvieron más invasores y fueron capturados vivos el 1er. Tte. Antonio Sánchez, del Ejército Cubano, *2do. Tte. Luis Ramos, cubano*, Dr. Frank Grullón, dominicano, conjuntamente con tres más, Federico Larancuent, dominicano, con tres más, Guillermo Ducudray, dominicano, conjuntamente con otros más y tres más que

---

El Mundo de esa misma fecha.
254  *El Imparcial.* Ibid.

trataron de invadir el Puesto, P. N., de nombres Castro y Almarante y el otro no recuerdo su apellido. Todos fueron capturados por personas de la clase civil y la Policía Nacional y entregados al Tte. Coronel Renato Hungría, E. N., y varios fueron muertos por informaciones que le hiciera la Policía en los sitios que se encontraban. También la Policía le llevaba la comida a los Alistados del E. N., a la línea de fuego en Maimón, que era enviada desde Santiago por el Tte. Coronel Montás G., E. N., así como también el suscrito le prestó todas las atenciones necesarias a los miembros del Ejército Nacional.[255]

Ya hemos dicho que de las expediciones marítimas (144 combatientes) no hubo sobrevivientes. Pero del Frente de Constanza, 6 expedicionarios del grupo Gómez Ochoa quedaron con vida. Es decir, que de los 198 combatientes que llegaron entre el 14 y el 20 de junio a la tierra dominicana: "menos de la tercera parte (29%) murieron en acciones de guerra; menos de la quinta parte (16%) fueron apresados estando heridos y rematados en el lugar; un poco más de la décima parte (15%) fueron apresados ilesos y fusilados en el lugar de rendición; casi la mitad (40%) llegaron ilesos a la Base Aérea de San Isidro luego de ser apresados y un poco más de la tercera parte (36%) fueron triturados en las cámaras de tortura y los que resistieron, finalmente masacrados en el CEFA ante pelotones de ejecución. Quedaron solamente 6 con vida, equivalentes al 3% y, un total de 97% murió heroicamente".[256]

---

255 República Dominicana. Policía Nacional. *Informe sobre la labor realizada por la Policía Nacional, destacada en el Puesto, P. N., de Imbert, en la invasión de fecha 20=6=59.* Del Sgto. Dimas Ant. Calderón Ferreyra al Jefe de la Policía Nacional, Ciudad Trujillo, D. N. Puerto Plata, 15 de junio del 1960. (Cortesía de Emilio Cordero Michel).

256 Emilio Cordero Michel. *Las expediciones de 1959.* Mimeografiado, 2009, p. 24. (Cortesía de Emilio Cordero Michel).

En protesta por los sangrientos y brutales asesinatos, el secretario de Primera Clase de la Delegación Permanente de la República Dominicana en Naciones Unidas, Emilio Cordero Michel, renunció a su cargo solicitanto de inmediato asilo político en Estados Unidos. El periódico *El Imparcial*, de San Juan, se hizo eco de unas declaraciones del distinguido historiador antillano:

Yo, Emilio Cordero Michel… presento formalmente mi renuncia al cargo que desempeño por causa de la repulsiva y constante violación a que tiene sometidos todos los principios fundamentales de los derechos humanos universales el gobierno de Trujillo.

Los sangrientos y brutales asesinatos y los bombardeos indiscriminados que ha sufrido el oprimido pueblo dominicano en su lucha por eliminar la nauseabunda dictadura impuesta a mi pueblo durante 30 años me ha asqueado. Esta tiranía incivilizada ha levantado indignación en mi y en la conciencia de todos los países latinoamericanos y ha dado lugar a una actitud de total disgusto hacia el autor de estas acciones, las más criminales en la historia de la República Dominicana. Mi simpatía y apoyo están irrevocablemente entregados al pueblo dominicano que en este momento crítico e histórico clama por su libertad.[257]

Dentro de tal contexto debo referirme a los documentos

---

257 *El Imparcial*, 11 de julio de 1959, pp. 6, 55. En la mañana del 9 de julio, Alfonso Canto llama a Ernest B. Gutiérrez, oficial a cargo de los asuntos dominicanos en el Departamento de Estado, para informarle que el primer secretario de la delegación dominicana en Naciones Unidas, Dr. Emilio Cordero Michel, había decidido renunciar a su cargo. (NARA. College Park, Maryland. Memorando de conversación, 9 de julio de 1959). Alfonso Canto formaba parte de la alta dirección del MLD.

depositados en el Archivo Central de la Universidad de Puerto Rico relacionados con el Dr. José Cordero Michel, asesinado brutalmente, en el Frente de Maimón, por la dictadura trujillista. José era el hermano menor de nuestro buen amigo, el historiador Emilio Cordero Michel.

La Certificación Número 1238, expedida el 9 de abril de 1959 por José Ramón Ortiz, director de la Oficina de Personal Docente de la Universidad de Puerto Rico, autoriza que se pague a José Cordero Michel una cantidad (no revelada)[258] "en calidad de honorarios por conferencias al Instituto de Estudios del Caribe tituladas: 'Ingresos nacionales de la República Dominicana', 'La Economía dominicana' y el 'Desarrollo económico en el Caribe con referencia especial al caso de la República Dominicana'. Además servirá de consultor acerca de la adquisición de libros sobre la República Dominicana".[259]

El hermano del Dr. Emilio Cordero Michel iba a ser reclutado como profesor visitante de la Universidad de Puerto Rico durante el período comprendido entre el 5 y el 11 de abril de ese año. El Dr. José Cordero Michel estaba en la obligación de dictar las conferencias antes mencionadas en la antigua sede del Instituto de Estudios del Caribe.

Examinemos ahora el expediente académico del Dr. José Ramón Enrique Cordero Michel, depositado en el Archivo Central de la Universidad de Puerto Rico, pues estamos frente a un verdadero *scholar*, educado en Estados Unidos, Escocia, Londres, París y Santo Domingo. A juzgar por su currículum vitae, redactado por él en inglés,[260] José Cordero Michel nace el 7 de enero de 1931 en la ciudad

---

258  El Dr. José Cordero Michel devengaría honorarios por la cantidad de 125 dólares según lo informa un memorando suscrito por el profesor Millard Hansen, dirigido al Dr. William H. Preston, Jr., Decano de Administración de la UPR. (Archivo Universitario. Memorando por conducto del profesor Adolfo Fortier, Decano interino de la Facultad de Ciencias Sociales, 16 de marzo de 1959. Universidad de Puerto Rico. Recinto de Río Piedras). Además, se le pagarían los gastos de viaje entre Nueva York y Puerto Rico hasta un máximo de $139.20.
259  Archivo Universitario. Certificación Núm. 1238, 9 de abril de 1959. Universidad de Puerto Rico. Recinto de Río Piedras.
260  José dominaba tres idiomas: francés, inglés y español. Además, "se defendía" en italiano y portugués.

dominicana de Santiago. Es el segundo hijo de una familia de clase media compuesta por José Ramón Cordero Infante y Cristina Michel Vásquez. Cursa la educación primaria en el Colegio Muñoz Rivera, una institución privada propiedad de puertorriqueños, y asiste a la Escuela Normal Presidente Trujillo. En 1947 fue expulsado de ese plantel por su militancia en el movimiento estudiantil. Regresa a la ciudad de Santiago donde estudia en la Escuela Normal Ercilia Pepín.

En octubre de 1953 termina su doctorado en Derecho que le fuera otorgado por la Universidad de Santo Domingo. Hizo estudios graduados en la Universidad de Wisconsin. Un año más tarde, en 1954, se traslada a Perth, en el centro de Escocia, y luego viaja a Londres. En junio de 1958 aprueba los exámenes de la Universidad de París conducentes al doctorado en Economía Política. No tuvo tiempo de terminar su tesis doctoral que había titulado: "El desarrollo del capitalismo en la República Dominicana".[261]

Por aquellos días, Cordero Michel vivía en el 176 Oeste de la Calle 87, en el llamado "Upper West Side" de la ciudad de Nueva York. Lamentablemente, la intención de viajar a Puerto Rico como profesor visitante no se materializa y de Nueva York se traslada a Cuba donde inicia su adiestramiento militar. Luego del desembarco cae prisionero y es fusilado con crueldad por la dictadura.

José Ramón Cordero Michel llegó a la República Dominicana en las expediciones marítimas: "Vino por Maimón –reflexiona su hermano–, y aunque sobrevivió a los bombardeo y los cercos, lo hicieron prisionero a finales de junio. Tengo fotos de él en las que son visibles los golpes que recibió en la frente cuando lo tiraron del avión en San Isidro. Después de someterlo a otros bárbaros tormentos, llegaron hasta a sacarle los intestinos. Con ellos afuera lo llevaron al sitio donde lo fusilaron, el 8 de agostos".[262]

---

261  Archivo Central de la Universidad de Puerto Rico. Recinto de Río Piedras. José Ramón Enrique Cordero Michel. Currículum Vitae, s. f.
262  El testimonio lo recoge en una conmovedora entrevista la periodista cubana Mercedes Alonso Romero. (Delio Gómez Ochoa. *La victoria de los caídos*. La Habana: Casa Editorial Verde Olivo, 2009, pp. 322-323).

José Ramón tenía 28 años de edad. En 1962 la revista *Caribbean Studies,* del Instituto de Estudios del Caribe de la Universidad de Puerto Rico, publicaría póstumamente un importante trabajo del mártir dominicano.[263]

Igual que Emilio Cordero Michel, el Embajador Extraordinario y Plenipotenciario de la República Dominicana en Ecuador, Homero Hernández Almánzar, dimitiría a su cargo. El 15 de julio de 1959, en cablegrama a Trujillo, esto dice Hernández Almánzar: "Cúmpleme presentar irrevocable renuncia como Embajador Extraordinario Plenipotenciario en Ecuador motivado atropellos y masacre despiadada contra mejores familias pueblo y campesinos dominicanos. Repudio esa actitud. Sea humano evite derramamiento sangre humana. Abandone República. Tampoco comparto alegatos Gobierno sobre asilados políticos Embajada Venezuela ahora Ecuador basados renuncia derecho diplomático asilo después haberlo ejercitado Gobierno Dominicano derrocamiento Pérez Jiménez. Trátase impedir única protección ciudadana… Viva la Patria. Fdo. Embajador Homero Hernández Almánzar".[264]

El 7 de julio Hernández informaba a Prensa Unida Internacional que los combatientes internacionalistas que habían llegado a su país estaban abriendo un nuevo camino de libertad. La sangre derramada no sería desperdiciada inútilmente. En esos momentos se estaba escribiendo en la República la página más brillante de su historia contemporánea. Apenas unos días después, el 10 de julio, la Universidad de Santo Domingo declaraba al licenciado Homero Hernández Almánzar "hijo indigno" de esa institución educativa.

Mientras tanto, el criminal sin fronteras se daba a la tarea de organizar una Legión Extranjera constituida por miles de

---

263 José Ramón Enrique Cordero Michel. "Datos sobre la reforma agraria en la República Dominicana". *Caribbean Studies.* Vol. 2, No. 1 (Abril 1962), pp. 23-33.
264 Archivo General de la Nación Dominicana. Fondo Presidencia. Sección Palacio Nacional. Del Secretario de Estado de la Presidencia al Señor Secretario de Estado de Relaciones Exteriores. Solicitud de cable de renuncia de Homero Hernández Almánzar, 15 de julio de 1959.

mercenarios, anticomunistas todos, llegados de Francia, España, Alemania, Grecia, Inglaterra y Estados Unidos. La Legión también se nutría de cubanos que habían rendido generosos servicios a la dictadura de Batista.[265]

Motivado por los sucesos de Constanza, Maimón y Estero Hondo, Trujillo inició una nueva conjura contra Cuba. El complot tuvo como centro neurálgico el aeropuerto de Trinidad, una de las ciudades coloniales mejor conservadas de nuestra América, ubicada en la región central de Cuba. Hasta allí llegaría la Legión Extranjera, pero en Trinidad se le hizo creer a las fuerzas de Trujillo, mediante comunicaciones radiales, que la zona estaba tomada por partidarios opuestos al nuevo gobierno cubano. La desinformación sería venenosa. El 13 de agosto de 1959 aterrizaba en el aeropuerto de Trinidad una nave de la fuerza aérea de Trujillo. Ese mismo día, en un santiamén, las fuerzas revolucionarias liquidaron el brote de antiguos batistianos junto a mercenarios de la Legión Extranjera.

---

265 *FRUS*, 1958-1960. Vol. V, p. 325.

# Al volver la mirada

Homenaje a los héroes del 14 de Junio.

Delio Gómez Ochoa junto a Enrique
Jimenes Moya. Cuba, 12 de junio de 1959.

Miguel Ángel Menéndez Vallejo, "Mickey", de madre dominicana en padre puertorriqueño, mártir de las expediciones marítimas en el frente de Estero Hondo. (Foto cortesía familia Menéndez Vallejo).

Oficinas del Departamento de Estado de Estados Unidos en Washington D. C.

Charge:       CONFIDENTIAL
_____
            Classification      Control:

                                    Date:   June 30, 1959

SENT TO:   SECSTATE WASHINGTON   539

Deptel 505 and Embtel 513.

As reported referenced Embtel GODR advised me Enrique Jimenez Moya killed June 23. On evening June 24 Manuel De Moya showed me picture of Jimenez in magazine Bohemia, then three photos of cadaver. Similarity striking and to all appearances same individual. Subsequently De Moya showed pictures to AP correspondent Harold Milk who likewise acknowledged similarity and expressed opinion pictures were of Jimenez' cadaver. UPI's Joe Taylor and NY Times' Ted Szulc have seen pictures also and reportedly have seen cadaver. No question their minds identity deceased. To Embassy Staff's knowledge these pictures have not repeat not been placed on public display.

                             FARLAND

Cablegrama confidencial del embajador de Estados
Unidos en República Dominicana, Joseph S. Farland, al
Departamento de Estado, 30 de junio de 1959.

La Raza Inmortal.

El expedicionario puertorriqueño Moisés Rubén Agosto
Concepción, asesinado cruelmente en la República Dominicana.

Lucas Pichardo y Miguel Álvarez Fadul, mártires de las expediciones del 14 de Junio.

Desde la izquierda: Delio Gómez Ochoa, Gonzalo Almonte Pacheco, Mayobanex Vargas, Merardo Germán y Poncio Pou Saleta, en uno de los juicios.

## LA NACION 5

AÑO XX — Nº 6945 — Ciudad Trujillo, R. D. MIERCOLES 24 de Junio de 1959 AÑO 30° DE LA ERA DE TRUJILLO

TRUJILLO DIRIGE DEFENSA

# Exterminan Intento de Invasión Por Costa Norte de la República

## Unidades de la Marina de Guerra Hunden Dos Lanchas de Invasores Y la Aviación Militar Dominicana los Ametralla, Originando un "Infierno de Fuego". – Campesinos Eliminan a Machetazos a los que Llegan a Tierra. – Encuentran Cadáveres Invasores en Constanza

### Generalísimo Informará Al Congreso Nacional

Generalísimo y Doctor Rafael L. Trujillo Molina, Benefactor de la Patria y Padre de la Patria Nueva.

La prensa trujillista habla...

241

# Al volver la mirada

Pienso que a los puertorriqueños nos gusta mucho la palabra "esperanza". Es la gloria prometida, algo así como "una promesa de pago cuyo cumplimiento se aplaza". Así lo advierte Neruda e imagino que es lo que sucede con los combatientes puertorriqueños del 14 de Junio. En la patria de Betances hemos aplazado el reconocimiento a nuestros mártires. En el Puerto Rico de hoy, lamentablemente, nada se sabe de ellos; sin embargo, esos valientes jóvenes fueron declarados Héroes Nacionales de la República Dominicana. He aquí la nómina de los caídos:

Moisés Rubén Agosto Concepción, del Frente de Maimón;

Luis Álvarez, del Frente de Estero Hondo;

David Chervony, del Frente de Constanza;

Luis O. Ramos Reyes, del Frente de Maimón;

Juan Reyes Reyes, del Frente de Maimón; y

Gaspar Antonio Rodríguez Bou, del Frente de Constanza.

Ya hemos mencionado a otros puertorriqueños de Nueva York implicados en los sucesos: Fernando López Olmo y Eugenio Román, del yate Carmen Elsa, ambos enferman en alta mar y tienen que regresar y quedar en Cuba. Finalmente, a Miguel Escalera lo debemos identificar como un hombre sensato y silencioso, hijo de boricuas, pero su nacionalidad es dominicana. Escalera nació en La Romana. Nunca estuvo en Mil Cumbres. Sabemos que era veterano del Ejército de Estados Unidos y combatió contra el fascismo durante la Segunda Guerra Mundial. Refinado instructor en armas de todos los calibres, Escalera se encargó de adiestrar a muchos de los expedicionarios puertorriqueños en los Poconos, las escarpadas montañas del estado de Pensilvania.

No amonestamos a nadie, pero debo preguntar por qué la prensa de San Juan desconoce la participación boricua en la lucha armada contra la dictadura de Trujillo. ¿Acaso se pueden atisbar las clásicas manifestaciones del prejuicio que siempre ha existido contra el puertorriqueño pobre de la diáspora? ¿O es quizá la sordina que con mucha astucia imponen los que en verdad y desde el exterior gobiernan a nuestro país?

A principios de agosto de 1959 el Departamento de Estado de Estados Unidos reconoce la solidaridad y la participación de muchos puertorriqueños en actividades dirigidas a condenar el gobierno de Trujillo.[266] Entonces, deben parecernos ridículas las declaraciones de Roy R. Rubottom cuando se refiere a los combatientes boricuas y dice sentirse avergonzado por los nuestros: "there have been a number of U. S. nationals (Puerto Ricans) involved in the attempts against the Dominican Republic. We are ashamed of these people and disavow them…"[267]

Entre los puertorriqueños del 14 de Junio, debemos destacar el nombre de Gaspar Antonio Rodríguez Bou. Es muy poca la información sobre él acopiada hasta el momento. Ya hemos dicho que llega a la República por Constanza, estuvo en el grupo vanguardia de la expedición aérea y desde que pisa la tierra dominicana se tuvo que batir a tiros con los soldados de la dictadura. Rodríguez Bou fue apresado el 4 de julio de 1959 y fusilado junto a Johnny Puigsubirá. Anselmo Brache dice que su familia materna es oriunda de Ponce. Tenía 30 años de edad.[268]

---

266 "The active support by Puerto Rican elements of anti-Trujillo activity, *including their participation in revolutionary expeditions* aiming at the overthrow of the Dominican Government, and the general sympathy in Puerto Rico for democratic forces opposed to Trujillo, have been an irritant to that Government, which has indulged in harsh verbal attacks on Governor Muñoz Marín. The Dominican Government has complained formally to the United States regarding this situation". (Véase, *American Republics. FRUS*, 1958-1960. Volume V., p. 327).

267 *FRUS*, 1958-1960. Vol. V., p. 299.

268 Anselmo Brache, p. 291.

Sabemos, sin embargo, que el tronco de esa familia tiene origen en el centro de Puerto Rico. Los Rodríguez provienen del pueblo de Orocovis, mientras que los Bou son una cepa oriunda del barrio Mata de Caña en la colindancia entre Orocovis y Corozal. Así nos lo deja saber el Dr. Luis Francisco Rodríguez Gotay, dentista, con oficinas en Orocovis, y sobrino de don Ismael Rodríguez Bou, ex rector del Recinto de Río Piedras de la Universidad de Puerto Rico, de quien creemos que es uno de los tíos del combatiente boricua.

Consultados los documentos de don Ismael en los archivos de la Universidad, éste informa su nacimiento en el sector Barros, de Orocovis, el 28 de septiembre de 1911. Rodríguez Bou ejerció la rectoría del Recinto de Río Piedras de 1974 a 1978 y fue Presidente interino de nuestro sistema docente de noviembre de 1977 a febrero de 1978. Recibió varias distinciones académicas, entre otras, un doctorado Honoris Causa de la Universidad Católica de Santiago en la República Dominicana, a la que estaría ligado como consultor de 1958 a 1973. Es decir, que avistamos cierta atadura de la familia orocoveña con la patria de Duarte, Sánchez y Mella.

Todo parece indicar que Francisco Rodríguez Bou, el hermano mayor de don Ismael, a temprana edad, rompe vínculos con su familia y pasa a vivir en los Estados Unidos, donde suponemos se educa Gaspar Antonio. Además de Tony, don Franisco tuvo una hija llamada Alma.

¿Por qué el segundo apellido del combatiente es Bou? ¿Acaso sería criado exclusivamente por su padre y decide llevar los apellidos de su progenitor? El Dr. Luis Francisco Rodríguez Gotay desconocía la existencia del expedicionario puertorriqueño, caído en la República Dominicana, que imaginamos sea su primo.[269]

También, entre los puertorriqueños del 14 de Junio sobresale un joven espigado, de unos 23 años de edad, que llega a la ciudad de Nueva York a fines de 1958. Su nombre: Moisés Rubén Agosto

---

269 No podemos descartar tampoco que Gaspar Antonio Rodríguez Bou halla nacido en la República Dominicana y sea otro el tronco de su familia. Lamentablemente, no hemos dado con el certificado de su nacimiento.

Concepción. Veamos lo que de él informa la conservadora revista *Life*:

> Era asombrosamente sencillo para los susceptibles caer en las manos de los reclutadores. El primero de marzo, Moisés Agosto, cuya tendencia natural a sombrías meditaciones acentuaba su inhabilidad de mantener un trabajo desde su salida de Puerto Rico hacía cinco meses, había salido en una caminata dominical con su chica.
>
> Moisés e Irma Villanueva, quien le llamaba "Rubén" porque prefería ese nombre, ociosamente se dirigieron hacia una reunión de sótano en el hotel Hamilton Place. Casi sin Irma percatarse, alguien le había colocado una tarjeta de tres puntas (bordadas las palabras Paz, Libertad y Democracia) en la solapa de Moisés. Antes de irse, Irma le observó firmar algo. Dos días más tarde, luego de una serie de llamadas telefónicas, ella estuvo presente cuando él firmó lo que ella pensaba era un contrato. Al quinto día él se había marchado. Él dijo que podría estar fuera alrededor de uno o dos años.
>
> Irma luego recordó tristemente que Moisés necesitaba desesperadamente dinero para su madre y sus dos pequeñas hijas en Puerto Rico y ella pensaba que le habían prometido $90 al mes para su apoyo. Significativamente, un pariente recordó que Moisés, el melancólico, "siempre quería hacer algo grande algún día. Siempre había querido ser un héroe".
>
> Era el comienzo de un trayecto fantástico. Pero, aunque ella recibió diez cartas de él, Irma nunca supo mucho sobre el progreso

de Moisés a través del tiempo. Las cartas de Moisés eran deliberadamente imprecisas. Sólo ocasionalmente él sugería que estaba en medio de negocios desesperados. En una ocasión escribió: "Espero, si Dios lo permite, retornar pronto y traer en mi conciencia y en mi corazón la felicidad de un pueblo libre. Y si muero, moriré contento".[270]

Rubén iba en las expediciones marítimas y en un minuto de abatimiento intenta hacerse un disparo con el Garand que acarrea; no obstante, el dominicano Danilo Estrada pudo impedirlo a tiempo. Tal era la penosa situación que vivían los combatientes que se hallaban en la Carmen Elsa, tras cuatro días a la deriva, deshidratados, con fiebres altas y sin comida. Pero resueltas aquellas dificultades, luego de un bien merecido descanso en el oriente de Cuba, Rubén decide continuar su rumbo y llega por Maimón a la República Dominicana.

A pesar de la superioridad numérica de las tropas trujillistas, Rubén sale ileso de los primeros combates que encaran los llegados en la Carmen Elsa. A sangre y fuego tuvieron que romper dos cercos "que se tragaron" a la inmensa mayoría de los combatientes.

En el cruce de Caraballo de Pescado Bobo, en Altamira, Rubén es engañado, junto a otros expedicionarios, y llevado a la muerte por uno de los campesinos de la región. Sorprendido por las tropas que le arrestan, hubo un momento cuando el puertorriqueño pide que le aflojen las amarraduras de las muñecas para sacarse, de un bolsillo de los pantalones, las fotos de dos niñas y una señora: "Son mis dos niñas y mi madre, por si no las vuelvo a ver..." Y con sobrada ingenuidad pregunta a sus captores: "¿Ustedes creen que me maten?"

En el informe que el general del Ejército, José René Román Fernández, le rinde a Ramfis Trujillo se dice que el 28 de junio, a las

---

270 *Life*, 17 de agosto de 1959, pp. 34-36.

11:40 de la mañana, el teniente coronel Renato Hungría Morel había "dado muerte *en combate* al invasor Moisés Agosto Concepción... "[271] Como veremos a continuación, el informe del general Román Fernández contiene datos que la posteridad ha desmentido.

Ya en Río Grande, el alcalde Carlos Rivas condujo a Rubén hasta el negocio del también puertorriqueño Arsenio García. Y allí lo mataron, de un tiro por el costado derecho, ocasionándole convulsiones que le hicieron vomitar unos mangos que se había comido. A todo esto se agrega la acción criminal del anciano Félix Coca, que en aquellas circunstancias le clavó un cuchillo al cadáver del mártir, caso que se recuerda con repugnancia.[272]

Arsenio García, indignado por el asesinato, se atrevió cerrar su tienda y guardar luto por el compatriota caído. A García se lo llevaron arrestado. Nunca más se supo de su paradero...

Miguel Ángel Vallejo nace en Santo Domingo el 19 de diciembre de 1938. Ya hemos dicho que es hijo de padre puertorriqueño en madre dominicana. Hubo en aquel matrimonio cinco descendientes, cuatro nacidos en la República Dominicana: Mariluz, Marisol, Miguel Ángel y José Andrés. El quinto vástago, Lorenzo Altagracia, viene al mundo en Puerto Rico, pero muere de meningitis a los dos años de edad. Le llamaban cariñosamente Chiqui. "Hubo un momento de rebeldía y de sustitución de apellidos: el Menéndez lo tumbamos y aceptamos el de Vallejo," nos dice Mariluz, quien seguidamente acota: "Es la vez cuando nuestro padre abandona la familia". Las influencias son claramente notables. El tronco materno sería responsable de meterle en la cabeza a los Menéndez las ideas contra la dictadura:

---

271  Juan Deláncer. *Junio 1959. Desembarco de la gloria.* Santo Domingo, 1997, p. 148. Subrayado nuestro.

272  Guaroa Ubiñas Renville. *Maimón 1959. Cincuenta años después los campesinos hablan.* Santo Domingo: Editora Mediabyte, S. A., 2010, pp. 50-51. Véase además a Ángela Peña. "Reportaje. Héroes de Maimón". *Hoy Digital.* Santo Domingo, 6 de junio de 2009.

Nosotros nos criamos siempre con el odio
a Trujillo. La familia de mi mamá fue reprimida
por la dictadura. Y ese odio que nos inculcó
nuestra madre lo heredó Miguel Ángel.[273]

Resulta que el abuelo de la parentela, don Luis Vallejo de la
Concha, luego de retirarse de la Marina dominicana trabajó como
superintendente de escuelas y desde la ocupación americana esa parte
de la familia sería muy perseguida. Al hermano del abuelo materno,
Bobá Vallejo de la Concha, lo asesinan. Lo mismo acontece con un
tío de las hermanas. La represión de la dictadura les transforma en
una familia militante y luchadora.

Al volver la mirada sobre aquellos eventos, Mariluz recuerda
que cuando Miguel Ángel cumple cuatro años de edad, su familia
se traslada a la zona metropolitana de San Juan. Primero viven en
la Calle Villamil, en el corazón de Santurce, hasta 1948. Más tarde
residen en el barrio San Antón, de Carolina, y a principios de 1950 se
mudan, primero, a la Calle Bartolomé de las Casas, e inmediatamente
después a la Calle Lutz (hoy César Andreu Iglesias), ambas en el
sector Villa Palmeras de Santurce.

Yo, que también tuve a Miguel Ángel como un amigo de la
infancia, puedo decir que en el barrio, cariñosamente, le llamábamos
Mickey. Por aquel entonces, cuando no había la furia de los colegios
privados, asistíamos todos a las mismas escuelas públicas: la Jesús
María Quiñones en la Avenida Eduardo Conde[274] de Villa Palmeras y
la Federico Asenjo en el Barrio Obrero. Más tarde, nos honrábamos
en asistir a la mejor escuela superior que tenía Puerto Rico, la
emblemática Superior Central.

Pero Mickey no termina la Central. En 1955, mientras cursa
el tercer año pasa a vivir, junto a su familia, en la ciudad de Nueva
York. Y Nueva York es, a su vez, un hervidero de ideas anti-trujillistas.

---

273  Entrevista con Mariluz Menéndez Vallejo, 14 de febrero de 2005.
274  En la Jesús María Quiñones coronaron a Miguel Ángel "rey de la primavera",
     según recuerda su hermana Mariluz.

Escuchemos una vez más a Mariluz:

> En 1958 hizo un viaje a Puerto Rico para auscultar la posibilidad de casarse con Raquel Franco, una chica residente en la Calle Laguna de Villa Palmeras. El enlace no prospera y regresó a Nueva York. Mientras tanto, se hallaba militando en las organizaciones del exilio.[275]

Miguel Ángel partió hacia Cuba en el verano de 1958. Algunos meses más tarde, al comienzo del nuevo año, las fuerzas populares cubanas, organizadas bajo el Movimiento 26 de Julio, derrocan la abominable dictadura. Lamentablemente, Miguel Ángel no pudo incorporarse en la guerra contra Batista. Desde su llegada a La Habana, la familia perdía todo contacto con él.

Puntualicemos un asunto importante. En Nueva York, doña Consuelo Angélica Vallejo le diría un día cualquiera que si quería hacer algo productivo con su vida tenía que irse a batir contra la dictadura de Trujillo. Así lo hizo y cayó valientemente en Estero Hondo. Tenía 21 años de edad.

---

275  Entrevista a Mariluz Menéndez Vallejo, 14 de febrero de 2005.

# El gran traidor

Fidel. Al fondo la imagen del comandante
Ernesto Guevara, caído heroicamente en Bolivia.

Fidel. Al fondo la imagen de José Martí,
Apóstol de la Independencia de Cuba.

Pedro Luis Díaz Lanz no tenía la madera de los héroes. Se suicidó en Miami de un balazo al pecho sufriendo de serios desórdenes emocionales.

Pedro Luis Díaz Lanz huyó de Cuba en un velero acompañado de su esposa Tania.

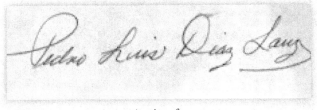

Autógrafo.

Cuarteles generales del Negociado Federal de
Investigaciones (FBI) en Washington, D. C.

Emblema del Negociado Federal de Investigaciones.

# El gran traidor

No es que interviniera la mano del destino, pero hubo un instante cuando la guerrilla de la región de Constanza se hallaba buscando la zona llamada del Botao, donde el jefe de la joven Fuerza Aérea de Cuba, Pedro Luis Díaz Lanz, haría un lanzamiento de armas y de provisiones. Pero Díaz Lanz no tenía la madera del héroe, tampoco gozaba de la verticalidad de los que infunden respeto.

En menos de seis meses ese extraño personaje de la sociedad cubana traiciona la Revolución, se marcha a Estados Unidos, llegando al extremo de atentar contra la vida de su propio pueblo.[276] ¿Por qué huye tan temprano? Veamos la versión de Díaz Lanz:

Alrededor del día primero del año 1958 renuncié a mi trabajo como piloto para la Compañía de Minería Moa Bay en Santiago de Cuba e ingresé en las fuerzas revolucionarias de un hombre llamado Fidel Castro, a quien nunca había conocido. Transporté armas y municiones a los hombres de Castro en la Sierra Maestra, combatí con las fuerzas clandestinas en cuatro grandes acciones y me convertí en el piloto personal de Fidel. Cuando las fuerzas de Castro tomaron el poder en Cuba en enero pasado me convertí en comandante de la Fuerza Aérea Cubana. Luego, el 29 de junio de 1959, tan poco tiempo atrás que

---

276  Ametrallamiento de La Habana en octubre de 1959, posteriormente Díaz Lanz participa en otras acciones terroristas.

todavía los eventos enturbian mi mente, escapé
de la Cuba de Castro– catalogado como un
desertor y traidor.[277]

Para tener una idea clara de quién es Díaz Lanz, el propio
Fidel Castro lo desmiente cuando informa que el tránsfuga no era
combatiente del Ejército Rebelde. Pero había prestado servicios –
dice Fidel– abasteciendo de algunas armas a los revolucionarios que
se hallaban en la Sierra Maestra.

Efectivamente, meses antes de la caída de la tiranía, en 1958,
Díaz Lanz y Roberto Verdaguer conducen un avión hasta territorio
rebelde con armamentos procedentes de Costa Rica. Se sabe que los
pertrechos militares habían sido enviados por el coronel Aguiluz,
durante la presidencia de José Figueres. Entonces, el comandante
Fidel Castro le ordena a Delio Gómez Ochoa ir a recibir el avión en
la zona de Cieneguilla:

> Llegamos al momento de aterrizar el avión y con
> un grupo que me había asignado el Comandante
> en Jefe... llegamos hasta Cieneguilla donde
> nos esperaría un pequeño grupo de la tropa de
> Crescencio Pérez al frente de la cual estaba Vilo
> Acuña, quien fue después el segundo jefe de las
> guerrillas que estuvieron combatiendo junto al
> Che en Bolivia...[278]

A decir verdad, ocurre una seria avería y el avión que pilotaba
Díaz Lanz no puede regresar a su punto de partida. Entonces, se
toma la penosa decisión de destruir la nave para evitar que el ejército

---

277  Pedro Luis Díaz Lanz. "Chaos in Cuba… Fugitive Who Believed in Castro
     Tells Story". *Life*, 3 de agosto de 1959, p. 20.
278  Delio Gómez Ochoa. "Huber Matos: La ópera de un traidor". *El Nacional*.
     Santo Domingo, 3 de diciembre de 2005.

de Batista la ocupe. Fidel, por su parte, señala que tras el triunfo de la Revolución a Díaz Lanz se le nombra jefe de la incipiente Fuerza Aérea:

> donde su pésima actuación al cubrir la nómina de la oficialidad con toda su parentela, lo condujo a una situación desastrosa. A su hermano Marcos, antes confidente de la policía norteamericana, lo designó comandante e inspector general de nuestra aviación militar. A otro hermano, Eduardo, le impuso los grados de teniente y jefe de sus ayudantes. A Jorge, también teniente. Y a Sergio Brul, ciudadano norteamericano, su medio hermano, igualmente oficial de las FAR. Pero eso no era todo, a sus cuñados Medardo y Heriberto del Cristo los incorporó también y, finalmente, convirtió a su padre en director de la Escuela de Cadetes de las Fuerzas Aéreas Revolucionarias y nombró profesores de ese centro docente a doce antiguos oficiales del desaparecido ejército machadista.
>
> Ese nepotismo sólo podía producir lo que después se comprobó: el cobro de indecorosas comisiones por la compra de helicópteros, y malversaciones, prácticas ya superadas por la Revolución, que culmina en crisis cuando Pedro Díaz Lanz llama a servicio a veinte pilotos de la dictadura para que operen nuestros aviones de guerra.[279]

Díaz Lanz huye de Cuba en un velero. Le acompaña su esposa

---

[279] Antonio Núñez Jiménez. *En marcha con Fidel*. La Habana: Editorial de Letras Cubanas, 1982, p. 214.

Tania y un tal Carlos Echegoyen. Sergio Brul, su hermanastro, se encarga de recoger a los desafectos en un lugar no determinado de las costas cubanas.[280] A juzgar por un documento secreto del gobierno de Estados Unidos, el 29 de junio de 1959 Díaz Lanz consigue un automóvil, busca a su esposa y llegan ambos a un muelle localizado en el oeste de La Habana: "donde abordaron un navío alquilado... por Brul en Miami y trasladado a Cuba a los efectos de llevar a cabo la huída de Díaz (Lanz). Cerca de las 5:45 de la mañana del 29 de junio de 1959, Pedro Díaz y su mujer; Brul y Echegoyen salieron de La Habana, llegando a Miami a eso de las 4:45 de la tarde del 1 de julio de 1959".[281]

Un día más tarde, el 2 de julio, Díaz Lanz y su mujer son entrevistados por los agentes George E. Davis, Jr. y William A. Wightman, del Servicio de Inmigración y Naturalización. Ese mismo día Brull y Echegoyen comparecen ante los agentes del INS (por su sigla en inglés).

En Cuba no se sabía que la Agencia Central de Inteligencia (CIA), a través de su agente Frank Sturgis,[282] había sido la organizadora de la fuga de Díaz Lanz. En fecha tan temprana, la Revolución carece de un sistema de contrainteligencia capaz de impedir el desagradable operativo. No obstante, la participación de Sturgis fue destapada por amigos de la Revolución que informan a las autoridades competentes. De acuerdo con los archivos del Centro de Investigaciones Históricas de la Seguridad del Estado de Cuba: "La información se había recibido días antes, pero aparentes demoras

---

280  La revista *Life* reproduce las siguientes declaraciones de Díaz Lanz: "I talked to my half-brother Sergio. He came after me and my wife Tania in a 40 foot sailboat and took us to Miami". (*Life*, 30 de agosto de 1959, p. 20).

281  Office Memorandum. United States Government. De: SAC, Miami, al Director del FBI, 8 de julio de 1959. Record Number: 124-10221-10252. Agency File Number: 105-72630-14. (Cortesía de Ricardo Fraga).

282  Frank Anthony Sturgis (1924-1993) fue arrestado y cumplió cárcel por su participación en el caso de espionaje contra el Partido Demócrata, llevado a cabo en el hotel Watergate, de Washington, que le costó la presidencia a Richard Nixon. Sturgis sirvió en el Ejército y en la Marina de Estados Unidos, fue agente de la CIA, y estuvo involucrado en el asesinato del presidente Kennedy.

burocráticas en su tramitación provocaron su conocimiento tardío por las más altas autoridades".[283]

Ya hemos dicho que la traición de Díaz Lanz se produjo el 29 de junio de 1959. Se alega que huyó de Cuba sin dinero ni equipaje. A su llegada a Miami las autoridades de Inmigración lo admiten como "extranjero residente". Un documento desclasificado por los servicios norteamericanos, fechado el 2 de julio de 1959, recoge las declaraciones del refugiado cubano a su arribo en Miami: "Diaz informó que la reciente invasión por cubanos de la República Dominicana estuvo bajo el comando de los capitanes Delio Gómez Ochoa, comunista, y Enrique Jiménez Moya, quienes salieron de Cuba en un avión C-46 con 58 hombres a bordo aterrizando en Constanza, R. D. El avión regresó a Cuba con piloto, copiloto y ocho perforaciones. Los números de serie le fueron removidos previo a su despegue. Dos embarcaciones... con un grupo expedicionario tambiéin participaron en el proyecto. Una fragata de la marina cubana acompañó a las embarcaciones hasta llegar cerca de la República Dominicana. De acuerdo a la INS, Pedro Díaz y su esposa están en libertad condicional mientras solicitan admisión a los Estados Unidos. Díaz ofreció completa cooperación al gobierno de E. U. y expresó su esperanza de que E. U. pueda de alguna forma asistir en derrocar al gobierno de Castro en interés de la democracia".[284]

Veamos ahora la información que ofrece el Departamento de Estado de Estados Unidos:

El primero de julio el comandante Pedro Luis Díaz Lanz, Jefe de la Fuerza Aérea Cubana, arribó en Miami en un bote pequeño acompañado de su esposa, su hermano y otro oficial de la Fuerza Aérea Cubana. Díaz Lanz

---

283 Zaldívar Diéguez, Andrés y Pedro Etcheverry Vázquez. *Una fascinante historia. La conspiración trujillista.* La Habana: Editorial Capitán San Luis, 2010, p. 126.

284 Federal Bureau of Investigation, 2 de julio de 1959. Record Number: 124-10221-10254. Agency File Number: 105-72630-16, pp. 4-5. (Cortesía de Ricardo Fraga).

huyó de Cuba tras ser reemplazado por Castro con Juan Almeida como Jefe de la Fuerza Aérea…

Luego de llegar a Miami, Díaz Lanz se mantuvo bajo la custodia del Servicio de Inmigración y Naturalización y fue entrevistado por oficiales de varias agencias del gobierno estadounidense. Según se informa, Díaz Lanz indicó que estaba ansioso por salir en libertad para 'arremeter contra Castro'. Él recibió una citación para testificar ante un Subcomité de Seguridad Interna del Senado, dirigido por el senador James Eastland, y el 7 de julio fue traído por un miembro del personal del Subcomité a Washington. El 10 y el 13 de julio, Díaz Lanz testificó ante el Subcomité en sesión cerrada y en una sesión abierta el 14 de julio.[285]

Pedro Luis Díaz Lanz no tiene educación universitaria. Era piloto de una empresa comercial que transportaba pasajeros y carga entre La Habana y Miami. Tenía 32 años de edad. Dos semanas después de la huida se halla en Washington. El 14 de julio depuso ante el Comité de lo Judicial del Senado de Estados Unidos. Su hermanastro, Sergio Brul, actuaba de intérprete. Díaz Lanz no sabía ni papa de inglés.

Yo, que he leído sus declaraciones ante el Congreso de Estados Unidos, puedo confesar que el novelón es altisonante, hueco y engañoso. Agitando la histeria anticomunista de la época dice que en las costas de la Isla se atisban submarinos no identificados. Y sin sonrojarse, le informa a los congresistas que aquellos submarinos

---

285 *FRUS*. Op. Cit. Documento 327. Editorial Note, p. 544. Todas las traducciones en esta sección se le deben a Clemente Armando Díaz.

eran rusos y de tales naves Raúl Castro recibía armas enviadas por las fuerzas del comunismo internacional.

Díaz Lanz arremete contra Raúl Castro en Washington. Pero el menor de los hermanos había arriesgado su vida, precisamente para salvarlo de un accidente aéreo.[286] Díaz Lanz se hallaba perdido entre el fango de la ciénaga de la Península de Zapata. Su helicóptero había caído en picada. Durante el operativo de búsqueda, la nave en la que viajaba Raúl también se accidenta. Luego de hallar con vida a Díaz Lanz, Fidel ordena la organización de un nuevo equipo de rescate para buscar a su hermano Raúl. El equipo lo formaría Díaz Lanz junto a los capitanes Verdaguer y Núñez Jiménez. Veamos lo que informa este último sobre la búsqueda de Raúl:

> Al despedirnos, el Comandante en Jefe pone en mis manos una bolsa con algunos equipos médicos de emergencia y alimentos. Vamos hacia el lugar del accidente en un H-2, pequeño helicóptero de la Fuerza Aérea Revolucionaria. Las constantes lluvias se mantienen. A una hora de vuelo, vislumbramos a lo lejos una mancha de plata sobre el suelo. El helicóptero desciende. El lecho fangoso de la ciénaga, según nos dice Díaz Lanz, impide aterrizar en el lugar. Insistimos en que debe hacer un esfuerzo, pues Raúl ha arriesgado su vida precisamente por salvarlo a él y en esas circunstancias debe aterrizar aún en tales condiciones, pero se niega cobardemente. Al fin, Verdaguer y yo decidimos saltar a tierra,

---

286 "En la búsqueda de Pedro Luis Díaz –es Raúl Castro quien cuenta sus impresiones– volamos un buen rato al Nordeste de la Laguna del Tesoro y fuimos sorprendidos por una tormenta de lluvias y nubes bajas. Inútilmente tratamos de escapar del vórtice de la tormenta… Cuando ya nos quedaba gasolina para sólo tres minutos de vuelo, el piloto Ferrer nos dijo que nos sujetáramos fuertemente, pues iba a descender sobre el fango. Milagrosamente el aparato cayó de nariz, enterrándose en la ciénaga. Ferrer sufrió graves lesiones en la nariz y en la boca…" (Antonio Núñez Jiménez. *En marcha con Fidel*, p. 168).

desde una altura de casi 3 metros.

El helicóptero se eleva nuevamente y se pierde entre las bajas nubes…[287]

El Departamento de Justicia de Estados Unidos dice que Díaz Lanz contrajo fiebre tifoidea "en las ciénagas de Cuba, mientras buscaba a Raúl Castro, quien tuvo que hacer un aterrizaje de emergencia".[288]

En su comparecencia en Washington el desertor acusó a no pocos de sus amigos de ser agentes comunistas. Parece que los ángeles le acompañaban cuando confesaba que era católico, apostólico y romano e imaginamos que Carlos Franqui pondría el grito en la Luna por el choteo que le hacía su compatriota. Durante aquellos días Franqui era director del periódico *Revolución*, pero también huiría de Cuba. Franqui murió en Puerto Rico el 16 de abril de 2010. Tenía 89 años de edad.

El comandante Delio Gómez Ochoa acusó a Díaz Lanz de ser "el gran traidor de la causa dominicana".[289] Veamos lo que decía ese extraño personaje ante el Congreso de Estados Unidos, mientras lo entrevista T. G. Sourwine, jefe orientador de las vistas:

Sr. Sourwine. ¿Le pidieron volar un avión a Santo Domingo en conexión con esta invasión?

Comandante Díaz. Sí.

Sr. Sourwine. ¿Se negó a hacerlo?

Comandante Díaz. Sí.

Sr. Sourwine. ¿Por qué se negó?

Comandante Díaz. No me gusta la idea de involucrar a Cuba ahora en cualquier cosa como esa. Y también una de las razones principales era que no quería cooperar con algo que tal vez

---

287  Núñez Jiménez. Ibid., pp. 165 y 166.
288  Departamento de Justicia de Estados Unidos. Miami, Florida. Memorando, 8 de julio de 1959. Número 105-1598. (Cortesía de Ricardo Fraga).
289  Gómez Ochoa. Op. Cit., p. 119.

podría traer comunistas a otro país como nos pasó a nosotros.[290]

Entretanto, Díaz Lanz alegaba que lo habían separado de la jefatura de la Fuerza Aérea por negarse a volar un avión hacia Dominicana. Sin embargo, los hechos y las declaraciones autorizadas de los dirigentes de la Revolución contradicen su testimonio en Washington. Además de ser un corrupto y cobrar comisiones ilegales en la compra de naves para el gobierno –razones de su separación del cargo, el expatriado traicionó la causa de la solidaridad antillana.

Pero Díaz Lanz se daba a la tarea de cautivar a los americanos basando su testimonio en la píldora venenosa del anticomunismo:

Sr. Sourwine. Luego de que usted se negara a ir en este viaje a Santo Domingo, ¿Castro mandó a otro de sus hombres en este viaje?

Comandante Díaz. Sí.

Sr. Sourwine. ¿Quién?

Comandante Díaz. Era un piloto, no se su nombre, de Venezuela.

Sr. Sourwine. ¿Fue Ochoa en ese viaje?

Comandante Díaz. Sí; Ochoa y Enrique Jiménez.

Sr. Sourwine. ¿Enrique Jiménez? ¿Es él comunista?

Comandante Díaz. Me parece que no.

Sr. Sourwine. ¿Pero es un hombre de Castro?

Comandante Díaz. Trabajaba con él. Me refiero a que no tengo pruebas sobre él. Delio Gómez Ochoa es un hombre muy cercano a Fidel Castro.

Sr. Sourwine. ¿Es Ochoa comunista?

Comandante Díaz. Sí.

---

290 *Communist Threat to the United States Through the Caribbean*. Hearings of the Committee on the Judiciary. United States Senate. Eighty-Sixth Congress. Testimony of Maj. Pedro Díaz Lanz. United States Government Printing Office. Washington, 1959.

Sr. Sourwine. Luego de que se negara a hacer el viaje a Santo Domingo, ¿fue usted depuesto como jefe de la fuerza aérea?

Comandante Díaz. Sí, señor.

Sr. Sourwine. ¿Tras pocos días de lo sucedido?

Comandante Díaz. Sí, Señor.

Sr. Sourwine. ¿Que usted sepa, hay alguien más que fue enviado a Santo Domingo que no nos haya dicho usted aquí?

Comandante Díaz. Sí; el copiloto Orestes Acosta fue el piloto del avión.

Sr. Sourwine. ¿Algunos más?

Comandante Díaz. Eran 58 hombres.

Sr. Sourwine. ¿Cincuenta y ocho hombres en el avión?

Comandante Díaz. Dentro del avión, sí, en el avión.

Sr. Sourwine. ¿Cuál era la naturaleza del equipo que fue abordado en este avión que voló en la invasión de Santo Domingo?

Comandante Díaz. Tenían a bordo del avión rifles FAL de Bélgica…[291]

Sobre el regreso de la nave a Cuba, esto dice Díaz Lanz:

Sr. Sourwine. ¿Tiene alguna información a cerca de la condición del C-46 que voló a Santo Domingo luego que regresara a Cuba?

Comandante Díaz. Sí.

Sr. Sourwine. ¿Cuál era la condición del avión?

Comandante Díaz. Vino de vuelta con aproximadamente ocho agujeros, agujeros de

---

291 *Communist Threat to the United States Through the Caribbean*. Ibid.

balas…[292]

De esa forma, los congresistas de Estados Unidos enaltecen a un traidor. El 11 de julio de aquel año, el Primer Ministro del gobierno de Cuba, Fidel Castro, arremetía contra el desertor y contra el Senado de Estados Unidos:

¿Qué tiene que ir a dar cuenta el señor Díaz Lanz de las cosas de Cuba ante el órgano de gobierno de un país extranjero? ¿Qué tiene allí que ir a informar de las cosas de Cuba? ¿Qué es eso sino honrar a los traidores? ¿Qué es eso sino alentar a los traidores? ¿Qué es eso sino interferir en la política de nuestro país? ¿Qué es eso sino insultar y ofender a nuestra patria, que es un país soberano? (Aplausos.)

¿Qué diría el pueblo de Estados Unidos si un jefe de cualquier cuerpo armado de ese país traiciona a ese país, deserta de ese país, huye sospechosamente y el Gobierno Revolucionario cubano lo recibiera con todos los honores en una reunión secreta del Consejo de Ministros? ¿Qué diría el gobierno de Estados Unidos si nosotros recibiéramos en sesiones secretas a sus enemigos? ¿Qué diría el pueblo de Estados Unidos si nosotros actuáramos de esa forma?… Se sentiría ofendido con razón el pueblo de Estados Unidos si a un desertor del ejército norteamericano lo recibiéramos aquí en sesión secreta para que nos rinda cuenta de las cuestiones de Estados Unidos, porque no tenemos derecho a pedirle cuenta a nadie de las cuestiones de Estados Unidos, como el gobierno de Estados Unidos no tiene derecho a pedirle cuenta a nadie de las cuestiones del gobierno cubano. (Exclamaciones y aplausos).

---

292 *Communist Threat to the United States Through the Caribbean.* Ibid.

En Estados Unidos se escribió con letras de eterna ignominia el nombre de Benedict Arnold, el traidor de los norteamericanos que lucharon por su independencia, y, sin embargo, en el Senado de Estados Unidos se recibe, en sesiones secretas y sospechosas, al Benedict Arnold de Cuba.[293]

Díaz Lanz fue desarmado y separado del cargo que ocupaba por su incapacidad para organizar adecuadamente la Fuerza Aérea de Cuba. Tampoco pudo aplicar una política de preparación y formación de pilotos. Además de mostrar una conducta irresponsable, sería acusado de corrupción y nepotismo, nombrando a familiares cercanos y amigos en importantes cargos y otorgándoles altos grados militares. Al agente de la CIA, Frank Sturgis, Díaz Lanz lo había designado para dirigir la Policía Militar en la Fuerza Aérea.[294]

Mientras reside en Miami, participó en distintas acciones de terror contra el pueblo de Cuba. El 21 de octubre de 1959, Díaz Lanz pilotea uno de los dos aviones procedentes de la Florida que ametrallaron una concentración en La Habana, causando 2 muertos y 45 heridos.[295] La versión que ofrecieron los enemigos de la Revolución acuartelados en Miami fue que ese día él estaba lanzando octavillas desde una avioneta. Por otro lado y, de acuerdo con Fabián Escalante Font, quien fuera jefe de la inteligencia cubana, a Díaz Lanz, Frank Sturgis y otros los señalaron como imputados cuando

293 Discurso pronunciado por Fidel Castro Ruz, primer ministro del gobierno de Cuba, en el banquete ofrecido por el Comité Conjunto de Instituciones Cubanas a los miembros de "ASTA", celebrado en el Hotel Hilton, el 11 de julio de 1959. (Versión taquigráfica de las Oficinas del Primer Ministro).
294 Zaldívar Diéguez, Andrés y Pedro Etcheverry Vázquez. Op. Cit., p. 124.
295 Según telegrama de la Embajada de Estados Unidos en La Habana al Departamento de Estado en Washington: "Approximately 5 p. m. unidentified aircraft apparently C-47, dark grey with yellow stripe on vertical tail surface, appeared over Havana… Aircraft appeared to be accompanied by B-25 flying cover". La primera de esas naves, según el Departamento de Estado, la conducía Díaz Lanz. (*FRUS*, 1958-1960. Volume VI, p. 632. Doc. 374. Telegrama firmado por el embajador Philip W. Bonsal, 22 de octubre de 1959 – 10 a. m.).

se investigó el asesinato del presidente John F. Kennedy, ocurrido el 22 de noviembre de 1963, en Dallas, Texas.

En circunstancias todavía no esclarecidas, Pedro Luis Díaz Lanz se suicidó de un balazo en el pecho el 26 de junio de 2008. Había cumplido 81 años de edad. Los partes de prensa informaron que moría aferrado a la fe religiosa y sufriendo serios desórdenes emocionales.

# Mataron al chivo

Saludos al dictador.

Joaquín Balaguer, el sucesor de Trujillo.

# TELEGRAM

**Foreign Service of the United States of America**

OUTGOING   American Embassy, Ciudad Trujillo

~~CONFIDENTIAL~~

Charge:        Classification        Control:

Date: Dec. 21, 1959

SENT TO: SECSTATE   WASHINGTON   342

    Highly placed and knowledgeable Dom informant has confirmed previous Embassy reports that Ramfis undergoing psychiatric treatment, that Ramfis and Trujillo have had "blow up" on policy decisions and that Ramfis intends to effect withdrawal from military affairs near future to engage actively in business.

FARLAND

Mensaje del embajador Farland al Departamento de Estado de Estados Unidos, diciembre de 1959.

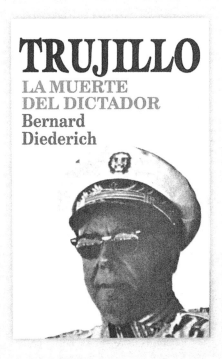

Bernard Diederich. Trujillo. La muerte del dictador. La primera edición del libro se publicó en inglés en 1978.

MONUMENTO A LOS GLORIOSOS
HEROES DEL 30 DE MAYO DE 1961
HOMBRES DE ACERO, QUE ESA NOCHE
LUMINOSA AJUSTICIARON EN ESTE LUGAR AL
DICTADOR RAFAEL LEONIDAS TRUJILLO MOLINA,
PONIENDO ASI FIN A LA TIRANIA MAS HORRENDA
DE TODA LA HISTORIA LATINOAMERICANA.
HONRAR A LOS QUE LUCHAN POR LA LIBERTAD
NOS AYUDARA A NO OLVIDAR SUS IDEALES.
FUNDACION HEROES DEL 30 DE MAYO. 1999

Monumento a los "hombres de acero" que
ajusticiaron al dictador dominicano.

Rogad a Dios en caridad por el
eterno descanso del alma de

Rafael L. Trujillo Molina

Fallecido el día 30 de Mayo 1961,
en Ciudad Trujillo, D. N.

R. I. P.

A todos los que me habéis tenido
afecto, os pido una oración, que es
la mejor prueba de que no me
habéis olvidado.

Tu vida la llenaste de bondad y
sacrificio; que tu ejemplo, querido
Jefe, sea simiente que fructifique
en todos los corazones.

La esquela del "querido Jefe".

Así quedó el Chevrolet Belair del sátrapa
dominicano, cosido a balazos durante el atentado
en el que Trujillo apuró la poción de la muerte.

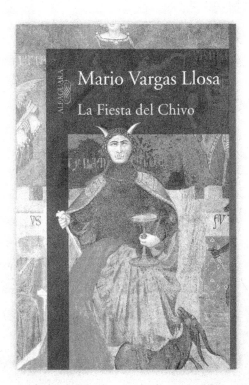

La fiesta del chivo: novela de Mario Vargas
Llosa sobre la dictadura dominicana.

El Hotel Normandie de San Juan fue construido por el ingeniero Félix Benítez Rexach en homenaje a su esposa a la que conoció en el SS Normandie.

El Diario de Nueva York informa el asesinato.

**HOMBRES REPRESENTATIVOS — DON FELIX BENITEZ REXACH**

Exponente fiel y cabal de toda una promoción de hombres ilustres y talentosos que han sabido erguirse para narrar con gestos admirables la defensa de la grandeza y el prestigio del suelo puertorriqueño, Don Félix Benítez Rexach —talentoso ingeniero y patriota de fibra y corazón, representa en la actualidad, hoy como ayer, la acendrada confianza que tiene Puerto Rico en sus hombres pulcros y valientes y noblemente capaces de enfrentarse a la aventura de realizar su destino histórico. Hombre de cualidades y virtudes intrínsecas, Don Félix Benítez Rexach, ha sabido afirmar su personalidad vigorosa, no solamente como ingeniero y arquitecto de mérito y talento insuperables, sinó que también como hombre allegado a la lucha militante del civismo y el patriotismo borinqueño, al través de la prueba dura y la visitud ambiente en que su pueblo vive y se agita por la angustia de su condición política.

Y en sus luchas tanto en los campos del civismo como en el trabajo y las obras de su profesión, cada vez renacido en su fe y triunfante en su espíritu, cuesta arriba y sin el viático y la prebenda gubernamental, siempre ha salido airoso por la gracia de los esfuerzos y los méritos exclusivamente propios.

Al igual que en Puerto Rico, donde ha logrado realizaciones felices de obras maravillosas de arquitectura e ingeniería civil, en la actualidad realiza en la hermana Antilla Dominicana, grandes obras a cuyo talento ha confiado el gobierno progresista del Presidente Trujillo.

Y, al igual que con la realización de estas obras, el Sr. Benítez Rexach ha dejado sentado al relieve de un legítimo prestigio, el nombre de Puerto Rico, estrechando, a su vez, con el más puro sentimiento, los vínculos fraternales de nuestros dos grandes pueblos.

ALMA ANTILLANA, honra sus páginas y se da al cariño profundo de unas líneas sinceras, con y sobre la figura noble del ilustre compatriota y pregona con blasón de orgullo que, con la gloria de su nombre y el prestigio de su obra, cívica y profesional, queda también, honrosamente esclarecido en el presente y para la posteridad, el nombre y la grandeza en sangre, y raíz y carne de la historia viva de nuestro pueblo.

Don Félix Benítez Rexach, independentista pipiolo, muy trujillista.

Inseparables: el ingeniero Félix Benítez Rexach y su esposa Luccienne S. Dhotelle.

# Mataron al chivo

El 25 de abril de 1961 una fuente dominicana informa a la Agencia Central de Inteligencia (CIA) de un alegado plan dirigido a tumbar al Generalísimo. El magnicidio se llevaría a cabo entre los días del 29 de abril al 2 de mayo de ese año. El general Juan Tomás Díaz y el mayor Antonio de la Maza figuran como los conspiradores más destacados. "Los disidentes no tienen un plan de acción detallado para enfrentar el escenario que podría crearse con la súbita desaparición de Trujillo". Acto seguido, se añade que la razón para tomar una acción tan precipitada responde al temor de que la intriga sea descubierta. Lo que implicaría la liquidación inmediata de los complotados.[296]

El desaparecido periódico *El Mundo*, de San Juan, pudo valorar mejor que nadie el sentimiento del pueblo puertorriqueño en los momentos del ajusticiamiento del tirano:

> Rafael Leónidas Trujillo acaba de encontrar la muerte en la forma que mejor cuadraba al derrotero de violencia que siguió su vida. Con el asesinato de este gobernante implacable se cierra en la vecina república una era de más de 30 años de dolor, de esclavitud, de crimen y de escarnio. Más de una generación de dominicanos han nacido y vivido – y muchos de ellos hasta muerto–sin haber conocido jamás un destello de libertad, bajo uno de los regímenes

---

296 Central Intelligence Agency. Information Report. Dominican Republic. Plans to Assassinate Generalissimo Trujillo, 25 April 1961. Report No. TDCS. DB-3/646,903. (Cortesía Ricardo Fraga).

mas opresivos que haya conocido nuestro hemisferio. No sería posible una suma exacta de la larga cadena de crímenes que marcaron el paso del tirano por la vida de su pueblo...[297]

En nuestro país la nota discordante la dictaría el ingeniero Félix Benítez Rexach, quien envía una corona al entierro del sátrapa con el siguiente texto: "a un inolvidable amigo". Independentista pipiolo, trujillista del peor cuño, dueño y constructor del Hotel Normandie de San Juan,[298] Benítez Rexach hizo buena parte de su capital edificando obras de ingeniería para la dictadura dominicana. Trujillo lo empleó en el dragado y modernización del puerto de Santo Domingo. Benítez Rexach también hizo trabajos de construcción para la dictadura de Pérez Jiménez en Venezuela.[299]

El Departamento de Estado de Estados Unidos informa que Benítez Rexach no había pagado impuestos al gobierno de Puerto Rico por las ganancias obtenidas en la República. Sin tardanza, procederían a embargarle 317 mil 800 dólares que a nombre de Lucienne Benítez, su esposa, tenía depositados en el First National City Bank de Nueva York. Alegadamente molesto, Benítez Rexach renuncia a la ciudadanía estadounidense y, a título

---

297  *El Mundo*, 1 de junio de 1961, p. 1.
298  El Hotel Normandie se construye en tiempos difíciles, "sin la ayuda del gobierno", según le informa Benítez Rexach al gobernador Muñoz Marín. (Archivos Fundación Luis Muñoz Marín. Fondo: Félix Benítez Rexach. Carta de Benítez Rexach a Muñoz, 5 de marzo de 1963).
299  No debemos pasar por alto que también Luis Ferré tenía negocios con Pérez Jiménez en Venezuela y con Trujillo en Santo Domingo. Muñoz Marín le reprocharía a Ferré que en *El Día*, de Ponce, periódico de Ferré, se publica una edición dedicada a Santo Domingo y "al buen gobierno de Trujillo", que retiran de cirulación al darse cuenta lo terrible que era para el dirigente anexionista estar en relaciones con aquella dictadura. (*Conversaciones en el bohío. Luis Muñoz Marín y Roberto Sánchez Vilella en sus propias palabras*. Néstor R. Duprey Salgado, editor. San Juan: Fundación Luis Muñoz Marín, 2005. Tomo II, pp. 255-256).

de "naturalización privilegiada", se le confiere, en 21 de julio de 1958, la nacionalidad dominicana.[300]

¡Que nadie se asombre!, pero en la patria del Libertador, de pie y aplaudiendo con entusiasmo, los miembros del Congreso venezolano aprueban una "moción de júbilo" al conocerse el asesinato de Trujillo.[301] Citemos ahora la nota editorial publicada por el Departamento de Estado de Estados Unidos dando cuenta del asesinato ocurrido en una emboscada nocturna:

> Aproximadamente a las 10 p.m. el 30 de mayo de 1961, tres autos detuvieron la limosina del Generalísimo Trujillo a unos 9 kilómetros a las afueras de Ciudad Trujillo en la autopista hacia San Cristóbal. Los ocho atacantes dispararon desde los autos unos 70 tiros de metralleta contra Trujillo, matándolo y poniendo fin a sus más de 30 años de gobierno en la República Dominicana.[302]

Hay algunas incorrecciones en el texto citado. Para hacer las rectificaciones necesarias sugerimos reconstruir el operativo. Se debe admitir, ante todo, que los atacantes son siete en total y tardan poco menos de 15 minutos en tumbar al déspota. El grupo

---

300  Años más tarde, Benítez Rexach dice que el Departamento de Estado no le quitó la ciudadanía de Estados Unidos: "Fui obligado por el Dictador a tomar la Dominicana. Ahora me quitan la que obligatoriamente me hicieron tomar… Estoy seguro que si el Gobernador (Muñoz Marín) envía un cable al Departamento de Estado –inmediatamente me darían el pasaporte Americano al cual tengo derecho". Posteriormente, en carta al gobernador, el ingeniero de Vieques informa que mediante determinación del Departamento de Estado él "nunca había perdido la ciudadanía Americana y procedió a restituírmela". (Archivos Fundación Luis Muñoz Marín. Fondo: Félix Benítez Rexach. Cartas de Benítez Rexach a Juan Chévere Rivera y Luis Muñoz Marín, 30 de enero y 10 de septiembre de 1962, respectivamente).

301  *El Mundo*. San Juan, 2 de junio de 1961, p. 2.

302  *FRUS*, 1961-1963. Volume XII. American Republics. Washington: United States Government Printing Office, 1996. Documento 308. Nota Editorial. (Traducción cortesía de Hugo Rodríguez).

es muy dispar, heterogéneo si se quiere. No son revolucionarios, tampoco marxistas, sino conservadores que tienen muchas "hachas que amolar" con el régimen.

Henry Dearborn, cónsul general de Estados Unidos en la República Dominicana, ofrece unas declaraciones de doble filo: El asesinato político es algo inmoral y repulsivo; sin embargo, no todos los que promueven el linchamiento de Trujillo deben juzgarse como criminales vulgares. Pues con algunos de ellos nos podríamos identificar "si hubiéramos tenido la desgracia –son palabras de Dearborn– de ser dominicanos".[303]

Antonio de la Maza Vásquez, militar de profesión, resulta ser el conspirador más conspicuo. Su hermano había sido asesinado por la dictadura en los días del caso Murphy-Galíndez. También sobresale Antonio Imbert Barreras, ex gobernador de la provincia de Puerto Plata. El hermano de Imbert cumplía 30 años de prisión en la cárcel de *La Victoria,* acusado de matar a un dirigente azucarero.

En la conjura también participa Luis Salvador Estrella Sadhalá, empleado en la construcción de carreteras, y el teniente Amado García Guerrero, militar estacionado en el Palacio Nacional. Huáscar Antonio Tejada Pimentel, Roberto Rafael Pastoriza Neret y Pedro Livio Cedeño Herrera cierran el círculo de la intriga.

Para Robert D. Crassweller los antes mencionados constituyen el "grupo de acción", es decir, los *gatilleros,* la camarilla encargada de tumbar al tirano. Ellos tienen tres carros para llevar a cabo el operativo: un Oldsmobile negro de cuatro puertas, un Chevrolet Biscayne también de color negro que, de ser necesario, le bloquearía el paso al carro de Trujillo, y el Mercury de Salvador Estrella Sadhalá.

El complot incluye también a un grupo político, capaz de adueñarse de la maquinaria del estado. Esa facción reúne, entre

---

303 *FRUS. American Republics, 1961-1963.* Volume XII, Document 304.

otros, a Luis Amiama Tió, Modesto Díaz Quesada, al general Juan Tomás Díaz Quesada[304] y en la cúspide de la dictadura tiene el apoyo del general José "Pupo" Román Fernández, secretario de Estados de las Fuerzas Armadas de la República.[305]

Fotografías de la época revelan que el número de tablilla del carro de Trujillo –un Chevrolet Belair, color azul turquesa, sin aire acondicionado– es 0-1823. Zacarías de la Cruz, padre de siete hijos, hombre duro y disciplinado, quien se había ganado la confianza de *El Jefe*, se halla al mando del vehículo. Así había sido por espacio de 18 años. No llevan escolta, pero en el interior del automóvil tienen varias ametralladoras y revólveres.

Al torcer de la Avenida Máximo Gómez hacia la Avenida Washington, a Antonio Imbert, que viaja en el Chevrolet negro, sólo le toma un par de minutos acercarse al coche del sátrapa. Todo está listo para el tiranicidio:

> Dentro del carro negro que estaba de caza, el viento barría del lado derecho. Ya De la Maza tenía su escopeta de un cañón recortado en posición sobre la parte superior de la puerta. El arma tenía cinco de los cartuchos hechos a mano y llenados con bolas de ruedas de automóvil. Amado, en el asiento detrás de él, tenía la carabina M-1 también cargada y lista. Había poco que Estrella pudiera hacer salvo examinar de nuevo su revólver.[306]

---

304  El 9 de julio de 1960, en los jardines de la Embajada de Brasil, dos dominicanos resultan acribillados a balazos cuando iban a solicitar asilo político. En aquel incidente estuvo implicada una hermana de Juan Tomás Díaz. Trujillo insulta al general por permitir "esa traición". Díaz decide incorporarse al proyecto, sobre todo, cuando al mes del turbulento incidente le humillan separándolo del ejército por la acción de su hermana. (Bernardo Vega. *Eisenhower y Trujillo*. Santo Domingo: Fundación Cultural Dominicana, 1991, p. 103).

305  Robert D. Crassweller. *Trujillo, la trágica aventura del poder personal*, pp. 444-447

306  Diederich, p. 112.

De la Maza dispara su escopeta de cañón recortado cuando el carro de caza estaba a pocos pies del objetivo. El auto se llena de humo producto de la pólvora deflagrada. La escopeta se encasquilla y, en un santiamén, tiene que sacar el cartucho vacío, poner uno nuevo, cargar el arma y hacer el disparo que alcanza a Zacarías en el hombro. *El Jefe* también está herido. La sangre le baja de una herida que tiene en el brazo izquierdo. Zacarías detiene el coche y agarrando una de las metralletas abre fuego contra los conjurados. Éstos también se ven obligados a frenar el vehículo de caza:

> De la Maza se colocó en la parte trasera de su carro con su escopeta y comenzó a contestar el fuego del chófer. Imbert se deslizó a través del asiento delantero y se puso junto a De la Maza en el pavimento, disparando su .45. Estrella y Amadito estaban tirados en el pavimento y disparaban desde la parte delantera del carro. Imbert había apagado las luces de su carro pero enfrente no solamente permanecían encendidas las del carro de Trujillo, sino que también la sirena del coche del *Jefe* añadía una nota al electrizante ambiente junto con el ruido de la ametralladora del chófer. Las balas estaban haciendo un ruido intenso mientras pasaban a través de los automóviles o se anidaban en los cocoteros. Los conjurados concentraron su fuego en la puerta del conductor, hiriendo a Zacarías varias veces en las piernas. Trujillo salió del asiento trasero y se mantuvo junto al carro, haciendo varios disparos con su .38 mientras avanzaba pulgada por pulgada.[307]

---

307  Ibid., p. 112.

Una vez más, De la Maza levanta la escopeta de cañón recortado y dispara. El tirano recibe el impacto del fogonazo y cae de bruces. Todavía agarra en la mano su revólver .38 de cañón corto. De la Maza se acerca al cuerpo del dictador. Indignado y furioso patea el cadáver en la espalda. Salta sobre él. Entonces, le quita el revólver que Trujillo tiene en su mano. El tirano no sospecha que en ese momento, cuando está apurando la poción de la muerte, uno de sus asesinos es el hermano de Octavio Antonio de la Maza. Apuntándole a la cara, De la Maza aprieta el gatillo disparándole el tiro de gracia. El proyectil penetra por la barbilla. Le fractura la quijada y le hace saltar un puente dental que tiene en la parte delantera de su boca. A Zacarías una bala le había dado en la parte superior del cráneo y estaba sin conocimiento.[308]

Durante el tiroteo hay una baja entre los conjurados: Pedro Livio Cedeño. El proyectil le perfora el intestino alojándosele en la espalda. Tal vez no sea necesario aclarar la existencia de un pacto de caballeros firmado por los "disidentes". Cualquier herido que requiriese de hospitalización inmediata tendría que ser ultimado por asuntos de seguridad. Pero ahora que el déspota está muerto, nadie presta atención al insólito acuerdo. Entonces, Imbert acerca el Chevrolet negro al lado del cadáver de Trujillo y De la Maza y Pastoriza levantan los restos ensangrentados del déspota echándolo en el maletero del automóvil.[309]

A Zacarías de la Cruz lo llevan al hospital militar. Pedro

---

308  Diederich, p. 113. El relato de Diederich lo contradice Antonio Imbert Barreras. No es cierto que a Trujillo le hubieran dado un tiro de gracia. Imbert Barreras también niega que le dieran patadas al cadáver y asegura que el tirano no hizo disparo alguno con su .38, pues Imbert entró al carro de Trujillo, tomó su maletín y el revólver que estaba envuelto en una correa de tiros. Al examinar el arma se dio cuenta que no estaba disparada. (Víctor Grimaldi entrevistó a Imbert para *Clave Digital*: *yahoo.com/group/fotoperiodistas*. Acceso, 27 de enero de 2011).

309  Diederich, p. 114. El cadáver mutilado y casi irreconocible aparecería embutido en el Chevrolet negro que los gatilleros abandonan en el garaje de una casa desolada.

Livio queda recluido en la Clínica Internacional. Casi alucinante, Pedro Livio es interrogado sin piedad. Johnny Abbes García[310] le sugiere a los médicos de turno hacerle una transfusión de sangre y fortalecer al paciente para que pueda hablar en el acto. Abbes García es un esbirro que vive de prisa. Interesa detener, a la mayor brevedad posible, a los asesinos de Trujillo.

Durante aquellos momentos hay en la República Dominicana un total de 5,200 ciudadanos de Estados Unidos.[311] El presidente Kennedy se halla en París. El secretario de Estado Dean Rusk –que sabe perfectamente por donde le entra el agua al coco, le informa por teléfono a su Presidente las noticias que llegan de Santo Domingo. A su vez, en horas de la noche del 31 de mayo, vistiendo de etiqueta y en camino a los Campos Elíseos, donde el general Charles de Gaulle ofrece un banquete de gala en homenaje a Kennedy, Pierre Salinger daría la noticia del asesinato: "la Casa Blanca tiene entendido que el dictador Rafael Trujillo, de la República Dominicana, ha sido asesinado".[312] Dos horas después del anuncio de Salinger llega la noticia a Santo Domingo.

En Ciudad Trujillo todo se halla "en calma". Así lo asegura el Cónsul General Henry Dearborn. No hay trastornos, pero se observa la presencia de numerosos soldados y policías. Definitivamente, las medidas de seguridad se extreman. Es como si todo el país estuviera en alerta, pero no hay indicios de desórdenes. Según las declaraciones del Cónsul, los dominicanos se enteran del asesinato del hombre fuerte a las 4:45 de la tarde del miércoles 31 de mayo. Nadie puede marcharse del país.[313] La frontera con Haití permanece cerrada, las comunicaciones telegráficas interrumpidas

---

310  Hijo de un emigrante alemán y de una dominicana, Abbes García nace en 1924. Hay un momento cuando trabaja como reportero deportivo. Luego se dedica al hipismo y establece estrecha amistad con los Trujillo. Abbes García se desempeñaba como jefe del Servicio de Inteligencia Militar de la dictadura.

311  *The New York Times*, 2 de junio de 1961, p. 1.

312  Diederich, p. 158.

313  *El Mundo*. San Juan, 1 de junio de 1961, p. 1.

y no se permite la entrada ni salida de aviones.[314]

En la conversación que sostiene el 31 de mayo con don Roberto Sánchez Vilella, el gobernador Muñoz Marín informa que un funcionario de Estados Unidos le pidió "a un agente Consular de Estados Unidos que fuera a ver cadáver para confirmar. No se sabe lo que pasó con eso".[315] Algunos renglones más adelante, Muñoz dice que había hablado con Figueres, en Costa Rica, sobre los asuntos dominicanos.

Ese mismo día, 31 de mayo, en conversación telefónica el gobernador da voz de alerta cuando toca el tema de los que solicitan asilo: "Consejo que doy. Persona que llega perseguida no se va a tirar al mar, pero tiene que estar lista a salir en tres días o algo así. No pase como con Pérez Jiménez".[316]

En medio de aquel torbellino don Luis Muñoz Marín rastrea, día a día, el caso dominicano. El primero de junio se comunica con Teodoro Moscoso que se halla en Venezuela: "Mira, yo tengo una idea, pero es una idea mia y como esto aquí está tan desorganizado en cuanto a quién decide yo le daría este consejo al gobierno de allá. Tú dices en esa yo encuentro que debe considerarse acción de tres o cuatro países de por allá para evitar que intervengan en la situación *elementos indeseables*. Pero yo no sé lo que harán acá. Es idea que se me ocurre a mi como buena. Pero no he hablado con nadie del gobierno. Estoy aquí para otras cosas y aquí fue donde yo recibí la noticia".[317]

Al hilo del mediodía del primero de junio, mientras "el

314  Archivos Fundación Luis Muñoz Marín. Sección V. Serie 19. América Latina. Memo para el Record. Conversación con Roberto Sánchez Vilella, 31 de mayo de 1961. (Sánchez Vilella ocupó la gobernación de Puerto Rico durante los años 1964 a 1968).

315  Archivos Fundación Luis Muñoz Marín. Ibid.

316  Archivos Fundación Luis Muñoz Marín. Serie 19. Material informativo sobre América Latina. Conversación telefónica con AMC (Se trata de Arturo Morales Carrión), 31 de mayo de 1961. Situación de Asilo (Sto. Domingo).

317  Archivos Fundación Luis Muñoz Marín. Material informativo sobre América Latina. Memo para el récord. Conversación telefónica con Teodoro Moscoso. Venezuela. 1 de junio de 1961, 10:30 AM. (Cursivas nuestras).

señor Kurt (sic)[318] del CIA estaba con LMM", en La Fortaleza, éste (Muñoz Marín) habla con Sánchez Vilella:

¿Hay tales vuelos? ¿Qué dicen? Pues mira, déjame repetir esta información a un amigo (Meyer) a quien le interesa –

"Sam Halper of TIME was in Puerto Rico. He made trip with me to Miami and returned to P. R. He has been trying to get to Santo Domingo. Asked for a government plane. Flights are already started 432 PAA for Ciudad Trujillo left Sam (sic) has already sent first message from the air. Offered information on anything he could get".

… Déjame repetir algunas cosas en notas.

1. Se cree que se deben dejar salir en cada vuelo una, dos o tres personas que puedan estar allí unos días para que puedan enterarse de lo que está pasando.

2. Están pensando, tienen la idea de tirar un volante desde el aire. Infiltración de pequeños grupos no para pelear sino para estar allí.[319]

No reavivemos la animosidad, pero el 3 de junio, el presidente Joaquín Balaguer, trujillista hasta la médula, lee en la Iglesia de San Cristóbal el panegírico con el que se despide de su jefe: "Tus hijos espirituales, veteranos de las campañas que libraste durante más de 30 años para engrandecer la República y estabilizar el Estado, miraremos hacia tu sepulcro como hacia un símbolo

---

318  Se trata de Cord Meyer de quien hablaremos más adelante.

319  Archivos Fundación Luis Muñoz Marín. Material informativo sobre América Latina. Memos para el récord. Conversaciones telefónicas con Roberto Sánchez Vilella, 1 de junio de 1961.

enhiesto y no omitiremos medios para impedir que se extinga la llama que tu encendiste en los altares de la República y en el alma de todos los dominicanos".[320]

De repente, como una borrasca tropical, el comandante Delio Gómez Ochoa es presentado ante los periodistas extranjeros. La conferencia se lleva a cabo en la tarde del 3 de junio en el hotel El Embajador. Delio está impecablemente vestido. Traje azul, camisa blanca, yuntas de oro, zapatos negros y una corbata que hace combinación con su traje. La ropa, según dijo, se la había regalado el sistema carcelario.

A Delio se le nota tranquilo, pero "el reo" no puede conseguir su libertad mediante el reciente decreto presidencial porque el mismo no cubre a los presos sentenciados a pagar indemnizaciones al estado. Entonces sucede algo inesperado cuando se le pregunta qué opinión tiene del gobierno dominicano y contesta:

–Pienso lo mismo que usted.[321]

En la llamada Isla del Encanto existe mucha incertidumbre. Archivada en la Fundación Luis Muñoz Marín hay una nota al dictáfono, fechada el jueves 6 de julio, que se debe comentar. Se trata de una conversación del Gobernador de Puerto Rico con Sacha Volman. Dice así:

> Recomendaciones: Que los partidos revolucionarios entren en la república... aprovechándose de la oferta que se ha hecho. Que los Estados americanos mantengan una persona o una comisión para garantizar los derechos y las vidas de las personas de estos partidos. Que haya un método de financiamiento de estos partidos. Que no maneje ese financiamiento el CIA. Que la

---

320 *El Caribe*. Santo Domingo, 3 de junio de 1961, p. 1.
321 *El Mundo*. San Juan, 5 de junio de 1961, p. 30.

posición política sea de establecimiento de la democracia excluyendo al Trujillismo y al Comunismo o Fidelismo. Que los asuntos sociales no se introduzcan en la lucha hasta después que se haya debilitado el gobierno existente. Que los partidos revolucionarios del exterior no deben esperar a que se saque la familia de Trujillo como condición para ellos entrar a la lucha interna en la república del caso, porque esto no ocurriría y serviría para, sencillamente, producir la situación de que nunca entrara al país los partidos revolucionarios democráticos.[322]

Ya se ha afinado estrecha relación entre don Luis Muñoz Marín y Sacha Volman. En los archivos del gobernador se puede leer un extenso informe del enigmático judío rumano sobre la crisis dominicana. Desde el Instituto de Educación Política, con sede en San José, Costa Rica, esto le dice Barbara-Ann McHale a Muñoz Marín: "El Sr. Volman piensa que usted estará interesado en leer este informe y solicita que trate el mismo como confidencial".[323]

En líneas generales se puede decir que poco después del asesinato de Trujillo el régimen pierde todo sentido de la proporción: delación, espionaje, sufrimientos a granel. Todo el entorno dominicano se transforma en un espacio salvaje. Más de 25 personas resultan torturadas, otras serían asesinadas.

En la *Hacienda María*, propiedad de los Trujillo, claro está, seis de los acusados por el asesinato del dictador serían masacrados el 18 de noviembre de 1961: Pedro Livio Cedeño, Modesto Díaz,

---

322  Archivos Fundación Luis Muñoz Marín. Material informativo sobre América Latina. Nota al dictáfono, jueves, 6 de julio de 1961. Conversación con (Sacha) Volman. LMM/er.

323  Archivos Fundación Luis Muñoz Marín. Carta de Barbara-Ann McHale a Luis Muñoz Marín, 31 de julio de 1961.

Roberto Pastoriza, Huáscar Tejeda, Salvador Estrella Sadhalá y Luis Manuel Cáceres. Ya la tiranía había exterminado, a balazos, a Antonio de la Maza. Los hermanos de éste, Bolívar, Ernesto, Mario y Pablo sufren idéntica desgracia. Mientras, el teniente Amado García Guerrero, herido en una balacera el 2 de junio, moriría combatiendo a las fuerzas de la dictadura.

Diederich asegura que la *Hacienda María* es una finca costera de 7 mil acres. Tiene tres piscinas, un campo de golf en miniatura y playa privada. Es el lugar ideal para celebrar fiestas. Y en aquella finca el hijo del tirano, Ramfis,[324] dirige personalmente las ejecuciones.[325] Los cadáveres nunca aparecieron. Algunos creen que fueron incinerados en la base de San Isidro, otros sostienen que fueron arrojados al mar.

¿Qué dicen los documentos desclasificados del Departamento de Estado sobre el hijo del déspota? Ramfis Trujillo padece de un grave trastorno psicótico. El 5 de enero de 1960 viaja a Europa a recibir tratamiento. Un siquiátra español, "el Dr. Pons", le ha diagnosticado "esquizofrenia". En documento confidencial enviado a Washington, Farland comenta que sería productivo si un oficial de E. U. se acercara discretamente al Dr. Pons para obtener información adicional.[326]

Puntualicemos ahora un hecho importante. Dos de los conspiradores que participaron en el ajusticiamiento del tirano, Antonio Imbert Barreras y Luis Amiama Tió, milagrosamente lograron sobrevivir la salvaje embestida del régimen. Rolando Masferrer, cubano con residencia en Nueva York, adicto a la

---

324  El 24 de febrero de 1961, en telegrama cursado al Departamento de Estado, Dearborn expresa su opinión sobre Ramfis: "My advice is Ramfis is most unstable, ruthless… untrustworthy and cynical occupant of whole Trujillo nest and we should avoid him like bubonic plague". (*FRUS*. American Republics. Volumen XII. Doc. 303). El 19 de noviembre, luego de saquear los bancos de la República, Ramfis Trujillo, junto a sus incondicionales, huyeron del país con una desmesurada fortuna.

325  Diederich, pp. 240-241.

326  NARA. College Park, Maryland. Véase los informes confidenciales de Farland al Departamento de Estado fechados el 6 y el 12 de enero de 1960.

dictadura de Batista, tramitaba el asesinato de ambos. Víctor Sued Recio se encargaba de coordinar el proyecto. Conforme a documentos oficiales desclasificados por la CIA, Masferrer reclutaría a cuatro batistianos para eliminar a Imbert Barreras y Amiama Tió.[327]

Pero si habláramos de ironías o de burlas no podemos pasar por alto que el Chevrolet en el cual Trujillo se encaminaba hacia la muerte sería vendido poco después del magnicidio. El comprador lo convierte en taxi, colocando en la ventana trasera un letrero que decía: "En este carro mataron al Chivo".[328]

---

327  Central Intelligence Agency. Field Information Report: Plan of Gen. Rafael (Ramfis) Trujillo to Assassinate Luis Amiama Tió and Antonio Imbert Barreras. Record Number: 104-10071-10160. Agency File Number: 80 T01357A, 22 de mayo de 1962.
328  Diederich, p. 257.

# Operación Santo Domingo

John F. Kennedy, retrato de Aaron Shikler
expuesto en la Casa Blanca.

Mary Pinchot Meyer, amante del presidente Kennedy, fue asesinada
por gatilleros profesionales. En la foto aparece junto al que fue su
marido, Cord Meyer, quien cobraría notoriedad cuando la revista
Ramparts lo involucra en asuntos turbios de la CIA. Meyer estuvo
aliado al gobierno de don Luis Muñoz Marín.

Salvador Allende y Orlando Letelier.

El misterioso asesinato de la amante de JFK.

Monumento en Barbados. La tragedia del 6 de octubre de 1976 no dejó sobrevivientes. Murieron las 73 personas que viajaban en el avión de Cubana de Aviación. Es el acto de terror más horrible ocurrido en la historia de América Latina.

Muñoz y Kennedy.

Ronni Karpen Moffitt.

El terrorista estadounidense, Michael Townley, involucrado en el asesinato del diplomático chileno, Orlando Letelier, y su secretaria Ronni Moffitt.

Kennedy y Arturo Morales Carrión.

Emblema de la oficina del Presidente de Estados Unidos.

Entierro del presidente Kennedy.

Augusto Pinochet, dictador chileno apadrinado por el
secretario de Estado de Estados Unidos, Henry Kissinger.

El secretario de Estado de Estados Unidos, Henry Kissinger junto al dictador Augusto Pinochet. Santiago de Chile, junio 1976.

Kennedy y el secretario de la Defensa, Robert McNamara.

EO 13526
3.3(b)(1); 3.5(c)

Central Intelligence Agency

Washington, D.C. 20505

DIRECTORATE OF INTELLIGENCE

1 May 1987

Pinochet's Role in the Letelier Assassination and Subsequent Coverup

Summary

A review of our files on the Letelier assassination has
provided what we regard as convincing evidence that President
Pinochet personally ordered his intelligence chief to carry out the
murder. These files also make clear that when the subsequent
investigation by US authorities established that senior Chilean
military and intelligence officers were responsible, Pinochet
decided to stonewall on the case to hide his involvement and,
ultimately, to protect his hold on the presidency. As the result
of the recently revived US interest in the case, Pinochet is now
seeking new ways to contain the potential threat to his political
survival in the face of armed forces pressure to clear up the
Letelier affair. In our view, however, none of the several options
he apparently has considered--ordering a Chilean court trial for
the culprits in the murder, blaming another Army officer for the
coverup, or even the elimination of his former intelligence chief--
is likely to protect Pinochet from any further embarrassing
revelations that ensure. Moreover, they will be unable to satisfy
the military's concern that Pinochet take effective steps to repair
the damage already done to the armed forces' reputation.

*    *    *

This typescript was prepared by ████████████ South American
Division, Office of African and Latin American Analysis. It was coordinated
with the Directorate of Operations. This typescript was requested by
Mr. Robert Gelbard, Deputy Assistant Secretary, Department of State. Comments
and queries are welcome and may be directed to the Chief, South America
Division, ALA, on ████████████

ALA M 87-20024X

Copy 3 of 9

CL BY: 195040
DECL: OADR
DRV FM: COL 4-82 OADR

PARTIALLY DECLASSIFIED/RELEASED
Authority S7580 #3636
BY LSI NARA DATE 9/23/16

SECRET

Agencia Central de Inteligencia, 1 de mayo de 1987. Documento desclasificado
informando el asesinato del diplomático chileno, Orlando Letelier, ordenado
por el presidente Augusto Pinochet.

# Operación Santo Domingo

Un cierto día el cónsul Henry Dearborn (mayo-agosto 1962) recibe órdenes de abandonar la República Dominicana a la mayor brevedad posible. Washington nombra a su nuevo portavoz: John Calvin Hill, Jr.,[329] quien desde mediados de 1958 se encargaba de "evaluar" el desarrollo político de Cuba y ejercía tareas de asistente especial del Secretario de Estado Adjunto para Asuntos Interamericanos del Departamento de Estado. Esto se dice del nuevo funcionario:

> Hemos asignado como Cónsul General a un oficial muy experimentado que hizo un trabajo magnífico en Guatemala durante la caída de Arbenz e integrante de la Oficina Latino Americana conectada con la CIA durante varios años mientras trabajaba en la República Dominicana.[330]

Resulta pertinente destacar que dos días después del ajusticiamiento de Trujillo, es decir, el primero de junio de 1961, se lleva a cabo una reunión al más alto nivel en los cuarteles generales del Departamento de Estado. Washington padece de un miedo

---

329 John Calvin Hill, Jr. (1921-1973), fue nombrado Cónsul interino de enero de 1962 a marzo de ese año. Le sustituiría John Bartlow Martin como Embajador Extraordinario.
330 *FRUS*, 1961-1963. Volume XII. Document 315. Traducción de Clemente Armando Díaz.

fronterizo a la histeria. Se cre que el asesinato de Trujillo puede dar paso a un gobierno encabezado por elementos contrarios a los mejores intereses de Estados Unidos. Los asesores más allegados al presidente Kennedy piensan que la camarilla dirigida por Johnny Abbes y Ramfis Trujillo podría avivar "la dominación del gobierno dominicano por comunistas o castristas u otros elementos básicamente hostiles hacia el sistema interamericano".

En la reunión del primero de junio de 1961 coinciden Lyndon B. Johnson, vicepresidente de Estados Unidos; Robert Kennedy, procurador general; Robert S. McNamara, secretario de la Defensa; el general Lyman L. Lemnitzer, jefe del Estado Mayor Conjunto; Wimberley DeR. Coerr, subsecretario de Estado para Asuntos Interamericanos; Teodore C. Achilles, director del Centro de Operaciones del Departamento de Estado y Chester A. Bowles, subsecretario de Estado. Podemos explicar lo que sucede en esa reunión utilizando como fuente el memorando titulado *Notas sobre crisis que implica a la República Dominicana*, redactado por Bowles el 3 de junio. El documento original se halla depositado en la Biblioteca de la Universidad de Yale.[331] En una de sus partes dice así:

> Bob McNamara y Lemnitzer afirmaron que bajo los términos de la carta de contingencia, ellos necesitaban estar preparados para instalarse en la isla con poco aviso de requerirse así y esto en su opinión exigía sustancialmente más tropas de las que teníamos en el área. Luego de alguna discusión consideramos que dos portaaviones más, algunos destructores y 12,000 infantes de marina debían moverse hacia una posición aledaña a unas cien millas de la costa de República Dominicana.[332]

---

331  Papeles Bowles, Apartado 392, Carpeta 154. Personal. También se reproduce en United States Department of State. *FRUS*. Volume XII. Doc. 310.

332  *FRUS*. Doc. 310. Memorando por el Subsecretario de Estado. Papeles Bowles. (Traducción de Hugo Rodríguez).

Sin tardanza, el Subsecretario de Estado subraya que tal movimiento de tropas debía realizarse con el mínimo de publicidad. Y para desinformar a los medios noticiosos, Bowles sugiere que la flota se despliegue sobre un extenso perímetro de manera que no aparezca estar en formación.

Parecía un grupo de gente sana y juiciosa cuando, inesperadamente, el tono de la reunión se torna irritante. Un poco perturbado Robert Kennedy propone realizar un acto insólito: volar en pedazos el Consulado de Estados Unidos en Santo Domingo[333] con el sólo propósito de justificar la intervención militar. Citemos una vez más el importante documento y destaquemos el papel protagónico que juega el Procurador General:

> El tono de la reunión fue profundamente perturbador. Bob Kennedy buscaba claramente de una excusa para invadir la isla. En un punto sugirió, aparentemente en serio, *que tendríamos que volar el Consulado* para proveer la racional.

> Su acercamiento general, apoyado con vigor por Dick Goodwin, era que ése era un mal gobierno y que había una fuerte probabilidad que pudiera asociarse con Castro, y debía ser destruido – con una excusa de ser posible, y sin ella de ser necesario.

> Más bien para sorpresa mía, Bob McNamara pareció apoyar ese punto de vista. Yo tomé el punto de vista opuesto de que nuestra posición en el mundo entero se basaba en derechos de tratados, que sería un error catastrófico

---

333  La Embajada de Estados Unidos había sido degradada a la categoría de Consulado inmediatamente después del rompimiento de relaciones diplomáticas con el gobierno de Trujillo que se produjo el 26 deagosto de 1960.

tomarlos a la ligera y que a la hora de actuar de
manera temeraria en la República Dominicana,
sólo estaríamos complicando el problema de
Cuba y que aun cuando yo pensaba que era
necesario tomar todas las medidas posibles
para la protección de vidas norteamericanas, no
deberíamos movernos más allá de ese punto.[334]

Tales fueron algunos de los asuntos tratados el primero de
junio. Un día más tarde, el viernes dos, continuó la discusión del
rompecabezas dominicano. En esa ocasión concurren al cónclave
otras figuras sobresalientes del gobierno de Estados Unidos,
especialmente, Arthur Schlesinger, Allen W. Dulles, Walt Rostow,
Ed Murrow y el coronel J. C. King, jefe de la División del Hemisferio
Occidental de la CIA. El documento suscrito por Bowles habla del
giro desagradable que había tomado la polémica:

Bob Kennedy mostraba un talante incluso más
agresivo, dogmático y vicioso que en la reunión
anterior. Se dirigió directamente a mí y dijo: "¿Qué
propone usted que se haga con la situación en la
República Dominicana?" Yo le contesté que yo
pensaba que habíamos tomado las precauciones
militares necesarias y que la próxima orden de
acción era averiguar lo que estaba ocurriendo.

Esa mañana los cablegramas de Dearborn
expresaron algunas de las historias horripilantes
de asesinato y represalia que según los reportados
estaban ocurriendo fuera de escena en la capital
dominicana. Yo señalé que aun cuando tales
historias probablemente eran ciertas y todos
sabían del carácter depravado del joven Trujillo

---

334  *FRUS*. Ibid. Doc. 310. Cursivas nuestras.

que se apoderaría del gobierno, todavía quedaba
mucho que se necesitaba aceptar.

Por ejemplo, no había evidencia alguna en
absoluto que ningún (norte)americano hubiera
sido perjudicado o amenazado ni evidencia
alguna de actos de agresión contra Haití o
cualquier otro país.

La respuesta de Bob Kennedy fue viciosa,
desagradable y dogmática. Dick Goodwin apoyó
su posición aunque en lenguaje un tanto más
cortés. Para mi sorpresa, se les unió Arthur
Schlesinger, quien fue casi tan atrevido como Bob
Kennedy y Dick Goodwin, aunque en términos
más agradables.[335]

El secretario de la Defensa Robert S. McNamara, sin la
menor emoción, se sostuvo firme en su parecer: hay que conseguir
una excusa "para entrar al país y trastornarlo". Las voces contrarias
a la intervención militar son pocas. Adlai Stevenson expresó su
asombro al saber que las propuestas intervencionistas "se estuvieran
discutiendo seriamente".

Entonces sucede algo interesante. Es como si el rey, látigo
en mano, comienza a flagelarse, pues Evan Thomas, biógrafo del
presidente Eisenhower y editor de la revista *Newsweek*, dice que a
Bobby Kennedy le interesa enviar la flota de Estados Unidos a las
costas dominicanas como antesala a la intervención militar. El
subsecretario Bowles elevaría su protesta a la Casa Blanca:

RFK le gritó: 'Eres un bastardo cobarde'. Bowles
se dirigió hacia el presidente, abiertamente
preguntando, '¿quién está a cargo aquí?'

---

335 *FRUS*. Ibid.

JFK, quien no tenía el estómago para alguna intervención armada en el Caribe... respondió, 'Usted lo está'. 'Bien', dijo Bowles. '¿Le importaría explicarle eso a su hermano?' Bowles ganó la batalla, pero perdió la guerra: pocos meses después fue trasladado fuera de Washington como embajador itinerante.[336]

El gobierno de Estados Unidos agarró al vuelo la pelota. El presidente Kennedy ordenaba de inmediato "la protección" de las vidas de los ciudadanos estadounidenses en la República Dominicana. Mucho más, su administración sugiere que se tomen medidas drásticas para evitar el establecimiento "de un gobierno tipo Castro" en la hermana República. Así lo deja saber la Dra. Theresa L. Kraus:

> Una hora después de la muerte de Trujillo, el Contraalmirante Robert L. Dennison, Comandante Jefe de la Flota del Atlántico (CINCLAT por sus cifras en inglés), informó a sus comandantes navales que 'la situación de la República Dominicana podría requerir intervención en el futuro cercano con poco tiempo de anticipación'.

Algunos renglones más adelante, el ensayo de la Dra. Kraus cita unas palabras del presidente Kennedy:

> 'Deberían aclararle a Balaguer que no le vamos a apoyar en cualquier circunstancia simplemente porque hay una amenaza de que la República Dominicana puede ser cubanizada. En efecto, un fracaso por parte de Balaguer en proveer una

---

336  Evan Thomas. *Robert Kennedy: His Life*. New York: Simon & Schuster, 2002, p. 139. Traducción de Clemente Armando Díaz.

reforma real sería la mejor garantía posible de que esta amenaza se convertiría en realidad. Si Balaguer se prueba intransigente, a él y a Ramfis deberían proporcionarles una descripción viva de la diferencia entre retirarse a la Riviera o ser destripado y descuartizado en las calles de Ciudad Trujillo'.
...

(...) la situación dominicana nuevamente empeoró cuando manifestaciones y huelgas amenazaron al nuevo gobierno. El 15 de septiembre la JCS advirtió a la Marina a prepararse para un segundo despliegue. Aunque resultó innecesario enviar unidades de la flota en ese momento, un mes más tarde, a medida en que aumentaron las tensiones en la República Dominicana, Dennison movilizó al Escuadrón Anfibio Caribeño a una posición 50 millas al sur de Ciudad Trujillo.[337]

Nadie puede poner en duda el antitrujillismo de don Luis Muñoz Marín. Los recortes de prensa depositados en los archivos de la Fundación que lleva su nombre sirven para ilustrar lo que decimos. En cierta ocasión, Muñoz exhorta al gobierno de Washington a alzar la voz "firme y claramente" contra los dictadores que persisten en nuestro hemisferio. La violación de los derechos humanos "repugna a la conciencia de los pueblos de América". Algunos renglones más adelante, dice que la opinión pública debería ejercer "el máximo de presión moral" contra el régimen dominicano del generalísimo

---

337 Theresa L. Kraus. *Prelude to the Storm: The United States Navy and the Dominican Republic, 1959-1964*. El ensayo se puede leer en: www.history.navy. mil/colloquia.

Rafael Leónidas Trujillo, a fin de obligarlo a respetar los principios democráticos.[338]

Pero la repulsa contra Trujillo viene de lejos. En agosto de 1947, durante la juramentación del tirano como presidente de la República, el gobernador Jesús T. Piñero, acompañado de miembros de su gabinete, llega a "Ciudad Trujillo" para participar de aquellos actos. El periódico *El Imparcial* publica una foto que presenta al déspota dominicano y a Piñero "en un abrazo amistoso". En aquella ocasión, el embajador de Estados Unidos George Butler le hace entrega a Trujillo de un mensaje de felicitación suscrito por el Presidente Truman. Muñoz Marín informa que el Departamento de Estado había obligado a Piñero a realizar el viaje. Por su parte, el profesor Jaime Partsch revela que Muñoz y Jorge Font Saldaña estuvieron reunidos con Piñero toda una noche "para tratar de persuadirlo de que no participara en este acto que sólo iba a servir para legitimar a un sangriento dictador". No hubo forma de convencer a Piñero...[339]

Sin la menor emoción podemos decir que el antitrujillismo de don Luis Muñoz Marín es un antitrujillismo *light*. El morador de La Fortaleza cree que había una manera de facilitarle sicológicamente a los herederos del dictador, particularmente a Ramfis, el retiro, la salida decorosa del país. Escuchemos una vez más a don Luis: "Si los Trujillo, además de lo que tienen, o pueden tener, en inversiones y bancos extranjeros, se quieren llevar cinco, seis o diez o doce millones más, que se los lleven". Acto seguido, Muñoz Marín añade: "Pero los cien, los doscientos, los trescientos millones deben de quedarse en el pueblo dominicano. Le dije que la razón principal para esto, además de la justicia para el pueblo dominicano que había sido esquilmado de estos millones por fuerzas de tiranía y dictadura, era que los Estados Unidos no deben estar sujetos a la acusación de que ellos han sido cómplices de este esquilmamiento, de este robo, al

338  *El Comercio*. Ecuador, 8 de febrero de 1960.
339  Jaime Partsch. *Jesús T. Piñero: el exiliado en su patria*. San Juan: Ediciones Huracán, 2006, pp. 165-166.

pueblo dominicano".[340]

El gobierno de Muñoz Marín no permanece neutral en los asuntos dominicanos. Todo lo contrario, se halla vinculado y colaborando con funcionarios de la Agencia Central de Inteligencia de Estados Unidos, pues, unos y otros interesan la no repetición de la experiencia cubana en los espacios latinoamericanos. Veamos la siguiente conversación entre el Gobernador y su secretario de Estado, don Roberto Sánchez Vilella:[341]

> (LMM)[342] Hablé con Figueres que está en Costa Rica. Chaguín Polanco[343] debe tener una serie de documentos sobre personas que han sido expurgadas de no tener asociación con comunistas, fidelistas, etc. Carl Myers[344] debe tener copia. (Manden documentos a Washington).[345]

Sin tardanza, Muñoz admite que su gobierno había cursado llamada a Cord Meyer y, de la CIA, llegaría información precisa *"mañana a las 9:00 AM"*. Graduado de la Universidad de Yale, Meyer provenía de una familia riquísima. Durante la segunda Guerra Mundial la fragmentación de una granada japonesa le dejó

---

340  Archivos de la Fundación Luis Muñoz Marín. Material informativo sobre América Latina. Nota al dictáfono. Conversación con El Huésped hasta las nueve menos cuarto – Septiembre 23, 1961. (LMM:mla).

341  Roberto Sánchez Vilella (1913-1997): ingeniero de profesión, ocupó puestos de importancia en la administración pública y fue el segundo gobernador electo de la Isla. Retirado de la vida política fue profesor de la Escuela de Administración Pública de la Universidad de Puerto Rico.

342  Luis Muñoz Marín.

343  Santiago Polanco Abreu (1920-1988): abogado de profesión, estuvo ligado al Instituto para Estudios Democráticos de San José, en Costa Rica, presidió la Cámara de Representantes y fue Comisionado Residente de Puerto Rico en Washington.

344  Debe decir Cord Meyer, quien actuaba como Deputy Director for Plans International Organizations Division de la Agencia Central de Inteligencia (CIA). Meyer estuvo involucrado con la alta dirección del Partido Popular Democrático durante la llamada *Operación Santo Domingo*.

345  Fundación Luis Muñoz Marín. *Conversación con Sánchez Vilella*, 31 de mayo de 1961.

parcialmente ciego. En 1949 comenzó a trabajar secretamente con la CIA. Algunos años más tarde, Meyer gana notoriedad cuando la revista *Ramparts* revela que la CIA, bajo sus auspicios, subsidiaba a la Unión Nacional de Estudiantes de Estados Unidos (US National Students Association).[346] En condiciones extrañas, su ex-esposa, Mary Pinchot Meyer, fue asaltada y asesinada en Washington D. C. por un gatillero profesional el 12 de octubre de 1964. Se sabe que Mary llevaba amores con el presidente Kennedy. Nadie pudo acusar a la CIA de aquella fechoría: "aunque el asesinato tenía todas las señas de ser un trabajo interno".[347]

Cord Meyer y Allen W. Dulles, así como Frank Sturgis, Howard Hunt, Virgilio González, David Morales, David Atlee Phillips y James Jesus Angleton, de una forma u otra, han sido conectados con la conspiración y el asesinato del presidente Kennedy.[348] Dentro de ese ambiente de secretividad e intrigas sería bueno comentar la llamada *Operación Santo Domingo*, un proyecto diseñado por la CIA para impedir la repetición del caso cubano en la República Dominicana o en otras tierras de nuestra América.[349] Conforme a los documentos depositados en la Fundación Luis Muñoz Marín dos fechas son importantes para trazar la *Operación Santo Domingo*. En primer lugar, noviembre de 1960, cuando el presidente de Costa Rica, José Figueres, visita la isla de Puerto Rico. Y, en segundo lugar, el 30 de mayo de 1961, fecha del asesinato de Trujillo.

---

346 Charles D. Ameringer. *U. S. Foreign Intelligence. The Secret Side of American History*. Lexington Books: Massachusetts, 1990, pp. 266-267.

347 Véase *www.spartacuseducational*. Acceso, 19 de diciembre de 2010.

348 Una vez más, recomendamos la lectura del excelente trabajo de David Talbolt: *The Devils Chessboard*.

349 En la Fundación Luis Muñoz Marín se halla depositado un *Estudio Confidencial sobre la República Dominicana* (agosto 1961), donde se dice que las inversiones de la South Puerto Rico Sugar Company, valoradas en $47.7 millones, representaban la mayor inversión de capital extranjero en una sola empresa. Otras inversiones considerable de Estados Unidos eran las siguientes: Alcoa Exploration Company ($18 millones), la United Fruit Company ($22 millones), la Compañía Dominicana de Teléfonos ($11.2 millones), y la Texaco Corporation ($7 millones). Inversiones que serían protegidas por el gobierno estadounidense.

Visita don Pepe Figueres: - Esta visita inicia la Operación. En presencia de don Pepe usted designa a Chaguín,[350] hombre de contacto entre Vanguardia Revolucionaria Dominicana y usted. Vanguardia es un grupo democrático formado por exilados dominicanos. Está dirigido por un directorio. Sus líderes: Don Miguel Pardo y Horacio Ornes. Don Pepe llevó a Chaguín a una reunión en que estuvieron presentes un gran número de miembros de ese movimiento. Después hubo una reunión privada del Directorio con don Pepe y Chaguín. Se acordó que Horacio Ornes asumiría la representación de Vanguardia y sería el enlace con Chaguín.

El plan a ser desarrollado había sido aprobado, según informó don Pepe por la Agencia Central de Inteligencia de Estados Unidos y el Presidente de Venezuela. La Agencia federal mantenía comunicación con Chaguín. (NOTA: Agentes del CIA han traído líderes de otros grupos a Puerto Rico. Ej. Jiménez Grullón – llegó a Puerto Rico en mayo. Desconocemos la encomienda).[351]

La *Operación Santo Domingo* disponía el establecimiento de una oficina en la zona metropolitana de San Juan (avenida Ponce de

---

350 Polanco Abreu fue un generoso colaborador y hombre de la CIA en el gobierno de don Luis Muñoz Marín.
351 Fundación Luis Muñoz Marín. Sección V. Serie 19. Cartapacio 139. América Latina. *Memorando sobre Operación Santo Domingo*, 11 de octubre de 1961. Original – LMM, copias: Roberto Sánchez Vilella – Santiago Polanco Abreu. (El documento lo publica íntegro Walter R. Bonilla en su trabajo: *La Revolución dominicana de 1965 y la participación de Puerto Rico*. Publicaciones Puertorriqueñas, 2005, pp. 156-160).

León, esquina San Jorge, en Santurce). Desde esa oficina se enviarían informes de prensa y programas radiales a difundirse por distintas emisoras de Puerto Rico. Todos los gastos de equipo, alquiler y empleomanía serían pagados por la Agencia Central de Inteligencia.[352] Acorde con el proyecto, se reclutarían jóvenes dominicanos afiliados a Vanguardia Revolucionaria que recibirían instrucción militar. Esa fase resultaba controversial, pues requería conseguir una isla en el Caribe e instalar un plan de adiestramiento castrense. Nunca, ni la CIA ni Vanguardia Revolucionaria tomaron una decisión terminante en cuanto al territorio seleccionado. Finalmente, el último ciclo contemplaba la ocupación militar de la República:

> Acción armada para invadir a Santo Domingo – Esta fase dependía del éxito de las dos primeras. No se llegó a concretar la misma pues en lo que se desarrollaban las dos primeras ocurrió el asesinato de Trujillo. (Nota: Conviene señalar que aparentemente había personas muy allegadas a don Pepe que diferían de él en cuanto a la capacidad de los hombres de Vanguardia para llevar a cabo el plan; (2) la factibilidad del mismo ante el poderío militar de Trujillo. Afirmamos esto ya que tanto en Washington, D. C. como en Lima, Perú, Sacha Volman se entrevistó con Chaguín, con el consentimiento de don Pepe, para expresarle sus dudas sobre el plan).[353]

En la *Operación Santo Domingo* había personas allegadas al expresidente José Figueres[354] colaborando con los planes de la CIA.

---

352 Fundación Luis Muñoz Marín. *Memorando sobre Operación Santo Domingo*, p. 1.
353 Fundación Luis Muñoz Marín. *Memorando sobre Operación Santo Domingo*, pp. 1-2.
354 Figueres había sido presidente de Costa Rica de 1944 a 1948 y de 1953 a 1954. También lo fue de 1970 a 1974. En un discurso humillante, pronunciado

Los documentos de la Fundación Muñoz Marín señalan en particular al judío rumano, Alexander Vlonsky, mejor conocido como Sacha Volman. Al terminar la segunda Guerra Mundial, Volman, nacido en 1924 en Rumania, comienza a militar en organizaciones europeas anticomunistas siendo reclutado por los servicios de inteligencia militar, tanto ingleses como de Estados Unidos. De Volman se dice, equivocadamente, que contrajo matrimonio con Dominique Bludhorn, directora de la Fundación Centro Cultural Altos del Chavón. No obstante, lo que sí es cierto es que Volman, naturalizado ciudadano de Estados Unidos, estuvo ligado a políticos notables de Santo Domingo (Juan Bosch),[355] Costa Rica (Figueres) y Puerto Rico (Muñoz Marín, Polanco Abreu, Morales Carrión).

El 23 de octubre de 1981, ante la Secretaría de Estado de Santo Domingo, compareció el señor Sacha Zisea Volman Sondes: "de origen rumano, antes de nacionalidad norteamericana, mayor de edad, soltero, asesor del Señor Presidente de la República, titular de la cédula de identificación personal No. 147773… quien solicitó nacionalidad dominicana, por naturalización ordinaria, la cual le fue concedida por medio del Decreto No. 2790, expedido por el Poder Ejecutivo en fecha 8 de octubre de 1981…"[356] El beneficiario recibió carta de naturalización luego de juramentar fidelidad a la República. No obstante, el 15 de enero de 1991, el presidente Joaquín Balaguer derogaría el decreto 2790 en virtud del cual se le había concedido la naturalización dominicana al judío de origen rumano.

Veamos algunos episodios en la alborotada carrera de Volman. A mediados de 1958 circula por las calles de Costa Rica el primer número de *Combate*, revista fundada por Figueres, interesada

---

el 22 de marzo de 1959, en La Habana, trató de marcarle pautas al proceso revolucionario cubano llamando al recién constituido Gobierno a posarse apaciblemente en los brazos de Estados Unidos con miras a proteger el llamado "mundo libre".

355 Juan Bosch conoció a Volman en Costa Rica y lo invitó a establecerse en la República Dominicana. Al ser electo presidente, Bosch nombró a Volman su asesor.

356 *Gaceta Oficial*. Acta No. 377. Juramentación del Sr. Sacha Zisea Volman Sondes. Santo Domingo: Imprenta J. R. Vda. García Sucesores, 1981, p. 102.

en promocionar un instituto educativo que ayudaría a trazar la línea política de los llamados partidos de la "izquierda" democrática. La revista la dirige una comisión editorial integrada por Víctor Raúl Haya de la Torre, Rómulo Betancourt y José Figueres, con la cual colaboraba Sacha Volman.

Pero lo mejor que pudo hacer Figueres fue inducir a la CIA a ayudar a los liberales latinoamericanos secretamente. La CIA le dio dinero para publicar... *Combate* y patrocinar la reunión de fundación del Instituto de Educación Política en Costa Rica en noviembre de 1959. El instituto fue organizado como una escuela de entrenamiento y un centro de colaboración con los partidos políticos... principalmente de Costa Rica, Cuba (en exilio), la República Dominicana (en exilio) Guatemala, Honduras, Nicaragua (en exilio), Panamá, Perú y Venezuela. La CIA le ocultó su rol a la mayoría de los participantes, excepto a Figueres. Su financiamiento pasó primero a una empresa fantasma, luego al Fondo Kaplan de Nueva York, después al Instituto para la Investigación Internacional de Trabajo (IILR por sus siglas en inglés) localizado en Nueva York, y finalmente a San José. El líder socialista Norman Thomas dirigió la IILR. Luego que la conexión con la CIA fuese revelada, Thomas mantuvo que él no se encontraba al tanto del asunto, pero el tesorero de la IILR, Sacha Volman, quien también se convirtió en el tesorero del instituto en San José, era un agente de la CIA. La CIA utilizó a Volman para monitorear el instituto y Meyer colaboró directamente con Figueres.[357]

---

357 Charles D. Ameringer. *U. S. Foreign Intelligence. The Secret Side of American*

Se dice de Volman que hablaba ocho idiomas. John Bartlow Martin, Embajador de Estados Unidos en la República Dominicana (1962-1964), describe a su amigo de la siguiente forma: "Sacha Volman tenía 38 años de edad, era un hombre pequeño, bien formado e intenso. Hablaba inglés y español con fuerte acento ruso y en voz tan suave que apenas se le escuchaba".[358]

El panorama todavía es muy intrincado. Entre los papeles desclasificados del FBI se halla el expediente de Roberto Francesco Fernández Fuentes, cubano, partidario de Batista, ligado a Volman.[359] Fernández Fuentes admite que en 1963 había sido arrestado en la República Dominicana: "las tropas de Wessin nos rodearon y acusaron nuestra organización de ser comunista. Yo estuve preso uno o dos días... entonces el Sr. Sacha Volman, por medio de la Embajada de Estados Unidos en Santo Domingo, obtuvo nuestra libertad y abandoné el país".

El 11 de junio de 1976, en el poblado de Bonao, ubicado geográficamente en la zona norte de la República Dominicana, se funda la llamada Coordinación de Organizaciones Revolucionarias Unidas (CORU), una sombrilla de distintos organismos de extrema derecha del exilio cubano. Poco más de 20 personas, procedentes en su mayoría de Estados Unidos, participan en el cónclave. Sobresalen los representantes del Frente de Liberación Nacional de Cuba, Acción Cubana, Movimiento Nacionalista Cubano y la Brigada 2506, integrados en su mayoría por terroristas que habían trabajado para

---

*History*. Lexington Books: Massachusetts, 1990, p. 256.

358  Georgie Anne Geyer. *Sacha Volman: Classic Original and Latin American Legend*. (www.uexpress.com), acceso en 11 de octubre de 2009.

359  Federal Bureau of Investigation. From Edward J. Devins to Director, FBI. Record Number: 124-10300-10008. Agency File Number: CR 105-141614-28. De acuerdo con los documentos mencionados, una fuente del Servicio de Inmigración y Naturalización de Estados Unidos informa que Volman "was an agent of the CIA". Federal Bureau of Investigation. Ibid., véase además: Record of Sworn Statement. In re: Roberto Férnandez Fuentes, pp. 11-12. (Cortesía de Ricardo Fraga).

la CIA durante varios años y recibieron de la Agencia entrenamiento militar.

El cónclave del día once se había convocado "con la supervisión personal de Vernon Walters, entonces Director adjunto de la CIA. Obsérvese bien: 'Organizaciones Revolucionarias Unidas'". Así lo confiesa el comandante cubano Fidel Castro en declaraciones fechadas en la ciudad de La Habana. Sin tardanza, Fidel sostiene que Orlando Bosch y Luis Posada Carriles, fueron designados como líderes de esa organización. [360]

Los conspiradores se habían dado cita en una casa de seguridad, propiedad de la empresa Falconbridge, dedicada a la explotación de las minas de níquel en Bonao. En esa reunión, en la que actúa de anfitrión Sacha Volman, están presentes, entre otros, Luis Posada Carriles y Orlando Bosch, como bien informara el comandante Fidel Castro. En Bonao se toma la decisión de destruir un avión de pasajeros de Cuba y el asesinato de Orlando Letelier del Solar, ex Canciller, ex ministro de Defensa y ex embajador extraordinario y plenipotenciario de Chile en Estados Unidos.

Transcurridas algunas semanas de la reunión en Bonao, el 9 de agosto de 1976, dos funcionarios de la Embajada de Cuba en la República de Argentina fueron secuestrados por un grupo de terroristas armados. En el centro clandestino de torturas, bautizado "Automotores Orletti, de la notoria *Operación Cóndor*, los jóvenes Crescencio Nicómedes Galañena Hernández y Jesús Cejas Arias, fueron asesinados cruelmente. Los cadáveres los embutieron en envases de metal, vacíos, de lubricantes, mezclando los cuerpos con cal y cemento y enterrados en un predio en las afueras de Buenos Aires. El conocido terrorista Orlando Bosch y la CORU se adjudicaron el crimen. Por el secuestro y la desaparición de los dos jóvenes cubanos fueron condenados el general retirado Rodolfo Cabanillas y los represores Raúl Guglielminetti, Eduardo Alfredo

---

360 Reflexiones de Fidel. *La voluntad de acero (Segunda parte y final)*, 18 de octubre de 2011: *www.cubadebate.cu.*

Ruffo y Honorario Carlos Martínez. Los restos mortales de Galañena Hernández y Cejas Arias retornaron a Cuba 36 años más tarde, en octubre del 2012.[361]

El 21 de septiembre de 1976, en Washington D. C., resultaba asesinado el diplomático chileno Orlando Letelier, junto a su ayudante, Ronni Karpen Moffit, estadounidense, activista de los derechos humanos. Michael Moffit, esposo de Ronni, sentado en el asiento trasero del auto, sufriría heridas leves. Llevaban cuatro meses de casados.

De acuerdo a los documentos del gobierno de Estados Unidos, el explosivo, instalado en la parte delantera del armazón del vehículo, sería accionado por control remoto cuando transitaran por una de las avenidas céntricas de la capital federal. Letelier y su secretaria mueren instantáneamente.[362] Virgilio Pablo Alejandro Paz Romero, cubano,[363] José Dionisio Suárez Esquivel, cubano, y el estadounidense Michael Townley, entre los tres, confeccionaron el artefacto. Townley ha sido identificado como el terrorista que colocó la bomba debajo del asiento del chofer. Y todo se hizo bajo el manto despiadado de la llamada Coordinación de Organizaciones Revolucionarias Unidas.

Orlando Letelier tenía 44 años de edad, era padre de cuatro niños y había ocupado altos puestos de mando durante el gobierno de Salvador Allende. El 29 de septiembre de 1976, en la hermana tierra de Venezuela, los restos de Letelier recibieron cristiana sepultura. El presidente Carlos Andrés Pérez se hallaba presente en las honras fúnebres. Algunos años más tarde, en noviembre de 1992, los restos de Letelier serían trasladados a Chile. En esa ocasión, el presidente de la República, Patricio Aylwin, concurre al entierro.

Sobre el trágico acontecimiento ocurrido en la capital de

---

361  "El retorno a la Patria". *Cubadebate*, 2 de noviembre de 2012. Véase además a www.ecured.

362  Véase, además, el trabajo de José Luis Méndez Méndez. *Bajo las alas del cóndor.* La Habana: Editorial San Luis, 2006.

363  Reclutado por la CIA, recibe entrenamiento militar en la confección de cargas explosivas, es sospechoso del asesinato en Puerto Rico de Carlos Muñiz Varela.

Estados Unidos amerita citarse un informe secreto de la CIA, fuertemente tachado, dado a la publicidad por la George Washington University:

> A mediados de abril, la devastadora confesión de Michael Townley al general Héctor Orozco... puso toda la responsabilidad del crimen directamente en la Dirección Nacional de Inteligencia (DINA) y en su director, el general Contreras. Cuando Orozco (Fiscal Militar) confrontó a Contreras... éste admitió su culpa, pero amenazó con declarar que actuaba bajo las órdenes de Pinochet en caso de ser procesado.[364]

La Agencia Central de Inteligencia de Estados Unidos informa que hay "evidencia convincente" para inculpar al dictador chileno. Augusto Pinochet, en persona, "ordenó a su jefe de inteligencia llevar a cabo el asesinato" de Letelier en Washington. Así se desprende de un memorando secreto, suscrito por George P. Shultz, Secretario de Estado de Estados Unidos, desclasificado en octubre de 2015, y dirigido al Presidente Reagan en 1987:

> En medio de todo esto, he sido particularmente sorprendido por un reciente informe preparado por la CIA analizando los eventos que rodean el asesinato, ocurrido en Washington en 1976, de Orlando Letelier, ex-ministro de Relaciones Exteriores de Chile, y de Ronni Moffitt, ciudadana norteamericana, mediante la utilización de un coche-bomba. La CIA concluye diciendo que su análisis provee *'lo que consideramos evidencia convincente de que el Presidente Pinochet*

---

[364] The National Security Archives. The George Washington University. CIA, Secret Intelligence Report, (Deleted) Strategy of Chilean Government with Respect to Letelier Case..., June 23, 1978.

*personalmente le ordenó a su jefe de inteligencia llevar a cabo los asesinatos'*. También confirma que *'Pinochet decidió obstruir la investigación del gobierno de E. U. para encubrir su participación'*... considerando *'incluso la eliminación de su anterior jefe de inteligencia'*.[365]

Dos semanas después del asesinato de Letelier ocurría el atentado contra Cubana de Aviación, en las costas de Barbados, donde mueren 73 personas: 57 cubanos, 11 naturales de Guyana y 5 ciudadanos de Corea. José Pertierra, abogado que representaba al gobierno de Venezuela para la extradición del terrorista Posada Carriles, con oficinas en Washington, informa que el promedio de edad de los que iban abordo era de 30 años.[366] Es el crimen más repugnante de los cometidos por Bosch y Posada Carriles,[367] un suceso que "avergonzará para siempre a la especie humana", como ha dicho Tubal Páez, presidente de la Unión de Periodistas de Cuba.

Secundino Carrera, miembro del CORU, quien había regresado de un reciente viaje a Miami,

---

365 The National Security Archive. The George Washington University. "Pinochet and the Letelier-Moffitt Murders: Implications for US Policy", SECRET, George P. Schultz, Memorandum for the President, October 6, 1987. Acceso en 13 de octubre de 2015. Véase, además, en la misma página electrónica, el ensayo del Dr. Peter Kornbluh. *The Pinochet File: U. S. Declassifies Missing Documents in the Letelier-Moffitt Case.*

366 José Pertierra. "Asesinato en el paraíso", (www.cubadebate.cu/opinion).

367 Luis Clemente Posada Carriles es señalado como autor intelectual de los atentados ocurridos en 1997, en los hoteles de Cuba, donde muere el turista italiano Fabio di Celmo. En enero de 2011, en El Paso, Texas, se ventila un juicio contra Posada Carriles, no por el derribo de aviones comerciales o colocar bombas en centros turísticos de Cuba, sino sólo de mentir sobre estos actos y violar las leyes migratorias de Estados Unidos. Según documentos desclasificados de la CIA, Posada Carriles está ligado a la notoria agencia desde 1961. Por su parte, Orlando Bosch ha sido identificado como uno de los integrantes del grupúsculo que lleva a cabo el asesinato del presidente Kennedy en noviembre de 1963. Además, Bosch, médico de profesión, colaboraba con la dictadura de Augusto Pinochet en Chile. Bosch muere en Miami, en abril de 2011, a la edad de 84 años.

donde consultó con miembros del CORU en esa ciudad, admitió que el CORU era responsable por el atentado al DC-8 de Cubana de Aviación ocurrido el 6 de octubre de 1976. Carrera declaró que en lo que a él respecta ese atentado y las muertes que resultaron, estaban totalmente justificadas porque CORU estaba "en guerra" con el régimen de Fidel Castro.[368]

A bordo de la nave iba una niña guyanesa de 9 años de edad y los integrantes del equipo nacional de esgrima que regresaba a Cuba de un torneo celebrado en Venezuela. En la tragedia del 6 de octubre de 1976 no hubo sobrevivientes, es el operativo más grave de terror ocurrido en la historia de América Latina.

El comandante cubano, Fidel Castro, ha dicho que las autoridades de Barbados detuvieron a los cuatro implicados y los remitieron a Venezuela. Acto seguido, añade: "El escándalo fue tan grande que el gobierno de ese país entonces aliado de Estados Unidos y cómplice de sus crímenes dentro y fuera de Venezuela no tuvo otra alternativa que ponerlos a disposición de los tribunales venezolanos". Citemos una vez más al dirigente cubano y veamos cómo se concatenan los sucesos: "Cuando Gerald Ford sustituyó a Nixon, era tal el escándalo provocado por los intentos de asesinatos a líderes extranjeros que prohibió la participación de funcionarios norteamericanos en tales acciones. El Congreso negó los fondos para la guerra sucia en Nicaragua. Hacía falta Posada Carriles. La CIA, a través de la llamada Fundación Nacional Cubano Americana, sobornó con abundantes sumas a los carceleros pertinentes y el terrorista salió de la prisión como un visitante más. Trasladado con urgencia a Ilopango, El Salvador, no solo dirigió los suministros de

---

368 The George Washington University. National Security Archives. Document 3: FBI Intelligence Cable, "Bombing of Cubana Airlines DC-8, Near Barbados, West Indies, October 6, 1976, Neutrality Matters – Cuba-West Indies". October 21, 1976.

armas que provocaron miles de muertes y mutilaciones a los patriotas nicaragüenses, sino que también, con la cooperación de la CIA, adquirió drogas en Centro América, las introdujo en Estados Unidos y compró armas norteamericanas para los contrarrevolucionarios nicaragüenses".[369]

Ese es el enredo cuando países pequeños y pobres se enlazan a las agencias represivas de gobiernos poderosos. Entonces, ante tantos cabos sueltos resultaría conveniente rastrear los extraños nexos que se observan entre las agencias de la seguridad de Estados Unidos y la alta dirección del Partido Popular durante el tiempo de don Luis Muñoz Marín. No ponemos una pica en Flandes si decimos que la colectividad fundada por don Luis ha sido utilizada, una y otra vez, por los servicios secretos de Estados Unidos para avanzar la política de Washington en la región del Caribe. Creo llegada la hora de establecer un equipo interdisciplinario de investigadores que procure la entrega de la copiosa documentación clasificada, depositada en las agencias norteamericanas de seguridad, a los efectos de escudriñar algunos rincones todavía oscuros de nuestra historia.

Don Luis Muñoz Marín, unido a destacados oficiales de su gobierno, particularmente Santiago Polanco Abreu y Arturo Morales Carrión estuvieron estrechamente ligados a Sacha Volman. Mucho más, el Partido Popular le daría el visto bueno a la Agencia Central de Inteligencia (CIA) para utilizar a la Universidad de Puerto Rico con intenciones perfectamente cuadriculadas.

Hubo una ocasión cuando don Luis se reúne con un grupo de dominicanos exiliados. De inmediato se sugiere que el gobierno de Puerto Rico establezca un programa de adiestramiento técnico en administración pública, reforma agraria y planificación, siguiendo las directrices trazadas por la Agencia Central de Inteligencia. Muñoz piensa que la CIA puede pagar los gastos incurridos y el Estado Libre

---

369 Reflexiones de Fidel. *La voluntad de acero. (Segunda parte y final)*, 18 de octubre de 2011.

Asociado proveería el adiestramiento. "El Gobernador quedó en ver esto con Arturo Morales Carrión".[370]

Dentro del contexto de la *Operación Santo Domingo* –a la que nos hemos referido, la Escuela de Administración Pública del Recinto de Río Piedras fue utilizada en el misterioso esquema. En 1961 se inauguró el proyecto.[371] Los dineros los enviaba la CIA a la Escuela de Administración Pública sirviéndose de la American Federation of Labor.[372]

370  Archivos Fundación Luis Muñoz Marín. Material informativo sobre América Latina. Minuta confidencial, s. f. Reunión del Gobernador con los señores Guido D'Alessandro, Alfonso Moreno y Francisco Acevedo, dominicanos exiliados. (Los datos de la reunión fueron tomados por Hiram Torres Rigual).
371  Archivos Fundación Luis Muñoz Marín. *Memorando sobre Operación Santo Domingo*, p. 3.
372  "El CIA, a través del AFL/CIO desarrolla en la Universidad de Puerto Rico un programa de preparación técnica de dominicanos". Archivos Fundación Luis Muñoz Marín. *Memorando sobre Operación Santo Domingo. Ibid.*, p. 3.

# Deshojando margaritas

Credenciales del
periodista neozelandés,
Bernard Diederich,
autor del libro Trujillo,
la muerte del dictador.

# PRESS

MR. BERNARD DIEDERICH

Being the person to whom this card is issued and whose photograph
is attached hereto is a member of the New Zealand Journalists' Assn.

NEW ZEALAND JOURNALISTS'
ASSOCIATION

P.O. Box 1684
CHRISTCHURCH, N.Z.

Dominion Secretary

THIS CARD IS RECOGNISED
as establishing the identity of the
owner as a representative of the
Press, by:

THE NEW ZEALAND
POLICE DEPARTMENT

No 771

Member's Signature

This card is valid only so long as the holder remains a member of a
Union affiliated to the New Zealand Journalists' Association.

Antonio de la Maza Vázquez (1912-1961), formó parte del comando que acabó con la vida de Trujillo.

Salvador Allende Gossens (1908-1973), médico cirujano, presidente de Chile de 1970 a 1973.

Autógrafo.

| 94TH CONGRESS 1st Session | SENATE | REPORT No. 94-465 |

# ALLEGED ASSASSINATION PLOTS INVOLVING FOREIGN LEADERS

## AN INTERIM REPORT

OF THE

SELECT COMMITTEE
TO STUDY GOVERNMENTAL OPERATIONS

WITH RESPECT TO

INTELLIGENCE ACTIVITIES

UNITED STATES SENATE

TOGETHER WITH

ADDITIONAL, SUPPLEMENTAL, AND SEPARATE VIEWS

NOVEMBER 20 (legislative day, NOVEMBER 18), 1975

U.S. GOVERNMENT PRINTING OFFICE
61-685 O          WASHINGTON : 1975

Informe Church del Senado de Estados Unidos sobre las conspiraciones de la CIA para asesinar a dirigentes extranjeros.

Asesinato en el Congo. Patrice Lumumba (1925-1961),
mártir del nacionalismo africano.

David Talbot. The Devil's Chessboard.
Harpers Collins Publishers, 2015.

Asesinato en Chile. General
Schneider, un hombre de honor.

# Deshojando margaritas

Propagando una historia adulterada numerosos periodistas estadounidenses alegan que la Agencia Central de Inteligencia (CIA) es la responsable de ajusticiar al tirano dominicano Rafael Leónidas Trujillo. Tal es el caso de Norman Gall, autor del artículo titulado *How the Agency Killed Trujillo*, publicado el 13 de abril de 1963 y reimpreso el 28 de junio de 1975 en la revista *The New Republic*. Traducido al español el título de la historia diría *Cómo la Agencia asesinó a Trujillo*. Pero ese título es falso, totalmente disparatado. El párrafo guía del artículo dice lo siguiente:

> El asesinato de Rafael L. Trujillo de la República Dominicana fue llevado a cabo *con asistencia de* la Agencia Central de Inteligencia de E. U. Las armas para el asesinato del dictador de 69 años, el 30 de mayo de 1961, en un tramo solitario de una avenida cerca a la capital, fueron pasadas de contrabando por la CIA a petición de los asesinos, de acuerdo con fuentes altamente cualificadas que yo entrevisté en Santo Domingo, poco después del colapso del régimen de Trujillo.[373]

El título de la historia promete revelar cómo la CIA asesinó a Trujillo, no obstante, el párrafo antes citado dice que el crimen se llevó a cabo "con asistencia" de la Agencia. ¿En qué quedamos? De

---

[373] Véase: http://www.normangall.com/dominicanr_art2.htm. (Cursivas nuestras).

todas formas, si usted continúa leyendo el escrito puede observar que está cargado de medias verdades y distorsiones históricas. El interés es obvio. Norman Gall y muchos otros periodistas e historiadores han tratado de lavarle la cara a la política exterior de Washington. Pero esas mismas fuentes jamás se atreverían condenar al padre de la criatura. Ya lo hemos indicado: la dictadura de Trujillo fue un engendro espantoso del gobierno de Estados Unidos.

¿Qué sucede, pues? ¿De dónde salen las armas utilizadas en el asesinato? Y sin quitarle a la verdad "cosa alguna", en lo adelante emplearemos fuentes de entero crédito, fiables, que ayuden a valorar correctamente lo acontecido. Tal es el informe rendido ante el Senado de Estados Unidos por el llamado Comité Church. Su título: *Alleged Assassination Plots Involving Foreign Leaders, An Interim Report of the Select Committee to Study Governmental Operations with Respect to Intelligence Activities, Together with Additional, Supplemental, and Separate Views.*[374]

Luego de recoger testimonios de cientos de personas y recopilar miles de documentos provenientes de las agencias federales, el Comité daría a la publicidad 14 informes, entre 1975 y 1976, sobre las conspiraciones tramadas por la CIA para asesinar a dirigentes extranjeros. El dossier que nos atañe tiene fecha de 1975. En él se discuten los atentados contra Patrice Lumumba del Congo, Fidel Castro de Cuba, Rafael L. Trujillo de la República Dominicana, Ngo Dinh Diem de Vietnam y René Schneider de Chile.

Preciso y contundente es el informe sobre la dictadura dominicana. Desde su llegada al poder en 1930, Trujillo estuvo bajo el manto protector de los Estados Unidos. A fines de 1950 su gobierno, feroz y dictatorial, se hizo más arbitrario. La brutalidad del déspota presagiaba su apresurada terminación. Entonces, Washington comienza a distanciarse del ahijado. Para asegurar un gobierno constitucional en la República Dominicana y, de igual forma, dar pasos para golpear a Cuba, los federales no dejan de conspirar.

---

374  En lo adelante nos referiremos a este trabajo como Informe Comité Church.

En 1959 Washington se halla entre la espada y la pared. En junio ocurren las expediciones de Constanza, Maimón y Estero Hondo. Mientras tanto, los países de nuestra América consideran a Trujillo una amenaza regional. El embajador Joseph Farland establece, durante la primavera de 1960, los primeros contactos con la oposición clandestina interesada en "tumbar" a Trujillo. Semanas más tarde y para gestar el operativo los disidentes solicitan rifles con mirillas telescópicas. La CIA recomienda se envíen 12 de tales rifles con 500 cargas de municiones, pues para la Agencia la caída del régimen parecía "inevitable".

Especialistas militares sugieren que las armas sean "estériles". Es decir, que nadie pueda rastrear el origen de las mismas. Así las cosas, surge la idea de dejar caer las piezas desde el aire, utilizando paracaídas. El Comité senatorial llega a la siguiente conclusión: "Aunque la evidencia documental indica que una recomendación para proveer esos rifles fue aprobada tanto en el Departamento de Estado como en la CIA, los rifles nunca fueron suministrados".[375] Efectivamente, los doce rifles nunca se entregaron.

En mayo de 1960 Farland presenta su sucesor, Henry Dearborn, a los líderes de la disidencia. No se puede pasar por alto que en esos mismos días varias personas mueren en Caracas cuando detona una carga explosiva activada con mecanismo de control remoto. El 24 de junio de 1960, sicarios venezolanos apoyados por la dictadura de Trujillo atentan contra la vida del presidente Betancourt.[376] La Organización de Estados Americanos (OEA) toma cartas en el asunto y, en agosto de 1960, Estados Unidos interrumpe relaciones diplomáticas con el gobierno de Trujillo.

Rotas las relaciones entre Washington y Ciudad Trujillo, la Embajada es degradada a Consulado General. Oficiales del Departamento de Estado y de otras agencias federales abandonan el

---

375  Informe Comité Church, p. 192. (Las traducciones en esta sección se le deben a Clemente Armando Díaz).

376  Santiago Castro Ventura. *Trujillo vs. Betancourt. ¡Rivalidad perpetua!* República Dominicana: Editorial Manatí, 2008.

territorio dominicano. En el ínterin, Washington sigue confiado en operar la Estación de Cohetes Teledirigidos que tiene funcionando en Sabana de la Mar.

Durante el mes de septiembre se habla de una nueva solicitud de pertrechos militares. Esta vez la Agencia considera suministrar algunas cargas explosivas y enviar entre 200 a 300 armas. De acuerdo con lo informado por el Comité Church, no hay constancia de que tales pertrechos llegaran a la República.[377]

El diplomático de carrera Thomas Clifton Mann (1912-1999), recién nombrado secretario asistente para Asuntos Interamericanos del Departamento de Estado, le solicita a Dearborn su opinión en cuanto a los planes de "retirar" a Trujillo del poder. Si yo fuera dominicano, contesta Dearborn, favorecería el asesinato. El mencionado documento está fechado el 27 de octubre de 1960:

> Desde un punto de vista puramente práctico, será mejor para nosotros, para la OEA y para la República Dominicana si los dominicanos le ponen fin a Trujillo antes de que él abandone esta isla… Si yo fuese dominicano, gracias a Dios no lo soy, favorecería eliminar a Trujillo siendo ese el primer paso necesario en la salvación de mi país y consideraría esto, de hecho, como mi labor cristiana. Si usted recuerda a Drácula, recordará que fue necesario clavarle una estaca en su corazón para prevenir la continuación de sus crímenes. Opino que la muerte repentina sería una solución más humana que la que propone el Nuncio, quien una vez me dijo que él rezaba para que Trujillo tuviese una enfermedad larga y persistente.[378]

---

377 Informe Comité Church, p. 194.
378 Carta de Henry Dearborn a Thomas Mann, 27 de octubre de 1960. Informe Comité Church, p. 195.

Las gestiones diplomáticas dirigidas a persuadir al déspota para que voluntariamente abandone el poder, llevadas a cabo por emisarios de Estados Unidos, todas fracasan. De igual forma se frustra el proyecto de octubre cuando la CIA enviaría a la costa sur de la isla un abasto de 300 rifles, pistolas, municiones, granadas y dispositivos electrónicos capaces de detonar cargas explosivas.[379]

El proyecto para tumbar a Trujillo reposa en un entorno donde fuerzas opuestas se interponen. Véase, por ejemplo, la solicitud que en el mayor silencio se le hace al Consulado General el 3 de enero de 1961. En esa ocasión los disidentes interesan recibir cuatro granadas de mano para usarlas contra el *Generalísimo* durante el fin de semana.

> Ayer un contacto clandestino solicitó al oficial del Consulado le proveyera cuatro granadas de mano que serían pasadas por distintos intermediarios hasta su último destino, para usarse en contra del Generalísimo este fin de semana. Por supuesto, él fue informado que a nosotros no nos incumbe ese asunto. No obstante, esta solicitud renovó mis fervientes esperanzas de que ningún extremista asesinará a Trujillo – o por lo menos no sin que antes Estados Unidos tome acción pública amplia que convenza incluso a los disidentes más inseguros con los que el USG está en simpatías para la terminación de la dictadura de Trujillo y el establecimiento eventual de un gobierno representativo. Tomen en cuenta que el punto principal de esta conexión para el Departamento es que los conspiradores del asesinato están cada vez más activos y el período de relativa tranquilidad ha terminado por lo menos por el

---

379  Informe Comité Church, p. 196.

momento. No hay a la vista  un levantamiento organizado, pero la emboscada contra Trujillo es considerada más probable que hace un mes. Dearborn.[380]

El 12 de enero de 1961 las autoridades estadounidenses aprueban el envío de un alijo limitado de armas cortas. Pero las armas nunca se despachan.

Elementos de la oposición nos solicitan consistentemente suplirles varios tipos de "equipos". Esto incluye cantidades de armas convencionales y, además, con suma persistencia, nos solicitan algunos de los productos más exóticos y dispositivos que ellos asocian con el esfuerzo revolucionario.[381]

De repente, la oposición dominicana contra Trujillo se halla de malhumor. En Washington hay mucha aprensión. Al Secretario de Estado Dean Rusk se le solicita investigue los efectos que tendría la eliminación de la cuota del azúcar en la estabilidad del régimen. En su informe al presidente Kennedy, fechado el 15 de febrero de 1961, Rusk se refiere a las dificultades fiscales por las que navega la República. Mucho más, el Secretario de Estado revela que Trujillo posee directa o indirectamente el 60 por ciento de las propiedades productoras del azúcar de la República. Las causas principales de los apuros económicos dominicanos no se encuentran en la política promovida por el gobierno de Estados Unidos, dice Rusk, sino en unos gastos militares y de propaganda excesivos, erradas inversiones

---

380 *FRUS, 1961-1963*, Volume XII. Documento 300. Confidencial. Telegrama del Consulado General en la República Dominicana al Departamento de Estado, 4 de enero de 1961.

381  Informe Comité Church, p. 197.

financieras y una extracción sistemática de los dineros de la economía nacional para enriquecer los cofres de la dictadura. Rusk calcula la fortuna personal de Trujillo en unos 500 millones de dólares.[382]

Antes del fiasco de la invasión a Cuba en abril de 1961, ocurren toda una serie de eventos significativos. El 10 y el 15 de febrero la CIA se reúne con líderes de la disidencia en la ciudad de Nueva York. Los dominicanos le presentan a la Agencia una nueva factura según el informe congresional:

(a) Ex-agentes del FBI que planearían y ejecutarían el asesinato de Trujillo.

(b) Cámaras y otros artículos que podrían ser utilizados en disparar proyectiles.

(c) Un químico de lenta reacción que podría ser frotado en la palma de la mano y pasado a Trujillo en un apretón de manos, causándole resultados letales demorados.

(d) Silenciadores para rifles que pueden matar a varias millas de distancia.[383]

Una vez más, el Comité del Senado informa que no tiene evidencia de que tales armas fueron entregadas. Lo mismo se puede decir de las 50 granadas de fragmentación y otros elementos de guerra solicitados a la CIA el 13 de marzo de 1961. En carta dirigida al Departamento de Estado, Henry Dearborn habla en parábolas sobre el malestar que se siente al saber que los alijos nunca llegaban a las manos de la oposición:

…los miembros de nuestro club están ahora preparados mentalmente para tener un picnic, pero no tienen los ingredientes de la ensalada.

---

382 *FRUS.* Volume XII. Document 302. Memorando del Secretario de Estado Rusk al Presidente Kennedy. Washington, 15 de febrero de 1961. (National Security Files. Top Secret).

383  Informe Comité Church, p. 198. CIA. Memos for the Record, 2/13/61, 2/16/61.

Últimamente han desarrollado un plan para el picnic, que podría funcionar si lograran encontrar la comida apropiada. Nos han pedido algunos bocadillos… y no estamos preparados para tenerlos disponibles. La semana pasada nos pidieron que les facilitáramos tres o cuatro piñas para una fiesta que se daría en un futuro próximo, pero no había nada en mis instrucciones que me hubiese permitido contribuir con ese ingrediente. No piense que no estuve tentado. Tengo directrices específicas…[384]

Dearborn también había solicitado tres pistolas calibre .38 para ser entregadas a la oposición:

Aunque no hay evidencia directa que enlace algunas de esas pistolas al asesinato de Trujillo, un memorando de la CIA del 7 de junio de 1961, sin firmar y sin atribución de fuente, indica que dos de las tres pistolas fueron pasadas por un oficial de la Estación a un ciudadano de Estados Unidos en contacto directo con el elemento de acción del grupo disidente. También se debe notar que el asesinato aparentemente fue llevado a cabo con la casi completa dependencia de armas cortas. Si una o más de esas pistolas Smith & Wesson calibre .38 eventualmente llegaron a las manos de los asesinos y, si así fue, si fueron usadas en conexión con el asesinato, eso aún está por decidirse.

Ambos, Dearborn y el oficial de la Estación, testificaron que ellos consideraban las pistolas

---

384  Informe Comité Church, p. 199.

como armas para la defensa propia y nunca las
consideraron como conectadas, de forma alguna,
con los planes en ese momento del asesinato. No
obstante, ninguno de los cables de la Oficina
Central cuestionó el propósito de por qué se
buscaron las pistolas y el cable de la Estación
indicó simplemente que Dearborn las quería
para pasarlas a los disidentes. (Cable, Estación a
la Oficina Central, 3/15/61).[385]

Cuando examinamos el mundo "antitrujillista" de
Washington, todo parece indicar que nos tropezamos con una
humanidad sin sorpresas. A pesar de ello, tres carabinas M1 calibre
.30 que estaban en el Consulado de Santo Domingo, tuvieron el visto
bueno de la CIA para que se le pasaran a los inconformes con la
dictadura. Citemos una vez más la fuente aludida:

Las carabinas fueron pasadas al contacto
en el grupo de acción el 7 de abril de 1961.
(Cable, Oficina Central a la Estación. 4/8/61).
Eventualmente, llegaron a las manos de uno
de los asesinos, Antonio de la Maza. (Cable,
Estación a la Oficina Central, 4/26/61; Reportajes
I.G., PP. 46, 49). Ambos, Dearborn y un oficial
de la Estación, testificaron que las carabinas
fueron consideradas en todo momento como
una muestra… del apoyo de Estados Unidos
hacia los esfuerzos de los disidentes por derrocar
a Trujillo.[386]

Aún cuando las carabinas le fueron entregadas al grupo de
acción, el Informe Church concluye diciendo que en el operativo

---

385  Informe Comité Church, p. 200.
386  Informe Comité Church, pp. 200, 201.

del 30 de mayo se utilizaron armas cortas y escopetas.[387] Es decir, que en el atentado contra Trujillo las tres carabinas brillaron por su ausencia.

Las armas aludidas habían sido retiradas del Consulado y guardadas en el supermercado del estadounidense Lorenzo D. Berry, mejor conocido como Wimpy, amigo de Antonio de la Maza. Diederich informa que las armas le fueron comisionadas a Simon Thomas Stocker, un ferretero reclutado por la CIA en 1960. De inmediato, Stocker llama por teléfono al aristócrata dominicano, Ángel Severo Cabral, a quien entrega las carabinas. Cabral monta en cólera:

> ¿Es ésta la pirámide de armas? ¿Es esto el arsenal
> que decían que no iba a caber en un garaje? ¿Por
> qué nos han tomado los norteamericanos?[388]

El supermercado de Wimpy, localizado en la Avenida Bolívar, es punto de reunión, particularmente entre las esposas de los conjurados que también colaboraban en el proyecto. Según la entrevista que el dominicano Bernardo Vega le hizo a Wimpy en febrero de 2009, el gobierno de Estados Unidos había autorizado la entrega de tres rifles M1 y tres revólveres al grupo de acción. Los rifles guardados en el supermercado tuvieron que ser desmontados para que no lucieran tan largos:

> Dearborn los pasó, junto con los revólveres, a
> (Robert) Owen y éste a la antigua secretaria de
> (Lear B.) Reed, una puertorriqueña quien el 7
> de abril de 1961 se llevó esas armas a su casa. El
> 26 de abril *Wimpy* y (su esposa) Flérida fueron
> a la casa de la secretaria y recibieron las 'fundas
> con compras' que incluían, además, 600 tiros en

---

387  Informe Comité Church, p. 213.
388  Diederich, pp. XX y 84.

nueve peines. Llevó las armas a Thomas Stocker,
un americano casado con una dominicana
quien durante la Segunda Guerra Mundial
había trabajado en asuntos de inteligencia en el
Ejército Americano. *Wimpy* cree que Stocker fue
incorporado al complot por Ángel Severo Cabral.
Luego de armar los rifles y limpiarlos Stocker los
pasó a Antonio de la Maza.[389]

Hablemos ahora de una nueva petición que se le hizo al
gobierno de Estados Unidos durante los meses de febrero y marzo de
1961. Los federales permanecieron vacilantes en cuanto al embarque
de unas cinco ametralladoras M-3 junto a 240 ruedas de municiones.
Había la intención de asesinar a Trujillo en el apartamento de su
amante. Al propio tiempo, se sugiere trasladar las piezas utilizando
la valija diplomática. El 19 de abril las armas llegaron a la estación de
la CIA en Santo Domingo, pero nunca fueron entregadas. Es como
si Washington estuviese deshojando margaritas…

¿Cuáles eran las razones de la negativa? Escuchemos lo que
informa la Agencia Central de Inteligencia:

En esencia, la respuesta de la CIA fue
que no era el momento para un asesinato. A la
Estación se le dijo que la acción precipitada o
no coordinada podría resultar en el surgimiento
de un régimen izquierdista al estilo de Castro y
que el "mero deshacerse de Trujillo podría crear
más problemas que soluciones". La posición de la
Oficina Central era:

…debemos evitar cualquier acción precipitada

---

389 Bernardo Vega. "Wimpy por fin habla", 14 de febrero de 2009 / www.hoy.com.
    do

de los disidentes internos hasta que el grupo de oposición y la Oficina Central estén mejor preparados para apoyar (el asesinato) el efecto de un cambio en el régimen y sobrellevar las repercusiones. (Cable, Sede a Oficina Central, 3/24/61).[390]

La indignación frunce el seño. Bernard Diederich dice que Antonio de la Maza maldijo cientos de veces a los americanos "por no facilitar las ametralladoras".[391] Pero el panorama resulta complejo. Las ametralladoras nunca se entregaron por el fracaso de la invasión a Cuba. Planeada y ejecutada por la CIA,[392] la invasión resultaba en una desgracia para el gobierno de Estados Unidos. En 60 horas de severos combates las tropas invasoras fueron derrotadas en las arenas de Playa Girón durante el atardecer del 19 de abril de 1961. Posteriormente, el gobierno de Washington se vería obligado a compensar a Cuba con maquinarias y medicinas.

Siguiendo el fracaso de la invasión de Bahía de Cochinos, representantes del (Departamento de) Estado y la CIA en República Dominicana intentaron desanimar a los disidentes de una precipitada tentativa de asesinato. Esos esfuerzos por detener el asesinato de Trujillo surgieron de las instrucciones impartidas por la Oficina Central de la CIA y estuvieron animadas por la

---

390  Informe Comité Church, p. 201.
391  Diederich, p. 90.
392  Tan temprano como el 11 de diciembre de 1959, J. C. King, jefe de la División del Hemisferio Occidental de la Dirección de Planes de la CIA, le escribe al director de dicha agencia, Allen Dulles, informándole que en Cuba se había establecido una dictadura de extrema izquierda. La "acción violenta", dice King, es la única fórmula para derrotar a Fidel. Pero en su misiva King va mucho más lejos cuando recomienda el asesinato de Fidel: "thorough consideration be given to the elimination of Fidel Castro". Es esta la primera vez que los estadounidenses anotan en un documento su deseo de asesinar al Primer Ministro de Cuba. (www.nsarchiv/bayofpigs/chron.)

preocupación de llenar el vacío de poder que resultaría de la muerte de Trujillo.

Las ametralladoras llegaron a la República Dominicana, pero el permiso para pasarlas a los disidentes nunca fue concedido y las armas nunca salieron del Consulado.

Dearborn regresó a Washington para consultas y redactar un plan de contingencia…
El día antes del asesinato de Trujillo, Dearborn recibió un cable con instrucciones y guías del Presidente Kennedy. Según el cable, Estados Unidos no podía correr el riesgo de asociarse con el asesinato político… El cable también confirmaba la decisión de no transferir las ametralladoras.[393]

Puntualicemos ahora un hecho importante. Las palabras del cónsul Dearborn ante el Comité Church son elocuentes: "a nosotros no nos importa si los dominicanos asesinan a Trujillo… pero no queremos que nadie nos lo atribuya, nosotros no lo estamos haciendo, esa es obra de los dominicanos".[394]

El culipandeo norteamericano es notable. Luego del fracaso de la invasión a Cuba, Dearborn recibe instrucciones para detener los planes de "asesinar" a Trujillo. Los complotados estaban claros cuando le informan a Dearborn que el proyecto era un asunto dominicano, que no podía suspenderse a conveniencias del gobierno de los Estados Unidos.

Ocurrido el asesinato de Trujillo, el personal de la CIA estacionado en la República Dominicana sería trasladado a Estados

393 Informe Comité Church, p. 205.
394 Informe Comité Church, p. 213.

Unidos. Mientras, el Departamento de Estado ordena destruir todos los documentos relacionados con los gatilleros.[395] No cabe la menor duda, los federales querían distanciarse del magnicidio…

Diederich dice que constituye una burla el hecho de que la CIA enumere el fin de Trujillo como uno de los "éxitos" de la Agencia. El periodista neozelandés tiene razón. Tampoco fue la Agencia el socio principal de los que "tumbaron" a Trujillo. A lo sumo serían cómplices, pero de novena o undécima categoría. Definitivamente, el gobierno de Estados Unidos no tiene ningún derecho de acreditarse "el fin del totalitarismo en la República Dominicana".[396]

---

395  Informe Comité Church, p. 214.
396  Diederich, p. 256.

# Efectos de las expediciones

Escultura de las hermanas Mirabal.

Las hermanas Mirabal se han convertido en el
símbolo mundial contra la violencia de género.

Movimiento Revolucionario 14 de Junio.

Casa donde vivieron las hermanas Mirabal.

Manolo Tavárez y Minerva Mirabal.

Manolo Tavárez y Minerva
Mirabal, unidos en el amor y
en el patriotismo.

Leandro Guzmán, ingeniero de profesión,
esposo de María Teresa Mirabal.

Tarja señalando el lugar donde fueron apresadas las hermanas Mirabal.

Casa Museo Hermanas Mirabal. Homenaje a las vidas de Patria,
Minerva y María Teresa Mirabal asesinadas por la dictadura de Trujillo.

# Efectos de las expediciones

Durante el tiempo de Trujillo la República Dominicana era una sociedad enferma, cargada de fatigas y de restricciones. El dictador prohibía toda actividad política. Mucho más, con asombrosa tranquilidad desterraba o mandaba a la cárcel o al infierno a cualquier rival que le desafiara. Tal estado de cosas, particularmente la brutal y criminal represión y asesinatos, no podía continuar. Las Expediciones del 14 y 20 de Junio de 1959 tuvieron efectos luminosos. La chispa sediciosa provocaría un despertar en la juventud dominicana. Entonces, como por arte de magia, ocurre el surgimiento del Movimiento Revolucionario Clandestino 14 de Junio, una organización secreta que ayudaría a liquidar los vestigios de aquella dictadura.

El 14 de Junio se constituye en la segunda mitad de 1959. Ya hemos dicho que es un producto directo de las expediciones contra la dictadura. Todo ello sin ocultar la existencia de los grupos de acción clandestina estructurados a principios de aquel año. Por otro lado, nadie puede negar la influencia de Cuba, el influjo de su Revolución, en los sectores innovadores de la izquierda antitrujillista. Dentro de tal contexto, las palabras de Roberto Cassá, resultan provechosas: "A secuela del estímulo que ofreció el triunfo de la Revolución Cubana variaron de golpe las circunstancias políticas y se comenzaron a formar grupos o a reactivarse los existentes. El objetivo de esta movilización era dar lugar a una acción insurreccional que pudiera apoyar la expedición que se suponía estaban preparando los exiliados. A su vez, esas condiciones de efervescencia se agudizaron tras consumarse los planes expedicionarios, en junio de 1959. A raíz de este hecho sobrevino un vasto sentido de compromiso que tuvo por efecto multiplicar los efectivos de los grupos clandestinos y, al perderse el miedo, su disposición generalizada a aunar esfuerzos. De esta situación provino el surgimiento del Movimiento Revolucionario 14 de Junio".[397]

El 14 era una organización compuesta fundamentalmente por jóvenes en la que juegaba un papel destacado el estudiantado universitario. De igual forma, en su composición había abogados, médicos, ingenieros, agricultores y trabajadores, tanto de la empresa privada como de la pública. En el 14 predominaba la pequeña burguesía de las profesiones liberales.

La nueva entidad política promovía la caída de la dictadura y luchaba por el establecimiento de un gobierno popular, equitativo y democrático. En homenaje a los mártires de las Expediciones, el 14 decide adoptar el Programa Mínimo del Movimiento de Liberación Dominicana (MLD). Es decir, que lucharía por implantar una reforma agraria que garantizara al campesino la posesión de la tierra. De igual forma, fomentaba la organización de la clase trabajadora e impulsaba la reforma y democratización de la enseñanza.

Desde temprano sobresale como jefe máximo de la organización Manuel Aurelio Tavárez Justo. Abogado de profesión, Tavárez Justo nace en Montecristi el 2 de enero de 1931 y estudia en la Universidad de Santo Domingo. En 1954 conoce a Minerva Argentina Mirabal, con la que contrae matrimonio en noviembre de 1955. Luego del asesinato de los Expedicionarios, con el apoyo de Leandro Guzmán, ingeniero de profesión, esposo de María Teresa Mirabal, se acelera el proceso organizativo del nuevo ordenamiento político. A principios de 1960 la inteligencia militar de la dictadura descubre las actuaciones catorcistas, desarrollándose de inmediato un nuevo proceso represivo. Cientos de jóvenes serían detenidos y vilmente torturados. El Servicio de Inteligencia Militar (SIM) se

---

397  Roberto Cassá. *Los orígenes del Movimiento 14 de Junio. La izquierda dominicana I*. República Dominicana: Publicaciones de la Universidad Autónoma de Santo Domingo, 1999, p. 105.

encargaría de desarticular la resistencia "provocando así una gran cantidad de asesinatos y el arresto masivo de los componentes de la organización secreta".[398] Como consecuencia, muchos dominicanos deciden asilarse en las embajadas de países hermanos. A Tavárez Justo lo condenan a cumplir 10 años de prisión.

El papel oportunista de la Iglesia Católica sorprende a todos. Nunca antes había lanzado crítica alguna contra la dictadura. Y ahora, luego del arresto y las salvajes torturas de los activistas del 14 de Junio, lanzan la famosa Carta Pastoral contra Trujillo, fechada el 25 de enero de 1960 y leída, días más tarde, en todos los templos dominicanos:

> Antes de concluir la presente Carta, no podemos sustraernos al grato deber de comunicaros que, acogiendo paternalmente vuestros llamamientos –que hacemos nuestros–, hemos dirigido, en el ejercicio de nuestro pastoral ministerio, una carta oficial a la más alta Autoridad del país, para que, en un plan de recíproca comprensión, se eviten excesos, que, en definitiva, sólo harían daño a quien los comete, y sean cuanto antes enjugadas tantas lágrimas, curadas tantas llagas y devuelta la paz a tantos hogares.

> Seguros del buen resultado de ésta intervención, hemos prometido especiales plegarias para obtener de Dios, que ninguno de los familiares de la Autoridad experimente jamás, en su existencia, los sufrimiento que afligen ahora a los corazones de tantos padres de familia, de tantos hijos, de tantas madres y de tantas esposas dominicanas.

---

398  Walter R. Bonilla. Op. Cit., p. 12.

Y para que todo esto se verifique lo más pronto posible, unimos a las vuestras nuestras más ardientes plegarias, y cual auspicio de gracias celestes y en testimonio de nuestra paternal solicitud, de corazón impartimos al Clero, a los Religiosos y Religiosas, a todo el pueblo cristiano y a todo hombre de buena voluntad, nuestra pastoral Bendición.[399]

Mientras tanto, la prensa liberal de Estados Unidos comenzaba a criticar los criminales excesos del dictador:

Una de las más impenetrables cortinas de hierro –aquella que rodea a la República Dominicana– ha comenzado a resquebrajarse. Hay problemas graves en la más rígida de las dictaduras. Ahora sabemos… que la jerarquía Católica Romana de ese país oprimido se ha expresado abiertamente en una súplica dramática dirigida al Generalísimo Trujillo. La carta pastoral leída en todas las iglesias dominicanas el pasado domingo fue, en efecto, una dura crítica de lo que el régimen está haciendo.[400]

Hay otros factores –económicos, políticos o de corte represivo, que inciden en la decadencia del régimen y aceleran los planes del tiranicidio. Así, por ejemplo, el 24 de junio de 1960 ocurre el atentado contra el recién electo presidente de Venezuela, Rómulo Betancourt. El médico e historiador dominicano, Santiago Castro Ventura, informa que Johnny Abbes García fue el autor intelectual del operativo dirigido a dinamitar el Cadillac presidencial

---

399 Carta Pastoral de la Iglesia Católica, 25 de enero de 1960 (*http:// museodelaresistencia.org*).
400 *The New York Times*, 3 de febrero de 1960. (En esa misma edición se reproduce la Carta Pastoral leída en todas las iglesias católicas de la República el domingo primero de febrero de 1960).

de Betancourt. Se escogen terroristas venezolanos para dar la impresión que se trata de "algo interno". Los complotados creen que la desinformación descarrilaría la posibilidad de responsabilizar a Trujillo y sus adeptos. Estaban equivocados.

En la parte trasera del Cadillac se monta, además de Betancourt, el general Josué López Henríquez y su esposa Dora. En la parte delantera del auto iba el coronel Ramón Armas Pérez y el conductor Azael Valero. Dejemos que sea Renée Hartmann de Betancourt quien narre lo sucedido:

> la onda explosiva hizo que el pesado carro presidencial, que era un carro blindado, se saliera de la vía, pero no llegó a volcarse. Las llamas hicieron presa de él, Rómulo dice que vio que Armas Pérez se inclinaba un poco hacia delante. Él reaccionó rápidamente y abrió la puerta quemándose así las manos. Tomó del brazo a Dora y la hizo salir con él, él se puso las manos en la cara para pasar el círculo de fuego y el general López Henríquez salió por la otra puerta... donde el carro no estaba casi incendiado; sin embargo ambos sufrieron quemaduras en los brazos...[401]

Sin demora las autoridades venezolanas iniciaron la investigación del asunto. El primer detenido lo fue el propietario del vehículo dinamitado que impactó a su paso el carro presidencial. Y por esa vía se apresaron a todos los complotados que inculparon a la dictadura trujillista. Las pruebas se presentaron ante una comisión de la Organización de Estados Americanos que determinó la culpabilidad del gobierno dominicano.

El 16 de agosto de 1960, en San José de Costa Rica, sesiona la la Sexta Reunión de Consulta de los Ministros de Relaciones Exteriores

---

[401] Las palabras de la esposa de Rómulo Betancourt se citan en Santiago Castro Ventura. Op. Cit., p. 215.

de América, donde se implementan dos medidas específicas contra la dictadura: La primera ordena la ruptura de relaciones diplomáticas de todos los estados miembros con la República Dominicana y, la segunda, dispone la interrupción parcial de relaciones económicas, comenzando por la suspensión inmediata del comercio de armas e implementos de guerra. Aquellas sanciones golpean directamente a la República y causan malestar entre sus ciudadanos.

Pero el crimen de las hermanas Mirabal estremecería la conciencia nacional y sería aliento para acelerar el fin de la dictadura. El 25 de noviembre de 1960, en el fondo de un acantilado, se hallaron los cuerpos de Patria, Minerva y María Teresa Mirabal. Detenidas a punta de pistolas por los esbirros de Trujillo luego de visitar en la cárcel a Manuel Tavárez Justo y Leandro Guzmán, las tres hermanas fueron apaleadas hasta morir. Igual suerte correría Rufino de la Cruz, el buen amigo que conducía el automóvil de la tragedia.

La prensa trujillista cubre el asesinato como si fuera un accidente. *La Nación*, el periódico oficial de la tiranía, informa en su edición del 26 de noviembre:

> El accidente se produjo cuando los ocupantes del jeep placa 19488 que venían de una excursión de la ciudad de Puerto Plata, quisieron abreviar el camino para llegar a Salcedo… Eran más o menos las 7:30 de la noche, cuando el vehículo en cuestión se derribó por un precipicio de unos 50 metros… En su caída el jeep iba despidiendo a sus ocupantes, los cuales, al chocar con los salientes del barranco y el profundo pavimento, se fracturaron el cráneo, según certificó el médico legista.
>
> Se presume que el accidente ocurrió por la obscuridad y el poco conocimiento que de la vía tenía el conductor…[402]

---

402 *La Nación*, 26 de noviembre de 1960. La información aparece citada en Mariela

Ciertamente, el asesinato de las hermanas Mirabal provocaría el aceleramiento y eventual asesinato de Trujillo. A manera de conclusión podemos informar que las Expediciones de Constanza, Maimón y Estero Hondo provocaron el despertar de la juventud dominicana. Las Expediciones impulsaron el surgimiento del Movimiento Revolucionario 14 de Junio. Y durante los meses finales de la dictadura se observa una brutal y criminal represión contra los cuadros políticos del Catorce. Muchos resultan asesinados. En consecuencia, vemos el papel ventajista de la Iglesia Católica con su famosa Pastoral leída poco después de los arrestos. Al mismo tiempo, se produce el atentado contra el Presidente de Venezuela y se decretan sanciones contra la dictadura. Finalmente, colma la copa el horrendo asesinato de las Hermanas Mirabal. Todos esos factores atizan la chispa, convirtiéndose en detonantes para el plan del ajusticiamiento y el derribo de la dictadura de Rafael Leónidas Trujillo.

---

Mejía. *La prensa escrita dominicana durante la "Era de Trujillo"*. University of Miami. Maestría de periodismo en español, s. f., p. 71.

# La exhumación

Homenaje a los mártires del 14 y 20 de Junio de 1959.

Entierro simbólico de los héroes de la gesta del 14 de
Junio de 1959. (En la página electrónica de Leopoldo
Jiménez Nouel, héroe de la historia dominicana).

Monumento-Mausoleo a los héroes de Junio de 1959.

Los restos exhumados de los expedicionarios descansan en el
Monumento-Mausoleo de los Héroes de Constanza, Maimón y
Estero Hondo levantado frente al Mar Caribe.

Osamentas de los combatientes.

# La exhumación

A principios de enero de 1962, transcurridos algunos meses del asesinato de Trujillo, se establece en la capital dominicana la Fundación Héroes de Constanza, Maimón y Estero Hondo. Distintos sectores de la sociedad, particularmente los familiares de los expedicionarios, ayudan a crear la importante institución que ha realizado una tarea valiosa en la búsqueda y desentierro de las osamentas de los combatientes. A tales efectos, se debe reconocer el trabajo inicial, pionero si se quiere, del Dr. José A. Puig quien pudo identificar a los primeros 32 guerreros llegados en las expediciones marítimas.

Años más tarde, en abril de 1987, cuando el general Antonio Imbert –uno de los involucrados en el ajusticiamiento del tirano, ocupaba alta posición en las Fuerzas Armadas de la República, se aprueba un decreto que daría paso a las excavaciones arqueológicas que ayudan a rescatar otras osamentas de la tierra dominicana. En esa ocasión, la asistencia técnica estaba dirigida por los antropólogos Fernando Luna Calderón y Clenis Tavárez María, adscritos a la arqueología forense del Museo del Hombre Dominicano.

De los 84 patriotas fusilados en el Centro de Enseñanza de las Fuerzas Armadas, en San Isidro, se rescatan del interior de 14 fosas comunes unos 67: "siendo apenas identificados 26 expedicionarios, 12 que habían desembarcado por Constanza y 14 por las playas de Maimón y Estero Hondo". En el informe de la exhumación de los mártires preparado por los antropólogos antes mencionados se dice que:

Hubo muertes por fractura de cráneo, con

objetos como madera o culata de fusil, y muchos otros con el 'tiro de gracia'. Cuatro esqueletos no presentaban cabezas, lo que indica que fueron cercenados antes del enterramiento. Dos esqueletos mostraron evidencias de haber sido ahorcados, uno con una tira de goma y el otro con una correa, encontradas alrededor de sus cuellos. Posiblemente, otros dos fueron asfixiados, aplastándoles el tórax, hasta juntar ambos hombros e igualmente sus caderas. Varios mostraron cortes de extremidades superiores e inferiores. Un gran número murió con las manos atadas con soga a sus espaldas, esposas y hasta alambres de púas en ambas extremidades. Casi todas esas osamentas correspondían a expedicionarios que habían sido traídos aún con vida, torturados durante su cautiverio y fusilados, encontrando en sus restos numerosos proyectiles de fusiles Máuser. Las excavaciones mostraron que sus cuerpos estaban apiñados unos sobre otros, al ser lanzados en las fosas. Se logró rescatar parte de sus vestimentas, ropa interior, medias, botones, hebillas, así como anillos y en uno de los casos una medalla de la Virgen del Cobre, Patrona de Cuba.[403]

El primero de agosto de 2006, a solicitud de la Fundación Héroes de Constanza, Maimón y Estero Hondo, se iniciaron nuevos trabajos para desenterrar los restos de los combatientes sepultados en el aeropuerto militar de Constanza. Una vez más, el Museo

---

403  Véase: www.museodelaresistencia.org (acceso en 6 de mayo de 2010). Anselmo Brache Batista. Op. Cit., p. 375.

del Hombre Dominicano ofrecería valiosa asistencia técnica en el proceso. De acuerdo con el informe antropológico preparado por Clenis Tavárez María, en la tarde del 2 de agosto se encontraron las primeras osamentas. "Se trataba de cuatro fragmentos de cráneos (uno de ellos con un impacto de bala), dos maxilares inferiores fragmentados, un maxilar superior y un hueso húmero completo".[404]

La excavación realizada en el aeropuerto militar de Constanza halla en dos fosas un total de seis individuos. Todas las osamentas pertenecen a un grupo de edad entre 30 y 40 años. Asociados a los esqueletos se encuentran botones, hebillas de metal, plomo de proyectiles correspondientes a pistolas calibre .45, un calzoncillo de seda, una capa de agua y ligas adhesivas de uso médico.

Al término de la búsqueda, la antropóloga forense pudo concluir que la causa de muerte de estas personas "fueron las heridas de balas sufridas por una pistola calibre 45. Uno de los esqueletos presenta en el calzoncillo cuatro orificios lo cual sugiere pudieran ser producto de impactos de bala en la pelvis. Dentro de la pieza de vestir estaban casi pulverizados los huesos correspondientes a la pelvis, solo el sacro quedó entero. Tres de los cráneos tienen impacto de bala en el hueso parietal derecho provocando fragmentación de los mismos. El impacto fue tan fuerte que deformó un poco los demás huesos del cráneo. Dos esqueletos recibieron disparos en los fémures provocándoles fracturas conminutas y fragmentando el hueso en varias esquirlas, pero manteniéndose dos fragmentos grandes (el proximal y el distal). Uno de los héroes recibió un disparo en la parte distal del húmero fracturándole el mismo. Las balas recibidas fueron mortales, tiradas a poca distancia, suponemos, por los destrozos sufridos. De haber sobrevivido de seguro fueran mutilados".[405]

Las osamentas serían trasladadas al Museo del Hombre Dominicano, como se había hecho en abril de 1987 cuando se

---

404  Clenis Tavárez María. *Informe antropológico del experticio realizado a los héroes de Constanza*, p. 1. (Mimeografiado. Cortesía de la antropóloga forense Clenis Tavárez María).
405  Clenis Tavárez María. *Informe*, pp. 4 y 5.

exhumaron los vestigios de los combatientes sepultados en San Isidro. Actualmente, los restos de 125 expedicionarios reposan en el Monumento-Mausoleo de los Héroes de Constanza, Maimón y Estero Hondo levantado frente al Mar Caribe e inaugurado en marzo de 1972. Mediante decreto presidencial, el Monumento ha sido declarado Extensión del Panteón de la Patria. Su edificación contó con el diseño del arquitecto Carlos Sully Bonelly. En su centro se levanta imponente la escultura de bronce que representa al Ángel de la Libertad, obra del artista dominicano Domingo Liz.

Un último apunte. En los momentos cuando escribíamos estas líneas, el Senado de la República Dominicana se disponía a aprobar una resolución otorgándole la ciudadanía dominicana *post mortem* a todos los combatientes extranjeros del 14 y 20 de Junio. Ello incluye a los puertorriqueños David Chervony Preciado, Gaspar Antonio Rodríguez Bou, Luis Álvarez, Luis Ramos Reyes, Juan Reyes y Moisés Rubén Agosto Concepción.

# BIBLIOGRAFÍA

## Fuentes manuscritas

Archivos de la Agencia Central de Inteligencia (CIA). Estados Unidos
Archivos del Departamento de Justicia. Estados Unidos
Archivo General de la Nación Dominicana. Santo Domingo
Archivos del Negociado Federal de Investigaciones (FBI). Estados Unidos
Archivos de la Fundación Luis Muñoz Marín. Trujillo Alto, Puerto Rico
Archivo Universitario. Universidad de Puerto Rico. Recinto de Río Piedras
Archivo histórico Arturo Morales Carrión. Universidad Interamericana
Archivos Particulares:

      Félix Ojeda Reyes

      Eduardo Rodríguez Vázquez

Museo Memorial de la Resistencia Dominicana. Santo Domingo
National Archives and Record Administration. College Park, Maryland
The George Washington University. National Security Archives. Washington, D. C.

## Fuentes impresas

Abreu Cardet, José Miguel y Emilio Cordero Michel. *Dictadura y revolución en el Caribe: las expediciones de junio de 1959*. Santiago de Cuba: Editorial Oriente, 2009.

Abreu Cardet, José Miguel. *Cuba y las expediciones de junio de 1959*. Santo Domingo: Editorial Manatí, 2002.

Acosta Matos, Eliades. *La telaraña cubana de Trujillo*. Santo Domingo: Archivo General de la Nación Dominicana, Tomo I y II, 2012.

Acosta Matos, Eliades. *La dictadura de Trujillo: Documentos (1950-1961)*. Tomo III. Volumen 5. Santo Domingo: Archivo General de la Nación, 2012.

Ameringer, Charles D. *U. S. Foreign Intelligence. The Secret Side of American History*. Massachusetts: Lexington Books, 1990.

Blanco Díaz, Andrés (Ed.). *Antonio Zaglul. Obras selectas*. Tomo I. Santo Domingo: Archivo General de la Nación Dominicana, 2011.

Bonilla, Walter R. *La revolución dominicana de 1965 y la participación de Puerto Rico*. San Juan: Publicaciones Puertorriqueñas, 2005.

Bosch, Juan. *Antología personal*. Río Piedras: Editorial de la Universidad de Puerto Rico, 1998.

Brache Batista, Anselmo. *Constanza, Maimón y Estero Hondo. Testimonio e investigación sobre los acontecimientos*. Santo Domingo: Editorial Búho, 2009.

Cassá Bernardo de Quirós, Constancio. *Jesús de Galíndez. Escritos desde Santo Domingo y artículos contra el régimen de Trujillo en el exterior*. República Dominicana: Archivo General de la Nación, 2010.

Cassá, Roberto. *Los orígenes del Movimiento 14 de Junio*. República Dominicana: Publicaciones de la Universidad Autónoma de Santo Domingo, 1999.

Castro Ventura, Santiago. *Trujillo vs. Betancourt. ¡Rivalidad perpetua!* República Dominicana: Editora Manatí, 2008.

Church Committee. *Alleged Assassination Plots Involving Foreign Leaders, An Interim Report of the Select Committee to Study Governmental Operations with Respect to Intelligence Activities, Together with Additional, Supplemental, and Separate Views*. Washington, D. C.: U. S. Government Printing Office, 1975.

*Communist Threat to the United States Through the Caribbean*. Hearings of the Committee on the Judiciary. United States Senate. Eighty-Sixth Congress. Washington: United States Government Printing Office, 1959.

*Conversaciones en el bohío. Luis Muñoz Marín y Roberto Sánchez Vilella en sus propias palabras*. Néstor R. Duprey Salgado, (Ed.). San Juan: Fundación Luis Muñoz Marín, 2005.

Cordero Michel, Emilio. *Las Expediciones de Junio de 1959*. Mimeografiado, 2009.

Crassweller, Robert D. *Trujillo, la trágica aventura del poder personal*. República Dominicana: Avante Promociones Culturales, 1985.

Delancer, Juan. *Junio 1959. Desembarco de la gloria.* Santo Domingo: Editora de Colores, S. A., 1997.

De Cervantes, Miguel. *Don Quijote de la Mancha.* España: Alfaguara. Edición del IV Centenario, 2004.

De Galíndez, Jesús. *La era de Trujillo. Un estudio casuístico de dictadura hispanoamericana.* Buenos Aires: Editorial Americana, 1956.

Diederich, Bernard. *Trujillo, la muerte del dictador.* Santo Domingo: Fundación Cultural Dominicana, 2002.

*Discursos pronunciados por el comandante Fidel Castro.* La Habana: Versión taquigráfica de las Oficinas del Primer Ministro, 1959.

Eisenhower, Dwight D. *Waging Peace. The White House Years 1956-1961.* New York: Doubleday & Company, 1965.

Ferreras, Ramón Alberto. *Recuerdos de Junio 1959.* República Dominicana: Editorial del Nordeste, 1981.

García Márquez, Gabriel. *El general en su laberinto.* Buenos Aires: Editorial Sudamericana, 1989.

García Márquez, Gabriel. *Notas de prensa. Obra periodística 5, 1961-1984.* España: Mondadori, 1999.

Gómez Ochoa, Delio. *Constanza, Maimón y Estero Hondo. La victoria de los caídos.* Santo Domingo: Editorial Alfa & Omega, 1998.

*Invasion Report. Constanza, Maimón, Estero Hondo. Communist Aggression Against the Dominican Republic.* Santo Domingo, 1959.

Kuzmin, Valentín I. *Problemas metodológicos y metódico-organizativos de la investigación histórico-partidista.* La Habana: Instituto de Historia de Cuba, mimeografiado, 1977.

Martí, José. *Obras completas.* Vol. 18. La Habana: Editorial de Ciencias Sociales, 1991.

Mejía, Mariela. *La prensa escrita dominicana durante la "Era de Trujillo"*. Universidad de Miami. Maestría de periodismo en español, s. f.

Méndez Méndez, José Luis. *Bajo las alas del cóndor*. La Habana: Editorial San Luis, 2006.

Millett, Richard y Marvin Soloman. "The Court Martial of Lieutenant Rafael L. Trujillo". *Revista Interamericana (Interamerican Review)*. Fall 1972. Vol. 2 (3).

Neruda, Pablo. *Confieso que he vivido*. Buenos Aires: Editorial Losada, S. A., 1996.

Núñez Jiménez, Antonio. *En marcha con Fidel*. La Habana: Editorial de Letras Cubanas, 1982.

Ojeda Reyes, Félix. "Puerto Rico en las Expediciones de Junio de 1959". *Clío*. Órgano de la Academia Dominicana de la Historia. Año 78. Enero-junio de 2009.

Partsch, Jaime. *Jesús T. Piñero: el exiliado en su patria*. San Juan: Ediciones Huracán, 2006.

Pou García, Francis. "Movimientos conspirativos y el papel del exilio en la lucha anti trujillista". *Clío*. Órgano de la Academia Dominicana de la Historia. Año 78. Enero-junio de 2009.

Pou Saleta, Poncio. *En busca de la libertad. Mi lucha contra la tiranía trujillista*. República Dominicana: Editorial Lozano, 1998.

Ramonet, Ignacio. *Fidel Castro. Biografía a dos voces*. España: Random House Mondadori, S. A., 2006.

Saldívar Diéguez, Andrés y Pedro Etcheverry Vázquez. *Una fascinante historia. La conspiración trujillista*. La Habana: Editorial San Luis, 2010.

Sang Mu-Kien, Adriana. *La política exterior dominicana, 1844-1961*. Santo Domingo: Secretaría de Relaciones Exteriores, 2000.

Talbot, David. *The Devil's Chessboard. Allen Dulles, the CIA, and the Rise of America's Secret Government*. Estados Unidos: Harpers Collins Publishers, 2015.

Tavárez María, Clenis. *Informe antropológico del experticio realizado a los héroes de Constanza*. Mimeografiado, s. f.

Thomas, Evan. *Robert Kennedy: His Life*. New York: Simon & Schuster, 2002.

Ubiñas Renville, Guaroa. *Maimón 1959. Cincuenta años después los campesinos hablan*. Santo Domingo: Editora Mediabyte, S. A., 2010.

United States Department of State. Glennon, John P., Editor. *Foreign Relations of the United States, 1958-1960. Cuba*. Vol. VI. U. S. Government Printing Office, 1958-1960.

United States Department of State. *Foreign Relations of the United States, 1958-1960. American Republics (1958-1960)*. U. S. Government Printing Office.

United States Department of State. *Foreign Relations of the United States. American Republics, 1961-1963*. Vol. XII. U. S. Government Printing Office, 1996.

Vargas, Mayobanex. *Testimonio histórico Junio 1959*. Santo Domingo: Editora Cosmos, 1981.

Vázquez, Miguel A. *Jesús de Galíndez, "El Vasco" que inició la decadencia de Trujillo*. República Dominicana: Biblioteca Taller 63, 1975.

Vega, Bernardo. *Eisenhower y Trujillo*. Santo Domingo: Fundación Cultural Dominicana, 1991.

Ysalguez, Hugo A. *El 14 de Junio: la raza inmortal. (Invasión de Constanza, Maimón y Estero Hondo)*. República Dominicana: Editora Búho, 1995.

## Periódicos

*A Coruña*. España
*Claridad*. San Juan
*El Caribe*. Santo Domingo
*El Comercio*. Ecuador
*El Diario*. Nueva York
*El Imparcial*. San Juan
*El Mundo*. San Juan

*El País*. Madrid
*Granma*. La Habana
*Hoy*. Santo Domingo
*La Nación*. Santo Domingo
*Listín Diario*. Santo Domingo
*Revolución*. La Habana
*The New York Times*. Nueva York

## Revistas

*Bohemia*. La Habana
*Caribbean Studies*. Instituto de Estudios del Caribe
*Clío*. Academia Dominicana de la Historia
*Cubadebate*. Revista electrónica
*Ecos*. Universidad Autónoma de Santo Domingo
*Life*. Estados Unidos
*Time*. Estados Unidos

# AUTOR

## Félix Ojeda Reyes

Félix Ojeda Reyes nace en Santurce. Cursa estudios superiores en la Universidad de Puerto Rico, obtiene su maestría en el Centro de Estudios Avanzados de Puerto Rico y el Caribe, y termina su doctorado en Historia de América en la Universidad de Valladolid, España. Ojeda Reyes es periodista e historiador especializado en la vida y obra del Dr. Ramón Emeterio Betances. Ha publicado, entre otros, los siguientes títulos: *La manigua en París, correspondencia diplomática de Betances* 1982, *Betances entre nosotros* 1989, *Peregrinos de la libertad* 1992, *El desterrado de París, biografía del doctor Ramón Emeterio Betances* (1827-1898) 2001, y *General Juan Rius Rivera, héroe militar de Cuba, poderoso banquero y empresario en Honduras* 2007. Junto a Paul Estrade, profesor emérito de la Universidad de París, el doctor Ojeda Reyes publica las *Obras completas de Ramón Emeterio Betances* 2018, proyecto editorial en 15 volúmenes.

"Una **taza de café** tiene
el poder de transformar
conversaciones en
**grandes ideas.**"

ZOOMideal es una compañía que diseña
productos creativos, comprometidos con
la cultura, la educación y el turismo.

**VISIÓN**
Diseñar proyectos creativos
con ideas constructivas y
educativas, que aporten a
una mejor calidad de vida.

**MISIÓN**
Utilizar el arte y el
diseño como medio
transformador para un
fin de bienestar social.

**ZOOMideal.com**

Made in the USA
Monee, IL
31 October 2020